2017 NIAN HENAN WENXUE ZUOPIN XUAN

2017年河南文学作品选

SANWEN JUAN

散文卷

何 弘 主编
刘 军 编

河南大学出版社
HENAN UNIVERSITY PRESS
·郑州·

图书在版编目(CIP)数据

2017年河南文学作品选.散文卷/何弘主编;刘军编.—郑州:河南大学出版社,2018.7

ISBN 978-7-5649-3424-8

Ⅰ.①2… Ⅱ.①何… ②刘… Ⅲ.①中国文学—当代文学—作品综合集—河南 ②散文集—中国—当代 Ⅳ.①I218.61 ②I267

中国版本图书馆CIP数据核字(2018)第169603号

责任编辑	任湘蕊		
责任校对	陈　炜		
封面设计	侯一言		
出版发行	河南大学出版社		
	地址:郑州市郑东新区商务外环中华大厦2401号		邮编:450046
	电话:0371-86059701(营销部)		网址:hupress.henu.edu.cn
排　　版	河南大学出版社设计排版部		
印　　刷	河南瑞之光印刷股份有限公司		
版　　次	2020年1月第1版	**印　　次**	2020年1月第1次印刷
开　　本	889 mm×1194 mm　1/32	**印　　张**	8.625
字　　数	216千字	**定　　价**	39.00元

2017年度河南散文评述

刘　军

21世纪以来,关于什么是好散文的判断标准趋于多元化。众声喧哗的时代里,耐心聆听然后加以分辨,再然后是泛化的共识的建立,这对于众多文学作者而言,无疑是奢侈的诉求。

散文虽然包容性很强,其边界也是有弹性的,不过在今天,大致的写作路向可归类为二。一个路向朝着情思的舒展而进发,这个路子大致照应叙事散文、小品文、青春美文、游记等体式。另一个路向则注重个人识见的开掘,大致照应着随笔、序跋、手记等体式。题材也好,体式也好,皆非好散文的决定性要素,对于上述两个路向的散文写作而言,有两个共性的要素可视为散文抵达华章的必备内容。具体来说,一为散文语言,一为个性的确立。先说散文语言,这个要素涉及最基本的传达与呈现层面。过去,人们的认识有误区,一直觉得用家常话就可以写出上乘的作品,此论实谬。散文既然是文学之一种,那么它必须追求文学性,而散文语言就是文学性呈现的最直观的载体。卡勒所言的"文学是语言的突出",这个准则可适用于一切文体。因此,表达的自觉是基本的门槛,个体与语言、语词之间需要建立一个敏感机制,尝试着让笔下的词汇重新苏醒过来,赋予其独特的体温和含义。散文语言直接关乎个人风格的确立,按照歌德的描述,风格又是艺术所能企及的最高境界。这就意味着,一流的散文作品在语言层面必然体现出作家自身纯熟的话语呈现能力,文字之美或者文字之力与写作技巧、修辞之间有着极佳的贴合度。如果要给出实证的话,且看鲁迅《野草》中《题辞》的开头:“当我沉默着的时候,我觉得充实;我将开口,同时感到空虚。”这种劈空之语,带着凌厉的力道扑面而来。后世评述其文“力透纸背”,恰从这样的语言表达细节而来,而且,这个开头与《秋夜》中两棵枣树的开头,曲率相同,它们既是深沉的,也是高蹈的。当下的散文作家中,语言上自成体系者可谓从者如流,格致的巫性色彩,阿微木依萝笔下回到事物本身的能力所营造出的本色化格调,汗漫的空灵与柔性的如一,冯杰的幽默与通脱,塞壬笔下语词的灼烧感,等等,皆为范例。总的来说,若想具备个性化言说,陌生化乃必由之路,而诗性则是终极目的,毕竟,艺术的本性就是诗,而诗的本性乃是真理之建立。

个性的确立实际上就是主体自觉的完成,就是对自由精神的把握和深透理解。社会语境也好,艺术观念也好,皆会为写作主体设置重重障碍,冲破这些束缚当然需要勇气与胆识,需要思想的自觉。在这里,自由既是心智解放的过程,也是一种美学形式。作品中所内蕴的个性,作为独特的精神个体性的存在,与个体的思维方式和哲学观紧密相连,无论是描写星辰、天空,还是刻画植物、微尘,其后面皆蕴含着灵魂的形状与重量。而这些并非虚化的内容,所指向的是孤独个体与外在事物之间在生命频率上所形成的切割与互振。其中形成的每一个形状皆是动人的,每一种声音皆是深刻的。

回到2017年度河南散文选的话题上。这一年,就散文而言,必须要提及《天涯》杂志,因为本年度河南本土散文中最有分量的三篇作品,分别是王剑冰的《乡间的瓦》、鱼禾的《队列》、碎碎的《母女关系》，皆由该杂志推出。这三篇散文在艺术性上难分轩轾，虽然很大可能不会被年度中国散文的盘点文章所提及，但依照我个人的判断，它们皆可进入本年度一流散文佳作的阵容。《乡间的瓦》突破了王剑冰先生过去的美文路线，超越了其散文讲究语言、结构的窠臼，在保持艺术性的基础上，扩容了自我的经验和视野，将历史的洞见、异地行走与乡土经验叠加在一起，用来透视以瓦为符号的农耕生活的生存之道和美学之道。因为凝重风格的进入，解决了灵动之美造就的飘忽问题。鱼禾的《队列》表面上写的是职场生活，实际上切入了国人在利害关系上的某种共性选择，潜规则在左右着我们的生活，争夺、撕裂、痛苦皆趋于一种耗散状态，一种无意义的境地困住了几乎所有人。这是文明之病，也是社会之病。这种解剖他人同时也解剖自己的处理方式，从中可见“五四”前贤的精神倒影。因此，《队列》虽然是一篇叙事散文，但在批判力度上不亚于一部小说。碎碎的《母女关系》是其个人写作走向质变之后的作品，与她的另一篇《县城生活》构成了某种呼应关系。这篇散文切口很小，场景聚焦于家庭内部，因为个人最真实经验的带入，作者笔下的母女关系形成了“熟悉的陌生人”式的审美效果。亲情是天然的纽带和亲缘属性，但在这个属性下面，还有并行的铁轨关系，还有普遍的异质性的存在，造成这个现象的根本原因，不在于代沟，而在于精神上的陌路关系。而这种关系，血缘解决不了，和解也解决不了，这是家庭关系的深潭所在，也是一种无解的现实。问题的关键是，它并非个别性的显现，而是规模性地入侵我们的生活。因为篇幅的原因，《天涯》杂志推出的陈峻峰的《私人理发史》未进入本年度选本，这一作品在个体经验的稠密性以及思维的发散性上颇具特色，在身体哲学兴起的背景下阅读这样的篇章，会触发我们对自身身体的重新审视，这个一度让人觉得无比熟悉无比亲切的对象,在另一种思维体系之下,诸多陌生性的因素陡然发生了。比方说,身体发肤受之父母,这样的言说之下,身体之所属并不属于"我",而属于君与亲。而在消费主义语境之下,一片灯红酒绿、莺歌燕舞的景观下,我们的身体又交付给了欲望。这就说明,身体的属性一直处于变化之中,面对笛卡尔式的"我思故我在",那么,我们的身体到底又在哪里?

本年度散文选本,共分为现场、名物、怀乡、识见、行旅五个专辑。现场意味着对当下正在发生的生活的介入,这一小辑收录了十篇文章。郑彦英的《四记》作为小品文体式,轻盈之中有诸多趣味发生。被散文界同仁看好的青年新秀杜永利,其《工地书》直面青春的怅惘,真切而富于质感。

名物篇对应着器物类、植物类题材的书写。这一题材本身源远流长,古典辞章里可见许多咏物诗、咏物词以及涉及名物的赋体与铭体。格物而致知的观念体系下,对名物的辨识与咏叹渊然而深。21世纪以来,尤其是最近十年,名物主题的散文大兴,草木、农具、节气、节日等纷纷成为被书写的对象。这一主题往往有两个开掘方向:其一是代入知识考古的因素,勘探笔下名物的来由;其二为童年经验的进入,借名物而发内心思古之幽情。名物小辑中的第一篇文章就是王剑冰的《乡间的瓦》,上面业已解读。除此之外,冯杰《柴木家具的事》为典型的千字文,阅读这样的文字,让我想起《世说新语》中简文帝的一段话,他言道:"会心处不必在远,翳然林水,便自有濠濮间想也,觉鸟兽禽鱼自来亲人。"短文其实极其难写,特别考验作家的功力,而对于冯杰而言,长枪短炮皆运用自如,虽然是千字小品,但从中可见作家对语言自觉、文体自觉、主体自觉的解决能力。器识之宏伟,语言之放达,堪为表率!邵丽以小说名世,其笔下散文也有与众不同之处,一言而蔽之,曰:真。这个真有时是情真，有时是真纯。纵观邵丽的小说、散文写作，我个人的一个判断是，她是一位懂得减法妙用的作家。此次收入的《花间事》，以个人记忆为端口，将重重心事层层代入，有雨疏沙漏之感。名物小辑中的其他篇章，多在个人经验上着力，很多作品未臻上品，原因在于视野的开阔度及笔力的运用还存在问题。

怀乡小辑下共收录七篇作品，怀乡不仅是古典诗词的母题之一，也是白话小说的重要母题，至于散文体裁，愈发汹涌澎湃。如今，农耕图景逐渐远去，但在文化的因袭、心理的投射之下，这一母题仍将继续滑行。河南是农业大省，农耕文化基础上的思维方式、生活方式决定了多数作家心中原乡情结的浓重。南阳祖克慰写麻雀的作品持续了其动物题材散文的惯常风格，色调与故事交错在一起，妥帖而稳重。进入21世纪以来，随着乡土空心化的日益严重，乡土散文写作再度成为热点，纸上的还乡旅程是写作个体审视和亲近本源的努力。在整体的行进态势上，有两种特性日益凸显。一方面，在开掘的方向上，现实忧思的因素日益突出，怀旧、凭吊、追忆等传统的处理方式基本被摒弃，现实批判或者再审视的处理思路铸就了写作主体的焦灼感，以及写作主体与对象间的紧张关系。这一点，由近几年返乡笔记类纪实性散文的大热可以管窥之。在这里，文学再度成为社会心理集中释放的端口。很显然，返乡笔记所引发的全民关注要远远超过同时期文学领域内的焦点——“非虚构写作”问题的争论。另一方面，从这一时期乡土散文写作的参与群体来看，“70后”“80后”成为主力军。这一批有着乡土经验的作者，大多在20世纪90年代进入城市读书然后落脚，无数次的城乡往返，使得他们成为时代生活轨迹的目击证人，叠压的内心伤痛经过沉淀之后，如泉水翻涌，形成乡土散文写作井喷之景观。塞壬、江子、傅菲、吴佳骏、李颖、秦羽墨等人，皆是其中的代表性作者。

所谓识见，对应的是文学的判断力因素，散文作为智慧文体，识见恰恰为正宗或者大道所在。21世纪以来的河南散文，在识见上趋于卓越者，艾云与耿占春可谓典型。而就体式的细化来说，随笔、历史散文、文化大散文这三种体式皆以识见为上。2017年，河南本土对应识见的篇章整体贫弱，这与中原学术、思想的沉闷与寡淡有很大关系。只有足够的思维活跃度和多元思想的碰撞，才有可能产生如王小波随笔那样的佳作。

最后的一辑为行旅之作，所谓行旅之作，其实是游记的另一种委婉的说辞。游记体式已经步入死胡同，不独中原使然，全国范围的游记写作皆是哀鸿遍野的状态。一方面是大量采风文章的产生，另一方面则是众多刊物的散文栏目对游记文章的明确拒绝。游记体式的下落，缘于两个因素：一个是道法自然的观念系统的断裂，无论是历史人文的遗迹，还是自然风景，皆降格化为他者，他者化形成之后，对象再也无法获得生命感和敬畏感；另外一个就是个体的激情的丧失，异地也好，奇异风景也好，在资讯高度发达的时代里，皆容易被提前预支和消费，此时此地的激情不再，本雅明所言的“光晕”就不可能发生。

本次年选的编纂，必然有疏漏之处，比如南阳的王俊义、信阳的胡亚才以及省城多位老作家的散文，皆未得以收录，实在是一件憾事。另外，出于个人的才力和判读力的局限，在选取和评析两个层面上必定有粗疏之处，在此，敬请同仁以豁达的心胸加以包容，是为记。

目　录

第一辑　现场

第二辑　名物

第三辑 怀乡

第四辑 识见

第五辑 行旅

第一辑　现场

四　　记

郑彦英

水　鸟　记

那天上午比较凉快，我和弟弟郑彦成陪母亲到郑东新区的如意湖畔消夏。坐在垂柳下的石条凳上，感受着从水面吹过来的风，母亲很高兴，说："不拿扇子，风自己就来了。"

一会儿有几只水鸟飞来飞去，母亲问是啥鸟，我说我也不知道。我的老家在缺水的黄土高原上，没见过水鸟，所以我们母子看着水鸟就赏心悦目。倏忽间水鸟落在岸边，离我们很近，能看清嘴尖尖的黄，我们屏住声气，唯恐惊扰了水鸟。

看着水鸟落得多了，我说："妈，你往前一步，我给你和鸟拍个合影。"

母亲说："不敢，人把鸟骗得都不信人了，水鸟好不容易信了咱，安着心卧在咱跟前，咱一动，水鸟就不会再信咱，就飞了。水鸟飞了事小，咱失信事大。"

于是我们就静着，看风把垂柳吹得飘，把水推出一道一道的波，看鸟梳理羽毛，这一刻让我感动，如西画中的风景。

后来鸟飞起来，先是一只，在我们面前的水上旋了一下，其他几只也随着飞起来，然后就飞向远方，成了几个点。

我自然有些失落，就没有吭，和母亲坐在这么美的风景里，已很好。

弟弟眼尖,突然指着远方说:"鸟来了。"

母亲立即朝那儿看去,终于看见了,脸上立即有了笑,舒了一口气说:"我想着你还会来呢。"

显然,母亲这话是对鸟说的,她已经把鸟称作"你"了。

香　椿　记

清明前一天晚上,我梦见了父亲,是在一个停车场,父亲为我看着车位。醒后不禁落泪。

打开窗子,见细雨纷纷,知道天公如人,也在哀思。

上午写字就错,作文无绪,便知自己想母亲了,立即前往。

母亲楼前的香椿举着嫩绿的叶子,在雨中显出了娇媚,我感动的是竟无人采摘,让这有香的绿慰藉大家。

母亲住在二楼,我几步就上去了,还剩两级台阶,就喊:"妈耶——"

母亲在屋里应了:"哎——"

我还在儿童时代,就这样唤母亲,如今我也年过半百,依然作如此唤,母亲依然如此应,一呼一应,连接了几十年的母子。

自然与母亲说了梦见父亲的事,母亲伤心了,我便岔开话题说香椿。母亲吸了一下鼻子说:"一会儿,咱娘俩画一撮香椿,给你爸烧了。"

搅　团　记

母亲把玉米面和成糊糊,我坐在灶膛里的烧火墩上烧火,硬柴架上,水眨眼间就开了,母亲便把糊糊往滚水里倒,面糊糊就流成一条瀑布,流一下母亲就不让流了,随即伸个擀面杖到锅里搅,搅匀了,再倒一条瀑布,再搅,直到把一盆糊糊搅到滚水里。糊糊在火的热力中咕嘟咕噜地鼓着肚子,鼓一下就塌了,旁边的再鼓,当一锅的糊糊都鼓得欢欢势势的时候,母亲就喊我灭了灶膛里的火,然后一只手盖住锅盖,另一只手伸向陶瓷盆,锅盖刚刚盖好,盆已经端过来,母亲熟练地将辣椒、蒜醋和盐调到一起,这种调味汁我们叫作水水。母亲一边搅着水水一边朝厨房外面喊:"吃搅团。"

当兄弟们跑过来时,母亲已经将一排碗摆开,给每个碗里面舀一勺水水,然后将搅团舀到水水里。冒着热气的搅团就立在碗中间,旁边是一圈子水水。用筷子把搅团夹一团,这一团就在水水中间了,立马被水水浸住了,却浸不到里面,里面还滚烫,但是我们已经等不及了,筷子一拨,嘴一吸,搅团就到了嘴里,酸辣的味道就在嘴里冲撞,鼻子自然不能幸免,常有鼻涕挂在鼻尖上。更有滚烫的搅团,需要不断地从嘴左边倒到嘴右边,又从嘴右边倒到嘴左边。吃得一嘴的激情,一身的激情。常常不知道是立在厨房里,还是坐在院子里,最多的,是蹲在院子门口。而母亲吃搅团的地方,常常在灶前的烧火墩上。

这就是关中地区的搅团,走遍全球也忘不了的搅团。

走出关中以后,我几乎没有再吃过这样的搅团。有一次我向朋友们介绍这种吃食时,一个朋友认真地疑问道:"那不就是打了一锅浆子吗?"

我想了想,点头说:"还真是,我没有想过,但应该就是浆子。只是我们给浆子浇上水水了,热浆子,冷水水,一夹一涮,就好吃了。"

母亲住到郑州以后，几次想做搅团吃，因为没有玉米面，用小麦面代替，失了原本的味道，母亲便没有再做，却说道了几回，想念搅团。

上礼拜几个乡党聚会，在一个陕西面馆里，说是有搅团，但聚会是晚上，我母亲过午不食，所以就没带母亲去。朋友们知道母亲对搅团的思念，便让我给母亲带了一盒，而且带了饭店里调的海鲜水水。

第二天母亲把搅团热了一下，舀在带回来的水水里。

母亲只吃了一口，就停下了。

我知道问题出在哪里，立即依着家乡的方法重新调了一碗水水，把搅团倒过来，让母亲再尝。母亲脸上一下子有了笑，片刻就吃完了。

我看着母亲说："你吃不惯他们的水水？"

母亲说："水水是好水水。"

我说："那是海鲜水水，调面面好吃，调菜菜好吃，就是泡上馍，也一嘴的海鲜味儿。"

母亲说："我去了多少个城市，都吃这种水水，高级是高级，却是一样的，咱的搅团和咱的水水，好就好在是不一样的。"说着收碗，边收边说："念想了几年，念想的就是这个不一样。"

水　仙　记

半个月前，郑州大学教授吕伟民先生送我一盘水仙，那时候水仙秆子不长，叶子也短，教授嘱咐我，最好把它放在窗户外面冻着，花就开得晚些。

我应了，心想教授肯定是想让这盘水仙在春节期间开，我想这没有必要，水仙花漂亮，丽若仙子，没必要让它受冻，花开就好，不论在什么时候。

于是，我把它放在我每天上网和写作的书案上，给盘子里浇上水，一天天看着它的成长，等待着它的开放。

大概一个礼拜以后，水仙个头长了两三寸，叶子也长长了，亭亭玉立，特别好看，紧接着花就开了，先是一朵，第二天就开了三朵，屋子里立即有了鲜活的美丽，而且有了淡淡的芳香。

我立即拍了一张照片给吕教授发过去，一是表达感谢，二是展示欣喜，三是用花的形象告诉他，不在春节开的花，一样给我带来欢喜。

第二天我和吕教授会面，他说："花开得很好，但是长得太高了，长不了几天就会倒伏。我让你把它冻冻，就是让它在寒冷中积聚能量，结实秆茎，而不是一味求高大，这样，等开花的时候端进屋子，整个花期都挺拔飘逸。"

我没有吭气，但是有了心病，每天看着我的水仙，期望它就这样开着不要倒伏。

但是，昨天早晨我一进书房，发现花全开了，满屋子都是香气，但是它倒伏了，整个身子趴在桌子上，根须都露在外面。狼狈不堪。

我赶快把它扶起来，但是怎么都不能让它如开始时那样站得亭亭玉立，我只好让它往左倒的秆茎和往右倒的秆茎相互撑住，勉强让它站得好些，有点子风度，看上去，中间的一丛，还是立着，但周围的花秆，不可挽回地倒下了身子。

我怀着悲怆的心情，给吕教授拍了个图片发过去。随即接到吕教授信息："水仙已过盛期，加之室温高，开始倒伏，可以丢弃了。我家的水仙因一直放在阳台上，控制温度，昨天才开花，现在进屋就可闻到一股幽香。”

我很遗憾，看着水仙感慨万千。看来，水仙的一生如人生，该受苦的时候必须受苦，才能结实强壮，能够抗御一切风霜雨雪。

（原载于《黄河文学》2017 年第 12 期）

队　　列

鱼　禾

一

到第三个议项了。再过十几分钟，这桩磨人而不愉快的事情就结束了。

卢全突然站起来发难，矛头直接指向我，把半年前的电话录音晒了出来。电话涉及他人，卢全把自己的牢骚隐去，只晒了我的回答。而我的选择只有两个：要么为了把会开完，背负这个恶名，隐忍到底；要么澄清自己，任凭这个会半途而废，进而，把大半年的努力付之一炬——如果是这样，那么，这桩磨人而不愉快的事就难以预料还会延宕多久。

那就忍忍算了。

这个会正常结束。我以为，事情终于可以放下了。

二

这点事为什么会拖这么久，可以找出一百个理由。但是真正的理由，我直到后来才明白。刚到这个单位，2008 年初，就知道该换届了，这一届领导是 2002 年上任的，2007 年到任。一直到 2014

年，换届的话依然在说，不时提起，又一再放下，似乎换届只是一个概念。9月底，这个概念突然成为一桩有日期限定的具体事务。

所谓浮名浮利，一如漂在水面上的鱼饵，撒下去，便会群鱼丛集。几年前在鲁迅文学院，班上有个同学爱鱼，天天早上带一块馒头或者面包，跑去池塘边喂鱼。他沿着池塘的边缘，一边走一边喂，一边喂一边喊，噢嗬嗬嗬嗬——红色的鱼群贴着水面，他走到哪儿，鱼群便跟到哪儿，看上去煞是浪漫。到后来，只要他在池塘边喊一声，哪怕他空着手，红色的鱼群也会循声而来，在他身后游成一条悦目的弧线。远远听见这喊鱼的声音，或者不知就里而站在池塘边观望，会觉得很浪漫。但是，喊鱼的声音不过是喂食的许诺。跟着这个声音便会吃到馒头渣或者面包渣，鱼们知道的。

所有的驯兽表演，依靠的都是喂食的诱惑。我以为人毕竟不一样。虽然我一向并不对人性持乐观态度，但我还是觉得，人，不至于。至少，这么一群有所内修的人，不至于。出乎意料的是，这也不过是一群鱼，也会闻声而动，鱼贯而来。每向前推进一步，都会引起谣言和密告。谣言传到我耳边，密告的信件转到我手上，从政治问题到男男女女。以己度人的中伤，围绕的主题几乎不曾改变过。虽然属于天方夜谭，连捕风捉影都谈不上，却也编派得有鼻子有眼，不是个中人难辨真伪。

大约前后有三四年时间，每年本地的文学奖评奖结果出来以后，都会有告状信，告发评奖的种种不公。被告的是我的属下。谣言和密告目标明确，但大多来历不详，像潜伏在草丛里的蛇。躲在暗处的事，不实名是可以理解的——勇于告状的人并不见得敢于担当。但是后来，这些告状信后面署上了我的名字。名字当然是打印的，看不出出自谁手。我平时处事气盛，难免让人不快。在这个温柔敦厚之乡，人们不习惯当面表示不满。不满是通过暗中设计表示的。不饶人,就等于为自己预设了陷阱。告状信如此署名,用意昭然若揭。奖项的设立和评断皆不在我的职权范围内,我也并不在意本地设立的这个小奖,所以几乎不参与,既不热衷于做评委,也不以自己的作品参评。对于告状信设计的双重诬陷,我觉得连解释都不必——太离谱,有点脑子的就不会信。那些东西,不看见则不过问;看见了,也是一把投到垃圾箱里。

每一次水落石出,都会呈现令人意外的景象。这个躲在后面的人,被人暗示为卢仝。开始我也信了。因为越看越像——卢仝的牢骚无穷无尽,无论走到哪里,无论是评奖、资格推荐,还是一份文件没有把他的功绩表彰到位,都有可能引发他的怨愤。这怨愤化为告状信一点都不奇怪。只不过,我不觉得卢仝有那么深的心机。如此曲曲弯弯地嫁祸于我,他也不是这种藏得住的人。究竟是谁写了告状信,又借了我的名义,简直不敢深想。

三

我刚刚来到伊城的时候在一所高校任教。在那个年代本来相当走俏的名校毕业生身份,因为毕业当年夏天那一场尽人皆知的事,反成了一桩忌讳。在伊城求职无果的时候,一个人帮了我。她大我十来岁,在本地官场上有些背景。她不时会议论起什么人,她说好,便是一片叫好,她说不好,便是一片贬责。这种在小圈子里犹如言语领袖般的人物,我在后来的人生经历中不时遇见。他们热心,办起事情来不惮于麻烦,有种四海一家的大热情。相应的,他们希望受热情照拂的一方加倍反馈。如果不是,那么,麻烦就来了。年轻的心里,所谓恩怨,都是轻飘的,像风,刮一阵就过去了。我跟着别人喊她“大姐”,心里也觉得跟她是亲近的,却不像别人那样对她唯命是从。并非有意违抗，而是，在二十岁出头的年纪，我还没有把自己的想法压制下去另说一套的习惯。

说出异见成了“忘恩负义”。“大姐”已经生气了，我还不知道。她对我的称呼由“小马”改成了全名全姓。隐伏在称呼里面的不满意已经十分明显，但我犹未知觉。于是我得到了教训。她是学校中级职称评审委员会的人，我丈夫的中级职称被她否决了。当时学校的中级职称岗位处于缺额状态，在中级职称评聘中，资历和硬条件都够格而被否决的情况几乎没有发生过。我很诧异那个评选结果，也想不到会有人在这样的事情上从中作梗。我向“大姐”问起原委的时候，她几乎是得意地说：“没错，是我提了反对意见——都知道你是我调进来的，那我更要坚持原则，不能偏私嘛。”那时我才注意到“大姐”对待我的态度变了，但我依然不知原因。直到离开那所高校，我都不明白“大姐”对我的不满因何而起。

因为没有觉悟，也就不知悔改。这种情形在第二个单位又重复了一遍。

这次我遇到的是一位诸葛亮式的人物。在单位，新上任的一把手对他言听计从。对于机关事务，他也的确足智多谋。新领导作风强硬，说一不二，喜欢别人称自己“老一”。老一要换干部，“诸葛亮”便想了一套中层内退办法，硬是一次逼退了五个资深中层正职。老一要使用亲信，“诸葛亮”便想了一套以工代干的办法，把七个工勤人员直接扶到了中层岗位。老一要收拾刺头，“诸葛亮”又设计了一套工作纪律和人事管理制度，于是，三个月之内，刺头们分别被“依规”扣奖金、通报批评、停职待岗、开除。“诸葛亮”很器重我。因为我刚刚调入，坏脾气也还没有显露，而且公文好，能做事，又没那么多心眼。有一个这样的下属想必还是不错的。很快，“诸葛亮”得到了提拔，我则接替了“诸葛亮”的位置。“诸葛亮”的计谋要延续下去，必须借助我的手。往往是，他跟老一商量好，然后如此这般地交代，要我去办。我是执刀人，却对于这把刀为什么要砍下去，砍下去将出现什么后果，完全不知就里。这引起了我的反感。对他的种种授意，我的配合开始打折扣。“诸葛亮”不高兴了。很快，老一也不高兴了。他们对我的称呼也从“小马”变成了官称。那时候我已经懂得称呼变化的微妙意味。以官称称呼我，就是说从此以后，他们是他们，我是我了。我这个背负恩义的人被调到一个有名无实的业务处室。一年以后，这个业务处室在政府机构撤并中消失，我则成为一名被悬挂的“中层”。后来，大约是由于意见不合，“诸葛亮”也被看成了背负恩义的人。他被老一称为“阳奉阴违的白眼狼”。再后来，他们先后调离了那个单位，我也调离了那个单位。

四

事情没完没了。很快，我的罪名便开始悄悄传播了——我收了谁谁的钱财，我和谁谁关系不正常，我袒护谁谁的政治问题……诸如此类。如果说对于当时的吵嚷我已经难以容忍，那么对于造谣，我的感觉则是强烈的厌恶，仿佛一不留神儿踩到了粪便，怎么蹭都蹭不干净。当着众人，我的嫌恶毫不隐讳。忘恩负义的蠢货，我鄙夷地说，脑子进水了。

极端的坏情绪就像猛火，烧一阵就耗尽了能量。情绪很快就消退了。我使用的词汇让自己暗暗惊讶。谁忘了恩，我对这些人有什么恩？不过是僧多粥少，而我作为这件事的主持者，主动让了一个位置。哈，那一套恩义之论，不知何时我竟也全盘接受了——我让出一个对自己而言无关紧要的位置，且把这点事视为恩惠。

想必当年,他们也是这样的感觉吧。我离开那所高校以后很久——十几年以后,当年的同事提起我和“大姐”,说:“你傻啊,你本来是她的人,可是你开口闭口都跟某某一个立场,你不知道她跟某某是死对头吗,她就是要你知道,你站错队了。”在“诸葛亮”手下做事的时候,副职领导里有一位是我的同乡。我每遇提拔,他都会在第一时间对我说:“我说得怎么样,请酒吧——有老乡在这儿,放心嘛。”伪装的提携者也希望你去“谢主隆恩”。作为老乡的上司当然不是为了一顿酒。他要告诉你的是,他——你的同乡,才是你的提携者,你的恩人。

任何圈子,都有核心与边缘之分,都认七姑八姨,门生故吏。施惠于人的,是毋庸置疑的债权人。这是一种高利贷般的债权。对于这种特殊债权的偿还,只能以无限的顺从。这是一道祖传的铁律。不要说加官晋爵,就是赐你三尺白绫,也当“谢主隆恩”。一种需要终此一生偿还的恩情。父母、老师、提携者……皆可敕令。被众人拜谢的感觉多好啊。施恩者,他从此绝对正确。他可以随时发布教条,有如小型号的上帝。这隐形的铁律,在无数次被拣选的蹉跎中,我也领会了。

五

国人的人际关系,颇有从一而终的坚贞。任何领域和人际关系中的后来人仿佛都是插足者,再多情,也是“露水夫妻”——没有一生一世的可能,也就没有同甘共苦的亲切,敷衍一场,各自走路。一切经久不息的东西,才是可靠的。血缘衍生的信任自是牢不可破。亲人,合得来自不必说,合不来,一个看着另一个,也像看着自己的毛病,又嫌恶又放任,几乎不当一回事。血缘之外,最可靠的莫过于“世交”。再怎么不和，有祖传的交情放在那里，也不会疏远到哪里去。然后是发小、同学、战友——这些交道始于年少时期，彼时大家都还不懂得掺假，于是也就好得结实。后来就不行了。人经了跌顿，认得了青红皂白，渐渐眼冷心硬，再要一览无余地对人好，就难了。

一位在人事部门多年的“人事通”说：“你错就错在不看队列——不是你的人，面子上要周全待他，关键时候不做理会，不声不响把他灭了，他还无话可说。谁摆布人事不是先看来历。看清了人的来历，弄清楚谁站在哪一队，其他事简单得很。是你的人，你就三天打两天骂，他也觉得打是亲骂是爱，照样跟你不分彼此。不是你的人，就是你再帮，人表面上说你一句好就算懂事，承情还是承到主子那儿去，觉得是势力较量的结果。”

在许多地方，几乎所有的地方，都会有两三个隐形队列。春风得意的往往是权势最大的人身后的队列，人数不多，却几乎掌握着圈子内部几乎全部的资源。其他的队列，人数或多或少，因为形成了势力，所以在微妙的力量平衡中也多少可以获利。离开队列，则意味着孤立无援。“人事通”说的这些手段我也知道，他们一向就是这么干的。也许，当初那位同乡也曾顺水推舟帮过我。乡党，一向是种种裙带关系中相当可靠的一种。毕竟，当时我顺风顺水，他真心希望我投靠到他的门下去。但我还是不懂事，酒虽然请了，却没有由衷地归顺。后来，到了老一需要撤并部门的时候，作为顶头上司的那位同乡，为了撇清自己以保住成为“常务”的可能，主动捏了我一个错，献给了老一。在会上，他的话说得郑重其事：这件事，不是“失误”，而是“错误”。

只可惜，人与人的距离不是由你的态度决定的，而是由队列决定的。排定队列的那只手，来自血缘、地域、时间，来自天。在这个讲究站队的国度，谁是谁的人，才是人际关系的前提。于是，一念之私而全门庭，一念之善而致纷扰，也成了规律。只是，关于待人之道的鸡汤纵然花样翻新，明白人却是只劝不喝的，明白人吃的是另一路。那喝下鸡汤的傻子，也总会有一天，在四处碰壁之后，幡然悔悟。

“人事通”说：“你以为厚道待人是什么意思呢，是你这样不分彼此？太天真了你。”

他的话说得我心里一阵一阵发冷。多年来，我在这样的人际场上受过多少毫无道理的分拣，自己心里最清楚不过。正因受过分拣，我一向是不认队列的。我曾在懵懂之中，几次三番把自己从某种隐形的队列里分拣出来。我对这种团团伙伙有一种由衷的鄙薄。

六

在北欧文学传统里，有过一些特殊的故事。对我而言，那也是一些令人惊觉的故事。故事的构造各有不同，讲述的主题却大致连贯。它们讲述的，是“恩将仇报”的故事。也许不能这样概括。应该说，它们讲的，是“恩主”的胁迫怎样遭到了受惠者的抵抗。

其中的一篇，是《不朽的故事》。故事里有一位腰缠万贯的茶叶商人。茶商在生命即将终结的时候才有幸接触到书籍。书籍给他带来的惊喜是如此强烈，以至于，他完全被吸引到书籍所展现的世界，忘记了自身所处的世界。茶商为书中的一个故事兴奋异常。这故事讲的是一位老绅士——“城里最富有的人”，遇到了一位来自陆上的年轻水手，他给了水手五几尼作为报酬，请他在自己年轻的妻子的床上“尽其所能”，以便生育一个儿子。茶商意识到，唯有故事才能不朽。故事不会像他正在经历的生活一样腐朽，它会一直存在。那么，按照这个故事去生活，岂不是更有价值吗？看完这个故事，这位茶商就打定了主意。他要寻找一位水手，把这个在全世界的港口口耳相传的故事变成现实。茶商找到了合适的人。这位水手俊朗、健壮而深情，仿佛就是按照故事里的人物创造的。水手按照约定，和富商的妻子见面，并上了床。他们之间发生的一切，甚至最微不足道的细节，都是那个故事的翻版。只是，茶商兢兢业业、一手创造的这个故事，第二天早晨却遇到了意外。演员违约了。水手和茶商的妻子过夜之后，坚决不承认他和这个女人在演绎故事。水手声称，他和女人在夜里所有的缠绵都是因为他们自己的情感，和任何不朽的故事无关。水手不仅拒绝了五个几尼的报酬，反而给富商的妻子留下一枚罕见的贝壳。那枚闪耀着粉红色光芒的大贝壳是他在海滩捡到的，也是他此生唯一的财富。这拒绝令茶商瞬间崩溃。为什么？这位“恩主”不理解，为什么有人竟愿意选择昙花一现的生活，却不愿意在他赐予的故事里永生？

我几乎可以想见伊萨克·迪内森嘴角的冷笑。在《诗人》里，她已经让安德尔斯干掉了“恩人”玛奇森。年轻诗人举起猎枪，瞄都没有瞄，一枪就射中了他的资助人。而到了《回声》，拒绝来得更决绝。一位在大火中失去嗓音的著名女高音，偶然听到了男孩伊曼纽尔的歌声。男孩的歌声明亮、激越而圣洁，令她这个对声音挑剔的人万分感动。于是，和老绅士玛奇森如出一辙，她收养了这个男孩，一心要把他调教得像她当年一样，以使得她的梦想得以实现——恢复曾给人们带来那么多狂欢的嗓音，恢复那个二十年前在一场大火中被烧掉的偶像。她开始依照自己当年的模样塑造他。男孩断然拒绝，他以投掷石子回报了她。

如今，在世事的雕琢之下，我也成了自己一直敬而远之的那种人了——我“施予”,别人接受;我吩咐,别人顺从。

七

当年的老一最近出事了。据说被传唤的时候,他吓得双腿觳觫,像一坨烂泥似的被办案人架出了办公楼。消息来自两个队列。都是当年老一队列之外的人。一个队列小心翼翼地问:“没你什么事吧?”意思是,你跟这个人有没有经济上的牵连?另一个兴高采烈地问:“没你什么事吧?”意思是,整倒这个人的过程你大概参与了吧。

当年就是因为拒绝诸如此类的合作,我才被视为“忘恩负义”。后来,也因为拒绝合作,我被孜孜于告状的一群称为“好了伤疤忘了疼”。我厌恶密告,觉得不干净。但是对最后到来的这个消息,我的第一反应却是痛快——那是一种由衷的、夙愿实现般的大快意。我从来没有意识到我竟然如此憎恨这个人。时隔十五年,这憎恨竟然丝毫没有减弱。此前,对所有关于他的消息都是不大在意的,我以为从前的恨意已经在时光流逝中渐渐麻木。他升迁了,又升迁了。飞黄腾达的仕途与他的实干和有眼色是相称的,与他的霸道和胆大妄为也是相称的。我一点也不觉得惊讶——不都是这样吗?如此神通广大的人,竟也有“出事”的一天。得到消息的那天,我拒绝了来自某个队列设宴庆祝的邀约,自己回家,开了一瓶烈酒。是的,我是快意的。我没想到我竟如此快意。我在庆祝。而且,我的快意如此强烈,就像这瓶烈酒,简直不能与人分享。我选了一个郑重其事的方式,由衷地庆祝。

在这个人手下忙碌的时候我还不到三十岁。现在想想,差不多是个完全不通人情世故的大孩子。仅仅因为我不肯站在他的队列里——拒绝在他命人拿来的一摞大数额单子上签认经手，他不断找茬刁难，几乎没有让我安宁过。最令人发指的一次，因为我睡过了点而没有赶上单位组织的下乡活动，他逼着我在中层会上做书面检讨。都知道那只是一个借口。下乡总是天不亮就出发，几乎每次都有人睡过点，他本人也有过。睡过点，从来就没有当成事来提。我做检讨的语气不卑不亢，令他极度不爽。他需要的是我低头。于是，这件事在各种会上被一提再提。“现在由本人来谈谈认识。”他说。但我每一次“谈谈认识”都让他更加愤怒。他失态地问我：“你这是检讨呢还是作报告呢。”于是在那个单位，我很快成了孤家寡人。连平时早被老一排挤到旮旯里的几个怂人，也先后找到我，劝我低头，并且说：“那个霸王盯得紧，以后咱们面上还是少来往的好。”人性深处的恶毒和卑怯，是他亲手撕给我看的。

那天我一直喝到瓶子见底。七两装烈酒，十五年陈，和我心里的憎恨存放得一样久。我一杯接一杯喝下去。在市声渐暝的夜晚，烈酒消灭了往事，也终于消灭了我的刻薄。快意散尽。这个恶人倒了。可是，在蹉跎与消沉中浑噩而过的十几年，还能回来吗？

八

有一阵子我迷上了龙舌兰。因为要找和龙舌兰搭配的石榴预调酒，我几乎跑遍了伊城所有的超市。所有的，也就是说，诸如丹尼斯、大商、华润、麦德龙……每一家大型超市所设的网点，我都找过了。没有。他们的货架上全都整整齐齐排列着苹果、蓝莓、青柠、车厘子……十几种预调酒，不能说不够丰富，但就是没有石榴味系，就像商量好了似的。而我喜欢的龙舌兰，除了石榴味，跟别的都不搭。我只好单喝龙舌兰。是苦的。我尝着这种纯植物的苦味，心中有种隐隐的憋屈，有种无法言明的拘束感。

他们就是商量好了。起初，在拼抢疆域的时期，他们可能是各行其是；但是到了最后，他们的步调总会越来越一致——你有的我也有，你没有的我也没有。大超市的网点不是各自独立的杂货铺，它们是整体配置中的一环，一个点。在某种覆盖一切的编组与排列中，他们必然变得一模一样，谁也抗拒不得。

时势有如洪水，要想逃脱席卷是不可能的。好多人已经练得极好的水性，俯仰随心，行止自如。你必须沿着自己的泳道，以事先说好的花样，努力向前。我也在渐渐化为机器或者螺丝钉，或者某个装配精密的仪器的元件。我也在生存的教唆或编排下，剔除一些元素，增加另一些。迟早，我会和队列里的他们一模一样。

九

一入夏，伊城就落了一场大雨。空气难得清明，窗外阳光涟滟，鸟鸣不断，清风拂动着桐花，一切都显得无限祥和。我坐在桌前，又一次翻到写于十六年前的《考核手册》。这不是记录，而是一部断断续续、有始无终的长篇。其中一节，写到过队列：

> 局机关有一百多个人。表面上一派和气，但是私底下各有各的圈子。能够影响局面的有三个圈子。其中一个，是老一的嫡系。和这个圈子势不两立的，是在这个局待了多年、对所有的新贵都看不顺眼的一帮“老人儿”。还有一个圈子，是前任局长通过公选调入的年轻中层。当时的干部公选，面试和考察我都参与了。那一批调进九个人，有七个是学生出身。他们被称为学院派，我则被认为是这个队列的首领。老师，他

们私底下这样称呼我。

那是老一当头的时代。当时我还在努力顺从，还不曾拒绝在那些来历不明的单子上签字。但是，我还是被一种莫名的不安搅得夜不能寐，几乎进入了以血为书的状态。那些滚烫无状的文字类似哭号。哭号是不好看的，那些文字，大多被删除键打发了。事情并不是坏在对于概念的理解上，事情坏在，我们太热爱分庭抗礼，总是一来就想到了对峙，一来就想到了忤逆和压制，就要你死我活鱼死网破。毁掉一切看着不顺眼的东西，这成了我们的心病。悲怆的溪流仿佛从那时起便已经漫出眼眶，流淌不止。

此刻我觉得伊城也是可以忍受的，因为刚刚下过雨，天空澄明，万物清新。事实上，没有任何冬天像刚刚过去的这个冬天一样雾霾深重。因为对于雾霾的难以忍受，也由于拂之不去的沉闷，有一天我临时决定和爱人出趟远门。要去的地方很偏僻，我们选择搭火车。在火车站的售票窗前排了很长时间的队以后，售票员说，这个窗口只售军人和学生票。但是窗口的电子屏坏了，对于售票限制并没有任何提示。爱人一言不发，立刻转到另一个窗口去默默排队。我却顷刻间沮丧无比。那长长短短的队列，喧哗又隐忍，看上去令人气馁。从什么时候起人与人的相处成了这个样子，我不知道。但人和人的相处，的确就是这个样子。

一场雨也就带来半天的好空气，过午就不行了。每到午后我便开始莫名地焦躁不安，什么也做不了。我默坐，抽烟，直到日影渐长，直到每天都会降临的雾霾再度降临。

（原载于《天涯》2017 年第 2 期）

母女关系

碎　碎

一

多年前，哥哥结婚时新房布置在父母家里。当时县里的习俗，是在子夜零点举行婚礼。新婚之夜，送走完客人已是子夜2点多，室内点燃着的两支粗大红烛还在诉说着这个夜晚的热烈与喜庆，妈妈在楼上叫我哥去她屋，和她把账算一下。

妈是要和哥哥分礼金。哥哥嫂子这边的朋友同学送的礼份子，她划出来给他们；别的亲戚们给的呢，则归妈妈所有。妈性子急，急于把这个账算清楚，数钱于她又是平生最快慰的事，所以她等不得第二天。好像第二天钱就会飞走一样。

我们都知道妈的脾气违拗不得。哥哥只能撇下新婚之夜的新娘，上楼配合妈算钱去了。

这事一定影响了哥哥嫂子新婚之夜的色彩。尤其是我嫂子，她刚刚踏入这个家门，在她正该享受洞房花烛夜之时，这个良宵却被染上不洁的气息，这让她感觉非常不可理喻。也许就是这内心的创伤，影响了她对未来生活的感知。

多年以后，嫂子偶然和我又说起这件事，我能感受到她在那个夜晚的破灭。我只能无语，失笑，瞬间陷入作为这种家庭一员的局促、难堪与自卑。

是的，自卑。自己家庭的氛围不够好，比如粗野、失和、缺乏尊严感与被尊重感，是会使这个家庭的孩子感觉自卑的。

没错，我妈是个彻底的物质主义者。她所能感知的，只有物质与实利，别的都进不到她心里去。一个缺乏精神性的人，一个不能让人感受到她的精神性存在与精神光辉的人，令人难耐。哪怕，我们该是世界上最亲近的人。

16 岁时，我在离家千里之外的地方读书。妈搭别人的顺风车去看我。阔别多日之后的相见，分外高兴。我带妈和与妈同来的人去学校附近的卧龙岗玩。妈穿着一身很修身的藏蓝色罗蒙西装，看起来尊贵考究。遇到卖饮料的摊点，我要求买一盒葡萄汁喝，妈满口答应。一块四一盒的饮料，妈还价要求一块三。对方说不还价。妈坚持还，对方坚持不松口。双方的脸色都变得难看了。妈的脸也马上因为不快而变形。这种表现让我感觉痛心又丢脸。以我家的情况，何至于在乎那一毛钱呢，还价于她，只是一种习惯成自然。还价倒也没什么，但是为了锱铢之利弄坏了自己的心情，表情难看，这样远大于一毛钱的损失她从来都不会考虑。我在内心失望到了极点，顿觉她那身罗蒙西装扎眼而可笑。

那时我还太年轻，相信一切都应该是美好的，我们应该努力表现美好，这简直就是生活的第一要义。可是妈妈，那么轻易就把事情弄糟，破坏了一切。我永远无法和妈妈就这样的事情进行交流，因为我知道，在这样的事情上她永远无可更改。我永远无法让妈妈懂得，感觉受损，内心受损，才是最大的受损。也许，这只能是我的价值观，而不会是她的。我无法改变她就像她无法进入我的感受。和妈在一起，我所能体会的就是，她只会一再地，永不停歇地把你的感觉败坏掉。

妈的这些表现，都让我们感觉难耐，无法在内心尊重她。在我长大成人走上社会之后，甚至，也无法爱戴她。

她的一生都活得辛苦而计较。在她人到中年，生活并不缺钱时，依然活得辛苦劳碌，那是心的辛苦。活了一辈子，到头来还是芝麻大的事都没能放下，最后压垮的是她自己。她让自己的一生，都在大大小小无端的气恼中度过，没有身心舒展的能力。

妈不善良吗？她自认为自己很善良，心肠软，对人热情厚道。这或许不假。但是她性情强悍暴烈，控制欲强，习惯对所有的事情指手画脚。对于一个屋檐下的人，或者和她共事的人，只要对方和她意见不一致，或者成为她哪怕很小一件事的障碍，她都会马上翻脸，水火不容。不让她占上风，那件事就没完。那种经不起事的善良，我总觉得是伪善良。

可以想象，妈妈这样的脾性，我们家不可能和睦。小时候我们挨打挨骂是家常便饭。家里经常叮里咣当，很少有适意的氛围，总是很容易就争吵起来，火星四溅。每个人都习惯于说狠话、重话、凶话，因为说轻了起不到任何作用，到最后说重了也不起作用，谁也不听谁的，只会比拼对谁的伤害更重。伤到最后，彼此麻木。

在这种家庭氛围中长大，是我不习惯温柔也不太信奉温柔的原因。只有温柔的内心，才能感受温存的世界。可是温柔离我们很远。不温柔，是我们生在这个家庭的胎记。

不知是先天还是后天缺陷，在我们看来，妈对一切精神事物都是排斥的。全部排斥，或者粗暴忽略。逛街逛商场，跳广场舞，一连三四个小时也不累不晕，但是看书看报纸，不到十分钟她就说头晕。她的精力与注意力，关注不了任何与吃穿无关的事物。血肉情缘，其实也需要精神的支撑。否则，连血肉情意，也显得被动而可疑。于我，爱一个人，必得首先能爱上他（她）的内心世界。否则，爱便是无源之水，无根之木。

对自己的孩子，对待父母，应该是无条件地去爱的吧。可能并没有不爱的权利。从理论和道义上是这样。道义上的必须爱，与情感上的无法爱，成为两难。与妈妈的关系，难亲又难疏，这真是巨大的考验。

这也着实，令人尴尬而不适。

二

没有谁能没有秘密，完全透明地活着。享有自我的秘密，是心灵必要的外衣。但是妈妈，对孩子对丈夫的要求是，不应该有任何秘密，要绝对坦白，所有的领地都该让她知晓，我们的一切都该在她的检视之下。虽然，她自己都不可能做到这样。她比我们有更多的秘密与谎言。

13岁那年我读初三，一个周末的夜晚我趴在自己房间的桌子上写日记。日记本是好朋友送我的生日礼物，很漂亮。我开始主动写日记，有记下自己心迹的自觉，就是从这本日记开始的。正写时妈突然推门进来。面对不知道敲门的天兵天将一样突然现身的妈妈，我飞快地把日记本合上往抽屉里塞。那个年纪的我已经有了保护自己隐私的权利意识。但是到底是孩子，不善于伪装，我的反常动作更引起了妈妈的注意，她走上来要看我在写什么。

“不行，这是日记，你不能看。”我护紧日记大叫起来。

“屁大点的孩子，有什么见不得人的，我非要看看。”妈不由分说。

她奋力抢夺，我坚决不从，两人互不相让，都感觉自己真理在握。撕扯中我被妈妈推搡在地，头、脸和胳膊都挨了打。我们都使出了自己平生最大的蛮力，但是胳膊扭不过大腿，体力远在我之上的妈妈把日记本夺走了。我倒在地上痛哭，直至浑身冰凉，眼泪哭干。

那是我第一次历经的内心的强暴。

日记里写的不过是学校里的一些琐事。妈妈看我捍卫日记那样刚烈的态度，还以为日记里写有生怕大人知道的惊天秘密，没想到看到的只是些鸡毛蒜皮，她不知是失望还是庆幸，悻恼地把日记甩给我，鄙夷道，这有什么见不得人的。

就像一个年轻女孩对外人护紧了她的处女之身，却还是被人扒得精光，暴露之后，又被嗤笑道，这有什么好看的。雪白的日记本在刚才的争夺中被撕扯得皱皱巴巴，现在又被甩在地上，它被蹂躏过的样子是那么丑陋和肮脏，我一辈子都不想再见到它了。当我从地上爬起身，第一个念头就是，自杀。

那是我第一次想到自杀。

夜深了，我躺在熄灯后的夜晚，睁着眼睛感受潮水一样无边的黑暗。我在想如何自杀。我每天上学路上途经的巷子边有一口水井。我想我应该走到那个井边，扑通一声跳下去。决绝地，没有退路地，痛痛快快地跳下去。以我的死，给她最致命的打击。只有死才能抗争我身受的耻辱。

那晚的风很大，我躺在床上都能听到风吹得呜呜叫。心里有个声音一直在说，我要去跳井我要跳井。但是，身体还是躺在床上一动不动，因为害怕。漆黑的夜，呜呜的风声，还有黑暗中从家走到那个巷子长长的一段路，都让我恐惧，我没有胆量完成这些。巨大的绝望与屈辱感像黑夜一样覆盖了我，虚弱又膨胀的报复欲像狂风一样在内心呼啸。

第二天的太阳照常升起。一夜之间，我已由少年走向衰老。接下来的整整一个星期，我都没和妈说一句话。那些天，一想到还要和她面对面，还要吃她做的饭穿她洗的衣服，还要接受她目光的检阅与继往开来的关切，就感觉耻辱恶心得不行，连呼吸都让人痛心。我苟且地继续在这个家生活，带着对身处的一切的厌恶。

那个夜晚的经历，剿灭了我内心的很多文艺细胞，也浇灭了我对世界的很多温柔心意与想象。我再没有在家写过日记。第二天我把日记里写有字的那几页撕下来，撕得粉碎，冲入下水道，然后把那个本子从我家后窗扔了出去。后窗外是一条人来人往的街道。我能想象它被摔在地上溅起灰尘，肮脏而又痛快地被摔在地上的样子。

应该就是从那时开始，我有了一个对家人拒不开放的世界。对于妈妈对我的管理，不仅有情感上的憎恶，更有生理上的不适。我再不能和她亲密。这决定了一个人内心的色彩。

后来看到台湾作家刘墉在书里写道，在他孩子十六七岁的时候，他每次回家上楼梯的时候，都会故意发出很大声，想让楼上的孩子听见，这样孩子如果正在做什么不想让父母知道的事，可以早做准备。

这个细节让我很受震动，怔忡良久。原来，做人，还有这么一番挺括自在的天地。他的孩子心里该有多松弛，多完好？

温饱问题解决之后，决定一个家的质量的，是彼此关系的融洽程度，是家庭氛围。可是妈妈对我们惯有的“捉奸”心理，毁坏彼此感觉的能力，让我们成为彼此的地狱。

我们要承受那种在她眼里作奸犯科的罪感与不洁感。逆反、撒谎、阳奉阴违，成了我们的必然选择。在那些密布的谎言与对抗中，我们感受捍卫自我意志与忤逆的快意。这样的结果，是事后被妈发现之后对我们更重的责骂与不信赖，然后造成我们更多的不以为意和斗争反抗。如此，恶性循环。

妈妈不爱我们吗？当然不是。她像世上绝大多数妈妈一样，为我们的家，为她的三个孩子操碎了心，奉献了她所能奉献的一切。她对我们生活上照料的精细程度，应该还超出了大多数妈妈。但是她爱的能力，爱的智慧与技巧，几乎没有。精神上的伤害是更大的无形的暴力，她对此无知无觉。我们只能在不被尊重、彼此敌视设防、沟壑深深的氛围里，内心阴郁地长大。

我们的性格，看待世界的眼光，对待他人的方式，就此形成，并给后来的人生埋下伏笔。

三

从我上小学时开始，只要有同学、好朋友来找我玩，不管男生还是女生，一个还是几个，妈妈几乎从不能容忍我们待在我自己的房间。我为争得这样的自由抗争过，吵闹过，都没有用。妈以她做家长压倒一切的权威，永远比我更强悍更有理。十六七岁之后，在我觉得自己已经长大成人，理应有自己的空间时，在妈妈那里依然行不通。

我和同学在我房间聊天时，妈不是一会儿推开门，“客气”而不容推辞地说，到客厅坐吧，客厅光线好，空气好；要么就直接说，不用关门啊，关门空气不好；要么就是大呼小叫地一会儿一喊我，要我帮她做点纯属举手之劳的事情。她是要我的一切都晾晒在她的目光所及之下。男同学就更不用说了，她会满面笑容貌似热情地询问对方的姓名、年龄、家庭住址、父母职业……各种打探。在这样的环境下，我还能和同学自在地聊些什么呢？每一分钟都有被打断的可能，即使我们说了点什么，也大都支离破碎，鹑衣百结。

那个年纪，也开始有了彼此感觉不错、心生微妙的男同学。当我们小心翼翼地坐在一起，温柔地说笑，一切还都纤弱生脆、颤颤巍巍、缓慢生长的时候，总会遭遇妈妈那股烈火，犹如一簇小草被铁蹄碾过，奄奄一息，再也无力生长。

有次有个我很看重和心仪的男同学来我家，他的祖宗八代、前世今生都被妈妈打捞访问了一遍，我怎样的明示暗示都阻挡不了她旺盛的探索欲。这让我感觉像没穿衣服一样丢脸。男同学走后，我和她大吵了一架，然后躲在卫生间里哭。水龙头被我开得很大，水声淹没了一切，妈不会听见我的哭声，正如她无法知晓我的痛楚与愤怒。

后来，这种事多了，我连和她吵架抗争的力气也没有了。吵也没用，只有奉陪。我只有眼睁睁地等着看自己的笑话好了。

好在我14岁就离开老家去千里之外的城市上学了，离开她的视线，有了很多任性和我行我素的权利。这些年，我们在精神上早已离散。我早习惯了有什么重要的个人事务也不会告诉她。或者，告诉她，也只是作为一个结果去告诉她，而不是在做出决定之初告诉她。那是一个经过砍削、加工或者变形过的结果，与事实真相已有距离。包括我30岁时结束婚姻一个人生活，以及当时历经的那些黑暗与眼泪，都没有与她说起，也永远不会和她说起。几乎所有的内心事件，我都对她避而不谈。我习惯了在她面前就是一个无味无趣、简单扁平的人，是一个修女。

她是我生命的出处，但是，她的做派和我们三个孩子对她的所作所为，使她成为这个世界上离我们最远的人。

后来发现，母女关系，以及家庭关系和谐温馨的氛围中出来的孩子，他们的表情、脾性都会写在脸上，是那种温和的，坦然的，知足的，明亮的，有一种与世界可以通达的豁朗与郁勃，那是对世界的信心与信赖。他们内心对自我和世界的信心，来自他们曾经得到的温存与尊重。每次，看到面相甜美、爱说爱笑的姑娘，我都能感受自己与她的距离。或许也是我们人生的距离，家庭的距离。

四

我每次回老家，妈最惦记的，依然还是想方设法做各种好吃的。吃是永远的主题，几乎也是唯一的表达。每天餐桌上都鸡鸭鱼肉异常丰盛，她是恨不得在那几天时间里把我一年亏欠的营养与美食都补回来。厨房是她一生的舞台，是她的出发点与归宿，更是她的人生战场与根据地。这或许是她那个年岁的人，大多数中国式妈妈的生活与命运。

她做事很慢，但又极其讲究和精细，所以她除了睡觉之外，几乎从早到晚都站在厨房，吃完上顿忙下顿，时间上的巨额投入与精力上的全部支出，让人感觉惊悚。忙忙碌碌一辈子，就为了忙每天三顿饭，这是她的生活事实，好像活着就是为了吃。这么一想，便觉恐慌。她一辈子也没反思过别的过法，或者一天的别种打开方式，哪怕她深为其累。

我每次回去住的几天时间，每顿饭菜她都准备得太多了，经常会有一半甚至一大半因为吃不完而倒掉。那么辛辛苦苦地把它们买回来摘洗烹饪，好像就是为了最后把它们倒掉，这或许也是过剩的母爱的表现方式。面对那些被倒在泔水盆的好饭菜，我们都会有犯罪感与空虚感。她知道这样会令我们不快，会指责她，便会在饭桌上奋不顾身地劝菜劝饭。她的惯用招数是，趁我们不在意时舀起一大勺肉和汤放进我们碗里。或者我们已放下筷子了，她非又给我们再添一勺饭。这种不由分说的强迫，常常会把我们弄得颇为恼火。再好的东西一旦成了强制，也会成为梦魇和负担。

表达对人好，表达爱的方式，首先应该让人感觉适意，尊重对方的意愿，而不是一厢情愿地强加。哪怕是一家人，哪怕是在最无关紧要的事情上，也该如此。但是妈一辈子都没学会。她只会以她以为的好的方式，对待我们。结果是让我们在面对她的作为时更加烦躁更没有耐心。就好像，更多的努力与付出，不过是徒增彼此的亏空与损耗。

这真是令人悲哀的事。

有那么无微不至的身体关怀，却缺乏足够和有效的精神关怀与心意相通，这是中国式父母的通病。

每次在我临走的前夜，她都会带着满怀的懊丧说："哎呀，你这次回来我想和你好好说说话都没时间，光顾着做饭了。"这样的话真是让我又灰心又绝望。就像面对灰扑扑的、尘垢满面的生活，无法拂逆。我们就是那样不得体与不恰当地面对彼此。直到彼此再也唤不回来，成为让对方感觉不适的人。随着不适的范围与程度重重叠叠地增加，我们都成了对方眼里难以忍受的人。

也许还是因为我们的狭隘吧。我们都是狭隘的人。我们不看重的，她总是过度给予；我们所看重的，她给的却是负数。我们又何尝能看重她所看重的。我们都只会按自己的方式给予对方，都不会按对方需要的方式去爱对方。

五

当我在这个城市有了自己的房子后，妈妈每年都会带着对城市生活的钦羡与向往，来我这里住一阵。老家，县城生活，早已远离我的生活圈，但在我的记忆与想象中，那个小城的日月与生活样式，温煦，缓慢，柔媚，适宜人居，有着沈从文笔下生活的韵致与腔调。

但是在妈妈的叙述中，是另一番样子。

“×××在结婚以前就怀孕了，做了人流，男的不想要她了，和她分手，她闹着要去跳塘自杀，男的没办法，最后才和她结婚的。”

“你怎么会知道这？”对她道听途说的这些八卦，我大都半信半疑。

“她婆婆跟俺们说的，她婆婆一点都看不上她。”

“×××是填房，不是原配。你没看出来吧？”

“×××和×××搞作风，院子里的人都知道。他经常整夜不回家。”

……

这些质地不端的人事，妈每次来都会再讲一遍或多遍。是她常讲常新的老生常谈。每次讲都像第一次讲那样热烈。我的故乡在她的叙事里是这样的，似乎也只有这些。

这也许是独属于我妈的叙事，属于她这种人的叙事。听过一两回之后我便很不爱听。似乎经她一说，也会被她卷入那个不洁的世界，身边的空气都变污了。有时候她刚一开头，我就粗暴地打断她，说别说了，都说过一百遍了。但是我经常打不断，那样的言说似乎总能给她带来快感。

总在言说和感受这些，也许就在于盛不下别的美好。让我感觉艰难的是，她的内心，好像装不了半点人世的美好。与她说话，最后总会让我感觉灰暗，难耐，没劲透了。最后我们交流的模式大都是，她说什么我都会打断她说别说了，要么就是她说的时候我屏住呼吸，充耳不闻一言不发。

她每次来，还是会无孔不入地检阅我的生活，翻遍我的抽屉、床头柜、旮旮旯旯，力图窥探其中的秘密。还好我最多的秘密是在电脑里，在我写下的博客微博里，在一篇篇电子文档里。她不会用电脑也就看不到这些。我换洗的内衣是不让她洗的，一再跟她交代我自己洗，但她总会在我上班后掘地三尺地找出来洗了，研究我内裤上的分泌物，判断我身体最隐秘部位的状态，然后和我讨论这些。这是爱还是爱的变形，还是对我个人隐私的控制与占有打探而后快，我不能深想。这种语境，让我只想和她成为最深的陌路，永远不必再和她说一句话。我该怎么向她发作呢，我不知道。何况怎么发作也没用。我用最狠的话跟她说不要洗我的内衣，像贼一样把内衣藏在隐秘得她无法想象的地方，但是偶尔忘了，就总还是会被她翻出来。

和她在一起的生活，只能做贼，像小偷躲避无所不在的上帝。因为这种被窥视感，让我对她想要了解我的一切的企图，分外抗拒。她会在给我整理衣物的时候，装作漫不经心地问：

“你们是不是在避孕啊？”

“他爱喝酒，不影响你们的房事吗？你们夫妻生活还好吧？”

……

我假装没有听见，或者只含糊地嗯一声，让空气呆滞，让她的问题悬在半空。我可以和好朋友，和闺蜜，和感觉彼此懂得的网友谈性，谈身体，谈私密，并能在坦然面对中感受彼此打开的快慰。但是我根本无法和她谈这些。和她一起面对这些都让我感觉呼吸困难，如蛇爬过一般毛骨悚然。谢绝让她进入我的内心，谢绝她打探我的生活，是我对她无法更改的态度。

有次她来住时，爱人的表姐也在我家小住，因为表姐对她的指手画脚不感冒，不喜欢听她指挥，她就对表姐各种看不顺眼，总在我面前挑表姐的不是。看爱人对表姐很好，她居然跟我说：“他们俩，别是有那事吧？”

这话让我无法呼吸。太脏了。我的妈妈，她感受世界与揣度他人的方式，为什么会是这样？一个人内心的样貌，决定着她所能看到和感知的世界。她所感受的世界，只能把她置于内心的地狱。我感觉自己永远都无法解救。

现在，妈一天天老了。原来性情强势的她，正在走向虚弱和溃败。60岁之后的她，很容易失眠焦虑，生气发火。和她的相处更加艰难。她总会让自己陷入无穷无尽的烦恼。那是她还想要掌控与操纵一切，却无能为力、不得其法的焦虑。是不会解脱和放手，只会自我压迫、各种想不开的焦虑。但她从不会示弱，只是更加暴虐。岁月没能让她获得宽厚平和。父亲去世之后，她更是过得越来越不快乐，不幸福。我们也做过种种努力，但在她身上都无法奏效。因为我们改变不了她的性格，改变不了她看待世界的眼光和感受世界的方式。

我越来越相信，幸福是一种能力，更是一种品质，或许事关最高的人品。幸福应该也是一种性格和习惯。可是我的妈妈，不曾拥有。她让我看到了，一个人幸福与否，与她面对生活的品性、姿态，内心的宽度与深度，息息相关。总能够使自己与他人感觉愉悦，时时散发出人的趣味与内在的生动性的人，才有可能感受幸福。有的人，就是没有能力让自己感觉幸福。

我们所能给予她的，除了金钱，别的在她那里都难起到正面的理想的效用，所以我们愿意付出的钱之外的东西，也越来越有限。钱似乎能买来一点安顿，但是钱，却难以解决那些悬置的问题。

现在，与妈在一个屋檐下的相处，还是会伴随有争吵、不快、互不尊重。每次，在控制不住和她争吵过后，在听到彼此刺耳的高嗓门响过好像空气中有金属割裂的声音滑过之后，我都倍觉自己的丑陋、难堪与失败。但是每次当她离开时，或者我想起她一个人在老家的孤单生活，都会非常难过，感觉沉痛。

我们无法选择母亲，就像母亲无法选择她的孩子。一切都是冥冥之中被注定的。作为母女，我们甚至无法选择不爱。只有爱，与被爱。每每，我也会自问，一个不能和自己妈妈处好关系的人，还能和谁处好关系？怎么说，这样的人都很可疑吧。而且，我曾经反感的她身上的种种，现在我常常在自己和兄弟姊妹身上发现。我们居然让她身上的那些，在自己身上重演。

我们逃不过彼此。

近距离地面对彼此，还是会有难以战胜的憎恶与不耐，但是，我还是希望自己心中充盈有爱。那是不管对方怎么样，不管遭遇的世界怎么样，依然能爱和体恤的能力。依然能心怀柔软，依然让自己心怀爱的火焰，散发爱的光辉的能力，我能不能获得呢？

这于我，是巨大的考验与修炼。

只有爱才能照亮一个人，让他活得盈光水润，活出勇气与力量，我知道。对别人的憎恶与厌烦，摧残与损毁的也是自己。那只能让一个人委顿，干瘪，黯淡无光，日益丑陋，我知道。

她肯定也是我或多或少的另一面。她是我的镜子，是我的鞭子，是我曾经的糖，是我现在的药。爱她，无关乎她好不好，不过是自我内心的需要，是自我圆满的途径。

妈妈，她应该是上天指派给我的，考验我的心力、能力、智力、耐力与活力的凭借。

我不知经由妈妈，我会变得更好还是更坏，更柔软还是更冷硬，更美好还是更无力，更积极还是更消沉。但我已经相信，这一切都可以并不在她，而在于我。

一切，都是命运的馈赠。

（原载于《天涯》2017 年第 2 期）

月　光

王新华

对一个爱写两下子的人，标题也是一种资源。有时它就像一个顺手的老物件，找来找去，就是不出来。

“月光”，这是一个标题。它在我的面前好几年了。这期间，我使用过好多个题目，却没有动过它。不是我不用，是没有用到。就是说，我没有写，写不出来。为此，我埋怨自己还不是写家，还不文学。这个题目不是来自书房，来自诗兴大发，它是一个真实的存在。

那个晚上，20 世纪 90 年代末深秋的一个晚上。农户的麦子差不多都种上了，有的已经出苗。地虽是一户一绺的，却看不到啥界线，都是手扶拖拉机和牲口耙好的麦地，平展展的，无边无沿。这个时候，月亮出来了，一人多高，昏黄的光铺在昏黄的土地上。我们一家人正在乌龙港边这样的麦地里拾红薯片子。父母、妻子、小孩都在。红薯片子拾完了，装了一架子车，我拉着回家。不热不冷的天，哪里都是月光。车襻搭上肩膀，我又扶着车把四下里看了一圈，依依不舍。月光像是一个扯不清的女人，背对着我，越走越远。

农人在月光下面干活，真不算个啥事，不管是哪个晚上。可是，这晚上的月光有一天就忽然印在了我的心里，不可复制。这是我乡村生活的最后一场月光。我知道的时候，已经晚了。

那个时候,改革开放已经二十年了。村庄上的人差不多都出去了,我还在家里。一首《年轻的朋友来相会》,我听了好些年,它又在耳边回响——

年轻的朋友们今天来相会,
荡起小船儿暖风轻轻吹,
花儿香鸟儿鸣春光惹人醉,
欢歌笑语绕着彩云飞。
啊亲爱的朋友们.
创造这奇迹要靠谁,
要靠我,要靠你,
要靠我们八十年代的新一辈。
再过二十年我们来相会……

二十年已经到了。

我不止一次地写过这样的句子:2000年,在世人欢呼新世纪第一缕阳光的时候,我走出那个沉寂的村庄,成了一名外地人。

这是一种表达需要,是为了突出一个时间上的节点。实际上,在这前一年我就出去了。就是这个有月光的晚上,我把装着红薯片子的车子拉回家以后。其实,好几年前我就出去过一次,也是在现在的吴江,一个叫庞山湖的村庄,那是正月,在一个老太太家里趴了二十几天。没有活,不能死啃,我跟一个老乡扛着铁锹,拎着袋子出去了,到周围稻田的水渠里乱挖,看有没有泥鳅、黄鳝。还真有。吃不完,就卖。终于没有找到活,只好回家。卖黄鳝的钱也够了路费。到安徽阜阳下了火车,我跟着别人走了两步火车道,一个穿着军大衣的人过来,说我们违反了规定,罚款十元。我给了。

现在看,这是有人在想办法跟外地人弄钱。这成了今天的常态。这段经历,几年后连襟跟人说,我那年出去没有找到活,挖黄鳝卖点路费才摸回来。连襟是个文盲,他那意思是说,我的高中是白上了。回到家,妻子正在本村的姐姐家忙活,大外甥十二岁,二月二剃毛头,有客。看到我,妻子一声没吭。晚上跟我睡一个枕头,她说,这二十天咋这么长呢,像几个月了!结婚七八年了,这是我俩头一回分开。

我回来了,父母、妻子、孩子,一头老犉牛、十几亩地,一样不少。跟现在不一样的是,家里不是少,外面是多。这个多,引诱着庄稼人。一到开春,就有人背着瘪塌塌的包袱下了车,别人一看就是有人打回头了。这人自己也是笑笑,呵呵,没有找到活。

第二天,我就掀掉袄子,和泥搭了一个池子,填了牛粪。在街上二月十九逢会前,埋了一池子红薯母子(育苗)。

两年以后,离我们不远的姐姐姐夫也出来了。他们在上海的长兴岛包了橘子园里的活。姐夫还跟人合伙买了一条木船,抓螃蟹苗和鳗鱼苗。听说,油坊(他们庄)人都找到门路了,赚钱得很。那一年夏天姐回来了,看看亲戚和孩子,两个孩子还在家里上学。这一趟,她临时决定,让几个小四轮拉了盖一处房子的红砖,垛在宅盘上,一大片。乡下人知道,钱到手里是留不住的,只能把它变成东西。今年是砖,明年是瓦,后年是木料,再往后是工钱,房子就起来了。四十来岁的姐这一趟回来很有成就感,这说明自己既不穷,又当家。她这回手里也没带钱.是跟人拿的。亲戚邻居也没有谁阻拦。打工不会打一辈子,哪里再好也不是家。兔子跑三坡,跑来跑去归老窝。乡下人驴毛杂姓,各说各的话,在家乡这一点上,达成了一致。

三年以后我也终于出来了,还有妻子,至今已有十八年了。跟当年不一样的是，外面不是多，家里是少。一个庄的地都给你种，也是少，钱少。卖力气是肯定的，你不能选择。扫马路也不能种地。

前年，我把老家宅子上种的杨树卖掉了。从江苏到河南一路上能看到的差不多就是杨树。这东西是外国的，过去不多，因为不结实，但长得快，便于加工，这些年的家具和工地上的模板都是它。我们县号称杨木基地，也便宜了，几百块钱一方。这次平掉后，我不想栽它了。那天我换了衣裳，拉着铁锹在沟坎的野蒿里找了一些槐树、桑树、榆树、楝树，栽到了宅子上。今年过年回家，有的已经有锹把粗了，我往竹竿上绑个小锯子，仰着脸把一些枝子去一下。明年再回来看，肯定又不一样了。“长成了，卖给谁呢？”一个上了年纪的人，不知啥时候站在旁边，自言自语。

它们长大了卖给谁？我没劲儿了。村上的一个老木匠去年死了，他的徒弟、儿子这些年都在外面打工。这些长得很慢的家材树跟杨树一个价给板材厂，人家也不要。因为不好加工，太结实了。我家的一个小柜，小时候就听父亲说过，是他爷爷手里做的。这就落后了。根据拉动需求、刺激消费的套路，这些年这个柜子至少应该调换十次了，买不起有贷款。现在搬家，头一个活就是把这破家具抬出去扔了。一辈一辈生长的树木，几十年就走到了末路。

今年 2 月 23 日上午接到一个电话，姐死了。姐还在上海的长兴岛，儿女都在身边。姐是自杀，为着小闺女的婚事。

过去以后，我这个娘家人也没有去问那些具体的过程。人已经没有了。有个女人，年龄跟姐差不多，辈分低一些，当年她们一起来到长兴岛，至今二十多年了。她哭着喊：“婶子啊，咱刚来岛上那年过年，你就花十块钱都过来了，现在咋走了这条路啊……”

穷困压不死人，只要心里还有希望。那时的姐是想着，不种那几亩地了，日子会好起来的。现在，儿子成家也十年了，自己都老了，一家人还没有一间房子。过去是钱不够，在攒，现在更是买不起了。闺女的事是孩子不听话，死神不过是诱导了一下。姐出去后的第三天早上，家里人才在野外找到她，她平躺着，睡着了一样，已经死了。虽是春天，那两天中国却在经受最强的寒潮。家人和亲戚都认为她是冻死的。姐死在外头，是她清楚自己住的是人家的房子。就是回到河南那个叫油坊的村庄，也只能死在外头。家里的房子已经倒了，她买下的砖还在那里垛着，长了一层一层的野蒿。一家人一直没能回家住，房子就没有盖。

姐的骨灰就寄存在岛上，一家人都在这里。活着无法回家，死了也仍然不能。丧事结束后我回到吴江。吴江至上海就一两个小时的路。这些年我在忙什么？几天前，要是打一个电话说："姐，过几天我去看你。"姐姐是不是还在等着弟弟呢？

儿子说："爸，我这回看俺大姑夫，咋那么小呢？"儿子说的是我姐夫。我也几年没见他了。儿子的话有些古怪，却正是我没法说的感受。这一回，我也感觉姐夫有点小，伸不开腰很卑缩的样子。姐夫早已不在水里自己抓什么了，这些年他给人家干零活，就是一个农民工。当年在家，姐夫是一个复员军人、共产党员、生产队长。

2月23日，是农历正月二十七。月底了，接近晦日，月亮白天打头顶上经过。姐姐虽然死在这个夜晚的野外，但她的身上依然没有月光。

（原载于《黄河文学》2017年第9期）

白雾清净

阿慧(回族)

一

公路两边的尘土原本安静地伏在那里,但来往的车辆却让它们无法安静。我坐在一辆气味混杂的中巴车上,见一股尘土披头散发地跟着前头那辆中巴车疯跑,一路裹带看不见的小砂粒,把车尾拍得唰唰响,还鼓动一只肮脏的白色塑料袋没头没脑地追,我见它攀上车顶的铁丝,气鼓鼓地远走高飞了。

我在一个叫"倒栽槐"的小镇下了车,迷蒙的尘土中,我晕乎乎落了地,感觉自己真成了一棵倒栽的大槐树。

有人走近我,我认出了他,也认出了他头上新匝匝的白色孝帽。表弟华子把我扶上面包车,他坐上驾驶室,扭脸对我说:"姐,俺爸他走了。"虽然华子知道,我是代表远在四川看女儿的父母,专程前去"发送"他亡父的,他还是沉痛地告诉我一遍,活像是在提醒他自己,他的父亲是真的走远了。

华子的父亲,是我父亲的小妹夫,我该叫他小姑父的。小姑夫其实不算小,今年正好七十岁。几个月前小姑夫被诊断出食道癌,手术前我去郑州看望他,他身板直溜溜,说话也不拐弯。我朝他病床前一站,他咧嘴一乐说:"别担心闺女,俺死不了。"又捏了捏咽喉说:"这里离心脏远着哩,得些日子不死哩。"路上想好的安慰他的话，一句也没说出口，倒是被他安慰了。我走时，他执意要送到电梯口，轰隆隆的电梯声中，他突然红了眼，说："你爸妈对俺真不赖。"我把这句话通过电话传给爸妈，我爸声音一软一颤地说："你小姑父的日子不多了。"

面包车在乡间的小路上摇摇晃晃，窗外的树木和村庄如跳动不安的镜头。平原上的玉米、大豆、红薯已被辛劳的农人收干打净了，他们顾不得秋收后的劳累，不歇气儿地耕地施肥，把土地伺候得柔软平整。他们也不让土地歇气儿，有人已经率先种下了小麦，有人正在地头做着准备。放眼望去，灰黄的地皮上爬满了犁铧走过的轨迹，像极了产后女人肚皮上的妊娠纹。偶尔闪过地头上一片片黄绿树木，土坟上一团团凌乱的荒草，看起来很像大地母亲肌体上稀疏的毛发。

二

小路前头，依稀晃动着几顶小白帽，冰凉的气息越来越重。小桥边，一座半新不旧的四方院子，门楼外的白灰墙像新粉刷的样子，白得让人心惊。门楼下的几条长凳上坐满了人，见我走近，都站起来让路。这时，堂屋里响起一阵哭声。一挂竹帘垂在门口，将外面的尘世隔开。掀起一角迈入，小姑夫躺在哭声里，蒙在新鲜的白布里，梦一样安宁。

小姑姑的手像经了寒霜的老萝卜，在我的手中无力地冰凉着。仅仅几个月，她老得那么快，简直让我无法相信。曾经那么中看的双眼皮，如今肿胀得像正在腐烂的白菜叶，两颗浑浊的眼珠沦陷在淤泥般的眼白里，眼袋颓废地低垂，似乎眼袋底下还有个眼袋。

她流着黏稠的老泪向我诉说，一时把我当成了她的娘家哥嫂，我代替父母庄重地倾听。小姑姑每说一句话都那么用力，但我还是难以听清，她的嗓音被巨大的悲哀挤压在喉咙深处，深度的嘶哑，她只好用手比画着表达，然后捋起她的裤腿。我看见小姑腿上两片浸血的皮肉，那是她的儿子们抢救母亲时，慌乱中的粗野。

我原不知，小姑姑会把“那个人”看得这么重，也许她自个儿也没有料到。小姑夫七天前被儿子们从县城的新家抬回乡下老家，昨天他咽下了最后一口气。当时，我小姑姑正往里屋走，她思忖着，想给那个人换件什么衣裳，就听有人说：“不中了，人走了。”“我活像一口气被谁抽走了，脑袋一蒙，就啥也不知道了。”小姑姑哑着嗓子这样说。当时的情景极其混乱，小姑夫的身子还软乎着，儿女们的哭声撕心裂肺，小姑姑却在里屋硬挺了身子。孩子们把对父亲凄厉的喊叫，瞬间转嫁给倒地的母亲，又掐又撇，又拍又打。“他们说我好长时间不回气儿，脸都青紫了，差点把我的两条腿撇断了。”小姑姑喘口气说，“慧啊，我真傻啊，这会儿才知道那个人有多主贵。大半辈子了，我出门口不知道东南西北，家里大小事都是他操心，一针一线都是他置买的。四个儿子，五座房子，都是他一砖一瓦盖起来的，我只会围着锅台做顿饭，他这一走，我可咋活啊！”小姑姑又无声地哭起来，那么真切的伤痛，活像一个失去父亲的女孩子。

小姑姑八岁那年，他们的父亲去世了，当时我父亲也只有十五岁。我印象中，小姑姑每次回娘家，都是哭着来哭着走。已经生了第四个儿子了，她依然拉着一嘟噜孩子边哭边走，弄得我奶奶和爸妈都不敢接送她。不知什么时候，这个相当复杂的任务就落在我肩上。

我奶奶倚着门框向她摆手，说：“走吧。”她抽泣着走两步又站住，我奶撩起围裙擦一把眼泪，又摆手说：“走吧。”她这才转身朝村外走。

她对我说："俺妈真狠！把我嫁到那鳖不下蛋的小刘庄。"那时，太阳才冒出粉红的大脑袋，小姑姑淋着泪水的脸颊红润润的，如两团洇开的胭脂。一双大眼睛，两汪深潭水似的，双眼皮一扑闪，满世界都是粼粼波光。我忍不住夸她："俺家小姑姑不是一般的好看。"

好看的小姑姑却嫁给了不中看的小姑夫，你一听他的乳名就知道了，弟兄六个，他排行老二，名字就叫刘二眯。小姑姑这样评价小姑夫："真主啊！那个人一双小眯眯眼，就像用秫秸篾子划开缝儿，成天看不见他眼珠子。"但是我奶奶还是狠着心把她嫁给了刘二眯。奶奶曾这样解释过："刘家好赖是个贫农，咱一个地主家的闺女，哪有好家愿意娶啊。"十八岁的小姑姑过门后，好像从没正眼看过刘二眯。

但这双小眯眯眼，看牛羊却一看一个准。小姑夫打小就跟他父亲四处游乡买牛羊，十来岁就敢单干了。他围着牲口市转几圈，不说话，眯缝着小眼儿只是看，看准了，上前一抓羊的脊梁骨，掰开羊嘴看牙口，再把羊揽腰一抱，就能估量出宰多少羊肉，赚多少钱。

我们一群小孩子，好像在六十里外的城里就能闻到肉香，一到节假日就争先恐后地朝乡下小姑姑家跑。一盏透明炮弹似的大马灯，挂在院子里老枣树的树杈上，树下一口敞口大铁锅，柴火伸长红黄的舌头，把铁锅沿舔舐得吱吱啦啦，锅里奶白的汤柱起起落落，羊肉的鲜香股股袭来。我们这群小馋狼被香味弄得目光灼灼，没有人回屋睡觉，都托着腮帮子围着锅台坐，把在一旁忙碌的小姑夫乐得眼睛眯成一条缝。

三

还是这个老院子，还是这棵老枣树，老枣树下新支起一口大铁锅，还有一口小铁锅。鼓风机呜呜地怪响，煤炭火热烈地扑突，羊肉的香味裹在秋末的寒气里。

女人们正围着锅灶忙活，戴着白孝帽，束着花围裙，刷碗，洗菜，切菜，剁肉，屋里的悲哀，被忙碌的她们化成了薄雾。女人们看上去都还年轻，衣着和发式带着城市的影子。说的还是本土话，骂身边捣蛋的孩子还是豫东口音："弄啥哩？打你个龟孙！"但干活时，不小心就跑出异地腔："你弄撒子嘛？""羊肉汤不能放花椒，好不啦！"

我在一旁静静听着，暗暗猜度她们目前正在打工的城市，或者是曾经在哪个城市打过工。

女人们的脚旁，摇晃着几个小孩子，两到四岁的样子，肉滚滚的，跑起来像几个色彩鲜艳的毛线球。小孩子说的是普通话，但听起来并不普通，里面掺杂不少特色味，一会儿是新疆羊肉串味，一会儿是四川麻辣火锅味儿，一会儿又回到河南羊肉烩面味道上来了。孩子们跟着他们的父母，天南地北满世界跑，有的就出生在奔跑的路上。我想，若照这个跑法，这群孩子，很快会跑到地球的另一端，脚踩着祖辈们留下的小刘庄，说着小刘庄听不懂的外国话。

华子从外面扛回一个羊筒子，放在锅灶旁的案板上。他一弯腰，一仰头，一眯眼，像极了年轻时的小姑夫。

就像小姑父接手他父亲的生意一样，华子四兄弟都自然而然地做起了牛羊肉生意。正应了那些谚语："回族人个个怪，生来就会做买卖。""回族人两把刀，一把卖羊肉，一把卖切糕。"他们这代年轻人，腿却伸得很长，心也长了翅膀，嫌弃祖辈们生息的小刘庄太小了，小得施展不开拳脚，就一抬腿到了新疆、内蒙古、四川、上海、天津、南京……开清真饭店，烤滴油羊肉串，辛苦买来的牛和羊，不再倒卖给肉贩子。兄弟几个互相帮配，用大车拉到清真寺，宰后拉进自己的饭店，直接变成鲜汤鲜肉。

小姑夫这几年日子过得不错，在县城边买了片宅子，盖了座小楼，直到几天前病重了，才被儿子们拉回小刘庄。

远亲近邻，穆民乡老，陆陆续续到来，他们随上“经礼”，戴上主家奉送的白帽，进屋看望归真的故人。红着眼进去，流着泪出来，坐在长凳上长久唏嘘。

村里一群老者，老得辨不出男女，折根树枝当拐棍，三条腿还走不稳。他们年轻时没机会走出村子，年老了没能力走出村子，也真真地舍不得离开村子了。人老了，腿短了，追不上儿孙们的脚步，就待在家里等他们回，为小兔崽子们守住老窝。老人们没事了就去看儿孙们住过的空房子，拎起拐棍使劲敲生锈的大铁门，张开没牙的嘴狠狠地骂：“小鳖孙儿，跑再远也得滚回来，这是你的老窝！”就像我小姑夫一样，跑到六十里外的县城，躺在装修一新的小楼里，却对儿子说：“送我回家。”

这几天，老人们不断地到小姑父家来，来了就坐在门楼下。这些年，村里有了白事才会热闹一阵子，喜事都在城里办了。年轻人在那置买了新房子，不愿意回到乡下来，老人们一年到头见不着几个人。来客们哭亡人时，老人们也跟着哭，无声地流泪，一次又一次。是哭先走的亡人，也哭待走的自己。而后，身子松快了，胸口松动了，就拄起拐棍往家走。半路上，一条灰黄的老狗摇着少毛的尾巴，来接它的老主人。

一个光头老头却不肯走。华子说，他叫刘老别，是小姑父的好朋友，他们一起做生意几十年。1975年发大水，小姑夫救过他和两个孩子的命，他老婆却被倒塌的房屋砸死了。我小姑夫病重回来的这些天，刘老别都是天不亮就来，天黑透才走。有啥吃啥，也不客气。两个儿子都在上海开火锅店，家里只剩他一个人。我见刘老别一直坐在方桌旁抽烟，头发掉光了，牙齿也掉光了。他抽完一根，又续上一根，一口接一口地抽，抽得袖筒子直冒烟，像是着了火。他偶尔也跟旁人说话，大部分时间是跟自己说。我走过去，他正说："去球了，二眯你真走了。"他看着自己吐出的白烟儿说："一辈子的老伙计，说走就走了。"

华子的三个弟弟从地里回来了，浑身上下沾满湿黏黏的泥土，像是刚从土里钻出来。媳妇们纷纷问，墓坑打成啥样了？他们都不吭声，好像一场压抑很久的暴雨，一个闪电就会倾盆而下。表弟们一个个进了堂屋，蹲在床前头喊了声爸，软在地上不肯起来。

四

小姑夫的墓坑打在他家的西边，中间隔了一条河沟，只是沟，没有水。一座小桥，连接村子和田野。一片平展展的庄稼地，还没有来得及种庄稼。这是小姑父的自留地，村里人大都把地租给外村人种了，小姑父不愿意出租，他抽空回来把儿子们的地也种上了，他说："即使生意做得比天大，你还是个农民，农民不种地，你就是个混混。"

小姑姑说，她要下地看看小姑父的"新房子"。明天是第三天了，按教规小姑父该入土了。有的地方，当天就下葬，越快越好，"亡人入土如奔金"。但殡葬时，女人是不能进坟地的，小姑姑打定主意，今天一定去看看，不看不放心。我就搀着小姑姑走上田野，刚犁耙过的土地暄腾腾的，小姑姑的脚步也虚腾腾的。两堆潮湿的新土中间，一个南北走向的长方形墓坑，四面垒砌崭新的青砖，坑底是瓷实的土层，一粒泥土也没有，被小姑姑的儿子们收拾得很干净，像整洁的床铺。

这冰冷的床铺，才是小姑夫最长久的安歇之处，无论他在小刘庄躺过的硬板床，还是县城小楼上的席梦思，那都是他在现世中的临时床铺。明天上午，他就会头朝北方，面朝西方——圣地麦加的方向，安静地睡在这里，享用后世的清净。

天一点点暗下来，白雾起来了，悄悄填满了墓坑，弥漫了我们回村的路。小姑姑瘦小的身子一个劲儿地颤抖，她的声音弱得像一根蛛丝："国凤啊，你这是跟我分开住了吗？没有你我该咋活哩？国凤……"

这是我第一次听见小姑姑喊他的大名，一声又一声，是刀子拉过皮肉那种嘶嘶的痛。

在地头碰见刘老别，他一个人朝坟地走，在白雾里走得飘飘忽忽。他不搭理我俩，只顾自己说话："我来看看你的大堂屋。老伙计你先去，跟为主的讨个口唤（命令），我也去，人早晚都有这一回……"

这是小姑父在家的最后一夜，他躺着的木板床边，铺了一层厚厚的麦秸，儿孙们睡在麦秸上为他守夜。屋里屋外的灯都明晃晃的，注定这是一个无眠的夜晚。

我没有睡意，来到外面，深深呼吸着凉气。院子里撑起一个大布篷，白雾丝丝缕缕钻进来，绕着灯泡转，转累了，落下来，冰凉凉的，贴在人身上。一团黑苍蝇冻昏了似的，趴在篷布上一动不动。门外有人走动，踢踢踏踏，我认出是小姑父的六弟。老六说在家也睡不着，还是坐这儿踏实些。还说，他的两个儿子从内蒙古搭飞机，这就到家了。华子就连忙进灶屋，点火做饭。堂屋麦秸铺上的人都睡着了，横七竖八躺了一地。我就帮华子烧锅，地锅前一大堆玉米芯子，燃起来有股好闻的玉米味，华子爆炒羊肉的香味更好闻，老六也夸他是个好大厨，难怪在上海开饭店。

羊肉正在锅里焖着，两个年轻人就进来了，带着草原上的青草味。他俩从遥远的内蒙古飞回来，又倒了两次车，一身的疲惫，一脸的忧伤。老六催儿子们赶紧洗手吃饭，俩孩子没听见似的往堂屋走，隔着帘子看白布下的小姑夫。想抬脚进屋，见满地睡的都是人，没有下脚的地方，就垂着手退回来，木木地坐在饭桌前，沉沉地呼吸，不抬头地吃饭，将悲哀深深地压抑。老六在暗影里悄悄抹泪，我知道，他老婆十五年前患病去世，小姑夫帮他供养俩孩子，一直到大学毕业。

老六三口走后，白雾侵占了整个院落，在灯光下翻卷着滚动。我和华子坐在锅台前看雾，他说："早雾晴，晚雾阴。真主啊，明天可别下雨啊。"我说："手机预报是阴天，没有雨。"他仍然不放心，看白雾时的表情很纠结。我明白他的纠结，父亲这棵大树倒了，他就成了大树，有了撑起刘家的责任。他说："明天要把俺爸送好。"眼里的雾气越来越重，渐渐聚成一大团水。"还得赶紧把麦子种上。"那团水终于啪嗒一声落下来。

五

我和华子表弟倚着玉米芯子说话，他向我讲述了小姑夫生前的一件事，我听后有着不小的震惊。

小姑夫被抬回小刘庄那夜，他把长子华子叫到床头，当时说话已经含糊不清，他说："我渴咋办？"又说："我饿咋办？"还说："人财两空啊!”小姑夫已经滴水难咽,只靠输液维持生命。他望着黑夜长叹一声:“我罪大啊!”

他对儿子说,他白使了人家两头牛。

小姑夫娶第四个儿媳妇时,他县城的小楼刚盖好,手里没有一分钱。眼看好期快到,婚礼婚宴的钱还没有着落,小姑夫急得满嘴燎泡。半夜起来,一个人在城外溜达。那天也是大雾,三个影子从雾中走来,细看,是一个老头牵着两头黄牛。再细看,老人很瘦,黄牛却不瘦,屁股蛋子上的肉一走一颤。小姑夫一拍手,又一拍牛屁股,说:“好牛!好牛腱!”就拽着老头一路走一路说,没走到集市,两头牛就被小姑夫牵回了家。宰一头,卖一头,四儿媳妇风风光光娶进了门。

半月后,卖牛老头手里攥着两条牛缰绳,来向小姑父要牛钱,说他家老妻住院急用钱。小姑夫当时拿不出,就给老头打个欠条,说是下月奉还,老头很实诚,拎着牛缰绳回去了。

又过了半年,那天小姑夫一个人在家睡觉,从楼上瞅见卖牛老头,拎着长长的牛缰绳,拖拖拉拉地朝他家走。他赶忙下楼锁上门,躲进树丛中。他看见那老头满脸都是汗,拍门一声声叫“刘二眯”,小姑夫咬着牙不吭声。眼见着老头歪歪拽拽地离开了,那牛缰绳拖拉到泥地上,像一副腐败的牛肠子。

有一阵子,卖牛老头没有来,小姑夫松了一口气。有几天,他手里攒够了牛钱,心里盘算着找老头还了去,可又赶上三儿媳妇生孩子,一胎给他生了俩孙子,他一高兴,又把两头牛的钱给俩孙子用上了。接下来的事情一件接一件,小姑夫手里的牛钱来了又去了,后来他就劝自己,过一段再还吧,活人欠不了活人的钱。这一拖就是六年。

今年春上,小姑夫仔细包好两个红包,一包是牛钱,一包是利息，也打听到了老头的村子，没想到一场大病让他爬不起来了。小姑夫说罢，只抓自个的脖颈子。华子对我说，那样子活像一条牛绳子套在他脖子上，越勒越紧。

第二天，华子就揣着父亲给他的牛钱，找到老头的家。老头的儿子接待了他，牛棚里挂着两根破败的牛缰绳，老头已经去世了，刚过四十天。小姑夫昏睡了一整天，半夜里醒了，闭起眼睛默念清真言："俩一俩亥，印兰拉乎，穆罕默德，莱苏伦拉黑。"陪护他的家人也都一起念："万物非主，唯有真主，穆罕默德是主的使者。"小姑夫对儿子们说："我罪不小啊！向主做'讨白'，求主宽恕我吧！我只顾恋自已的日子，可把老人家给害苦了……太晚了。"

六

晨礼过后，人陆续地来了。亲戚、邻居、阿訇、乡老、不相识的穆民，都来了。他们换过水，也换过衣，进了院子，一股股清洁的气息。待会儿，就要给亡人站"者那则"（举行葬礼）了。

有人喊："水来了。"从清真寺拉来两大桶温热的碱水，几个青年人抬着进了院。屋子里哭声一片，他们知道，跟亲人分手的时刻到了。我担心着小姑姑，挤进屋去拉她的手，她的手紧拉着小姑夫，拉上就不丢。她嘶哑的嗓音含着血，她说："舍不得啊舍不得……"

还是出了堂屋，还是松开了那双手，小姑姑两手空空地出来了，小姑夫两手空空地躺在那儿。

屋子里，华子四兄弟同清真寺专管洗埋体（尸体）的男师傅一起，为小姑夫进行神圣的洗礼。先洗"小净"，再洗"大净"，汤瓶里的净水，从头流到脚，把一个人的罪恶和污垢冲刷得干干净净。

干净的埋体，穿上雪白的“可凡”(葬衣)。小姑夫曾经用牛皮置换的皮衣、皮帽都用不着了，只有这素简的装束，清爽的穿戴。

小姑夫的“埸布”(抬尸体的匣子)被抬到院子中间，地上铺满白色鱼鳞布，换过水的洁净的男人，一个个脱掉鞋子站上鱼鳞布，一直排到大门外，面朝西方，整齐而肃穆。我心里涌出股股热流，没想到，在这空旷寂寥的乡村，一个普通穆民的葬礼，会一下子赶来那么多人。亲的、近的、远的、疏的、熟悉的、陌生的，听说了，都来了。在这里静静地站立和祈祷，感受真主的真实存在，祈求真主对活着的或死去的人的赐悯和饶恕。

我和妇女们站在大门外，默默祈求真主，让站“者那则”的人再多些，再多些吧，多为小姑夫求饶恕。如果有一百人为他举行葬礼，那他就可以进入天园了。

穆民们和阿訇一起，默念对真主的赞辞，默念对穆圣的赞辞，默默为亡人祈祷。“按拉乎艾克拜尔(真主至大)!”所有人都齐声赞主，浑厚的声音回荡在小院上空，跨过河沟，飘向田野。

最后，穆民双手捧到面前接“堵哇”，在“阿米乃”声中放下双手。

华子四兄弟走在“埸布”的前头，走出家门，走过小桥，走上田地，走向墓坑。女眷们被挡在河沟边，压抑着哭声，远远地目送，跟亲人诀别。臂弯里的小姑姑，没有哭泣，没了眼泪。

小桥边站立三棵杨树，两棵大树中间是一棵蓬勃的小树。树上传来几声斑鸠的鸣叫，“咕、咕咕、咕——”像一个人在吹埙，声音古老而神秘。

安顿好小姑姑，直到傍晚我才起身回城。路过小桥，见平整的田地耸起一座平头梯形的新坟。

华子四兄弟还在地里，招呼着一辆播种机疲惫地忙碌。一个光头老人扛着铁锨蹒跚地走，我认出是年迈的刘老别，他像一头老牛，领着几头倔强的犍牛耕种。

我想，用不了多久，绿油油的麦苗就会淹没那堆新土。

（原载于《回族文学》2017年第2期）

走过一座城市

叶　灵

一

沿着商城路，朝东走，不到四五分钟，就来到栅栏外。这是一个不到一米高的黑色栅栏，旁边也没什么标志，若不注意的话，很容易被人忽略。

去省城郑州办事，事办完后，我想去看看古城墙。以前多次到省城，大多都是来去匆匆。印象中，省城只是座日益繁华的商业都市，车多，人多，嘈杂，我并不太喜欢。前几天听朋友说，离火车站不远有几处商代城墙遗址。这是我未曾想到的。

淡黄的太阳慵懒地晒着，阳光透过树叶，细碎而明亮。街上背阴的角落里，还有残留的积雪。身上的羽绒服略显得有点不合时宜。我已走在春天里。立春才过。路上车辆行人一如既往地拥挤——在这个贯穿东西南北的交通枢纽城市，不论何时，最不缺的风景就是熙攘的人群与蜗牛般挪动的汽车了。

穿过栅栏，左侧是一座不太高的长形土丘，土丘两侧长满了灌木草丛。还未来得及消融的积雪藏在灰色的枯草丛间，星星点点的白，竟有几分写意的味道。这样的土丘，对于从小生长在黄土高原的我来说，早已司空见惯了。然而，在这寻常的风景中，我却有一种熟识的亲切。

朋友告诉我，这截长形的土丘就是商代都城城墙的遗址。有人说这里是商代中期“仲丁迁于敖”的敖都，也有人认为是商汤都城亳。不管怎样，眼前这普通的土丘，距现在至少已有三千五百年的历史了。没想到，在这日益繁华到处充斥着喧嚣的城市背后，却有着如此厚重的文化积淀——如一位饱经沧桑的老人，淡定从容，却不轻易讲出岁月深处动人的故事。

这里一片寂静，小小的栅栏把大街上的聒噪拒之门外。

沿着土丘侧面坑坑洼洼的脚窝，我小心地攀爬上去，视野开阔了许多。这是一处窄窄的呈长方形的平地，地面用绿色的编织网铺着，为了防尘吧，或者怕雪后地面泥泞。踩着这层薄薄的编织网，心里有了一种莫名的别扭——城市里，土地渐渐成了人们避之若浼的怪物。不过，在这水泥浇筑的石林中，能寻得这么一个去处，应该是幸运的。右边，是远远近近鳞次栉比的高楼大厦；左边，是高高低低参差不齐的低矮瓦房。过去与现在，喧嚣与寂寥，落后与繁华，一墙之隔，默默对视——雨后春笋般冒出的大厦，却正迅速蚕食着愈来愈矮的破旧瓦房。旁边的几棵槐树和我家后院的一样，弯弯曲曲的枝干直伸向天空——不知是对远方的向往，还是面对繁华沉默的对峙？

一阵天真的笑声传来，原来是一对父子俩正在打羽毛球。他俩只穿了件毛衣，羽毛球如小鸟般在阳光中迅疾地飞来飞去。不远处，有一对爷孙，两三岁的孙子正拿着玩具挖掘机在专注地玩土。爷爷一边抽着烟，一边微笑地看着。那边，三四个妇女正围坐在一起，晒着太阳，聊着天。她们聊天的内容，肯定不会是邻里那些鸡毛蒜皮的琐碎——单元式的鸽子楼，邻居之间差不多已形同陌路。哪像在村子，农闲饭余，都会见到那些婆姨们聚集在一起，边唠着嗑，边纳着鞋垫之类的活计——别人的家长里短，也被她们不厌其烦地一遍遍咀嚼。一切在这里慢了下来。

有人说，要想真正了解一个城市，最好是到高楼大厦背后的逼仄小巷去走走。密布在城市角角落落的羊肠巷道，如遍布全身纵横交错的毛细血管。然而，它们的一呼一吸，却与这个城市有着生生不息的牵绊。一条条巷子向城市的深处延伸，彼此间又经纬相连，织成一张偌大的网，把这城市隐秘的气息一网打尽。循着陌生的巷道角落，熟悉而真切的生活气息随处可以触到。城市因此而鲜活。

一截十几米高的古城墙矗立在眼前。它站在这里，一站就是三千多年，历史长河波涛汹涌，风云变幻，古城墙默默而立。它看惯了天下太多苍生的悲欢离合。它一头肩挑着三千五百年郑州的历史，不，是中原历史，甚至是半部中国历史；一头勇担着都市飞速发展的梦想。古老的城墙与这座现代商城彼此见证着那些在岁月的侵蚀中渐渐萎缩、湮没、消失、最终成为人们精神的图腾。

古老的城墙坐镇商城，是城市的幸运，让这城市说起话来迈起步来更有底气。

晚饭后，我又去城南路的古城墙。一对中年夫妇牵着两只肥壮的狼狗在城墙根溜达。紧挨城墙东侧的是一片废墟，低矮破旧的瓦房杂乱地排列着。一架浅黄色的挖掘机，高高的之字形横臂定格在空中，在暮色中犹如一个孤独的变形金刚在张牙舞爪。

不觉间，万家灯火已次第亮起，映亮了大半边天幕。地面的路清晰可辨，雪被践踏得斑驳不堪，叠加的脚印已冻结凝固。我一直朝前走着，总以为天色尚早，谁知一看表，竟然将近十点了。我赶紧转身返回，瞥了几眼那棵干枯的槐树，它还没来得及冒出新绿，只是静静地站在城墙的边沿，定定地守望着什么。稀疏有致的枝丫印在夜幕上，淡淡的，像极了故乡窗子上映照的月影。

二

离开古城墙，走十多分钟，就是火车站的夜市。

都城的夜市是从来没有时间概念的。春节时，从小生活在郑州的小侄女回到老家，看见村子上空的星星月亮时，她特别兴奋，大声喊道："快看，老家的星星和月亮真漂亮！"我们都不以为然地笑她时，她却以一种不容置疑的口气辩解着，说郑州晚上就是没有星星嘛。

火车站的夜市更是如此。车站迎来送往，是个流通驿站，犹如一个城市的肺，无论昼夜都要不停地呼吸吞吐，以供给城市的新陈代谢。这里的行人，大多都是匆匆过客，像我一样。

高楼林立，霓虹辉映，有种梦幻的迷离。最为热闹的，是卖小吃的夜市。晚上，我并没有太多进食的欲望。暖黄的灯光，嘈杂的叫卖，热气腾腾的蒸锅，各种香气混杂在一起，不由分说地浸入脾胃，挑逗着我的食欲。远处，这里标志性的建筑——郑州"二七"革命纪念塔，闪烁的灯饰勾勒出金黄的轮廓，在灰黑的夜幕中更为耀眼。

离老远，就见一个挂着偌大霓虹招牌"民族风，炫什么情"的商城前面，那个身着清朝皇服的小伙子，还在商城门口来回走动。就暂且叫他"皇帝哥"吧。早上我路过，就远远看见他——穿着同样的服饰，在门口来回晃动。这种把戏只不过是商家招揽生意的奇葩手段而已。只是，路过的行人对此见怪不怪，并没有表现出太多的好奇。可能是因为别人的忽视吧，"皇帝哥"稍稍挺直腰板，加快了步伐。他的个子本来就不低，加上皇冠的视觉加高，倒也伟岸。若要拍影视剧，仅从外形上看，他或许是个不错的人选。

我决定走近看看。我佯装无事的样子，走向商城门口。走到离他不到一米的距离，我放慢了脚步。他戴着眼镜，把帽檐压得很低，面部一片模糊。转身时，霓虹彩灯正好映在他的半边脸上，几颗时隐时现的青春痘正在他黝黑的脸颊上炫耀。然而，他瞬间低下头，一副落寞的样子，还夹杂着一丝不易察觉的腼腆。小伙子最多二十岁出头的样子。他不时抬起手臂，把帽檐朝下压压，额头差不多全躲进了皇冠下面，两只手像不时探出洞口的老鼠，犹豫不决，一会儿伸出袖口，一会儿又缩进长长的袖筒——没了作为王者的威仪，倒像个潜藏的小偷，随时怕被人揪出来。

春寒料峭，一丝冷风钻进脖颈，我不禁打了寒颤。

走进“皇帝哥”身后的商城，里面有稀稀拉拉几个顾客。这是一家卖小玩意的商店，是在旅游景区常见的那种低廉商铺，里面的商品差不多都是一二十元的地摊货。我有点遗憾。“民族风，炫什么情”偌大招牌勾起的好奇欲望，就这样结结实实被甩到了地上。原以为，这肯定是一家高大上的奢侈品专卖店。至少，这样的话，一整天在商城门口来回走动的“皇帝哥”，他的收入可能会高一点。然而，这终究只是我的一厢情愿罢了。

旁边推着架子车卖粥的小姑娘，清秀干练，她熟练地洗锅，打火，放料，搅拌，盛饭——动作娴熟得像提前输入大脑的程序。她微笑着不停地招揽顾客，真像我那能干的表妹。前几年，村子里好多年轻人都出去打工，表妹也跟着去了一个南方的城市，我们之间就没了联系。看着卖粥姑娘在不停忙碌着，我不知道，此时的表妹是还忙碌在车间厂房机械的流水线上，还是行走在回家的僻静街巷。或者，她拖着疲惫的身体，蜗居在城市某个逼仄的角落，精心地编织着明天的希望。这一切，我不得而知。

人群之中，生于此长于此的又有几个？眼前的你、我、他，于这个城市都只是一个过客而已——一阵风吹过，就会吹散你我，彼此各奔东西。即使你在这里待上几年、十几年甚至几十年。

十点多了，周围依然人流熙攘。卖馍夹菜的六十多岁的大妈正揭开锅盖。大妈的笑脸消隐在升腾的蒸汽中，只听见她热情的招呼。收钱，找钱。蒸汽瞬息消失在清冷的夜里，大妈的脸庞在昏黄的灯光下更为清晰。只是不知何时，她已收敛起笑容，转过头望着路过的行人，充满希冀的眼神里，更多的是掩饰不住的倦意。

临街的店铺，路边的小摊点，一片灯火通明。我不知道，他们会到什么时间打烊。这会儿可能是生意最好的时候。他们的早晨或许从傍晚才真正开始——每当夜晚降临，他们都会准时出摊，扯好电线，挂上灯泡，赶走星星和月亮，把白昼无限拉长。突然间，我明白了小侄女那不容置疑的结论。

奔波了一天的我，终于要对这个城市说声“晚安”了。但愿，这个夜晚一切安好！

三

一下火车，随着人流涌出车站地道，我便被湮没在人群之中——如一滴水滴入大海，刹那间消失踪影。

周围满是黑压压的人头。男的、女的、老的、少的，提兜的、背包的、拉箱的，南往北来，熙熙攘攘，一股动力在后面不断涌动，队伍缓慢而有序地向前移动。刚到出站口，拥挤的人流如一股疾流猛然喷出水龙头，四下迸溅。一转眼的工夫，分散的人群又融入车站广场偌大的人海。

高大林立的大厦，一栋栋自上而下逼迫而来，让人不得不抬头仰视。高压之下，莫名的局促，令人窒息。刹那间，我对“渺小”这个词语，有了一种更为真切的体会。

我与这城市彼此陌生。于这座城而言，我只不过是一滴随时消失的水。这座城不管如何繁华，于我，注定只是路过的驿站。我与这里的一切都是陌生的——就如一滴水与一滴水之间，彼此分不清到底都是来自于天地间哪个方向。

我如一粒微尘，漫无目的地在这个城市的上空游荡。

得知城市有座文庙，我决定步行前去敬拜。其实，这段路坐公交也只有十几分钟的路程，而步行却得要半个多小时。我还是执意步行。让每个脚印都实在地踏在路上，这样会更心安一点。对我来说，这无异于一次心灵虔诚的朝圣。

左拐，前行，右转，继续，穿马路，过天桥。半个多小时后，头上已微微出汗。文庙就在眼前。

这里竟然也有不少人来。

在文庙大门口东侧墙根，蹲着一个年老的乞丐，穿得很破旧。他的面前放着一个白色洋瓷缸子，空空的。缸子外面，有几处白瓷已掉落，露出一点一点的黑色疤痕，如躲在暗处的几只眼睛，定定地盯着每一个过往的路人。他的存在，与这里的一切显得那么不相称。在火车站，我就遇见过许多这样形形色色的“乞丐”，那些装得可怜巴巴的眼神深处，藏着许多不为人所知的狡黠。来到这种地方乞讨，会不会以为，前来于此的大多都是读书人，心肠都软——我揣测着。避开老乞丐，我径直走了进去。

文庙正院，烟雾缭绕。殿宇庙廊，高大庄严。这座文庙始建于东汉明帝时，距今已有将近两千年了。圣人孔子以“礼”“仁”治理天下，终生倡导儒学，使儒家学说成为中华文化的主流。千年的文气，已成为历史发展中最高等级的一种生命潜流。今天，我只不过是来领略注定要长久包围我们生命的文化仪式。

一位学生模样的人和一位中年男子正在鞠躬作揖，神情庄重。我不禁肃然起敬，双手合十，虔诚敬拜。缕缕青烟，袅袅上升。耳际偶有微风拂面，头顶阳光正好。但愿圣人的灵气，能带我循着一条幽微之途，修得澄澈如水的精神至境。

离开文庙时，远远就看见门口的老乞丐还坐在那儿，低着头。那只白色洋瓷缸子上的"眼睛"异常醒目。我快步走了过去，没有一丝迟疑，从口袋里拿出一张零钱，弯下腰，把纸币放进洋瓷缸子。我发现，缸子里面已有几张纸票和十几个硬币。

（原载于《鹿鸣》2017 年第 7 期）

以鸟鸣为尺

詹　丽

树是山的动静。三月末，站在山顶往山下看，视野清晰而辽阔，半山腰以下，已是一片片的绿，一堆堆的绿了。阔叶林的新叶是淡绿、嫩绿，有的绿嫩得接近淡黄和明黄。记得一位诗人五岁的女儿曾说："黄色是鹅黄的祖先，红色是玫瑰红的祖先。"那么这些深绿、浅绿、淡黄、鹅黄，谁是谁的祖先呢？远远的山坡上，一片浅绿，一片深绿，还有一片黄褐。黄褐色是还没冒叶的树林，深绿的是长青的针叶林，似乎浓缩了山的凝重和深沉，如阳光下一团团云影。萨顶顶在歌里唱道："人们在行走身上落满山鹰的灰……"头顶似乎有一只山神般的苍鹰，它飞翔的翅影落在山坡上，昭示着神秘的暗语，松涛里涌动着大山的真言。我站在山顶，满山的绿，接住静。

阔叶林顶着一堆堆新发的嫩叶，如蓬松的发卷儿。一蓬堆在另一蓬上，错落有致，顺着山坡和山谷，顺着大自然的纹理和脉络。阳光里，那些疏松的大绿卷儿，往外泛着生机，泛着光辉，辐射着油亮的绿意，感染着周围的空间。阔叶林围在针叶林的边缘，浓绿镶着浅绿的边儿，有着清新而迷蒙的轮廓，更有一种向外生长蔓延的气息与力量。泰戈尔说："阳光亲吻了乌云，乌云便在天空开成了花朵。"这种力量就是乌云边缘的光芒。

靠近山顶，除了针叶林以外，树木大多还都是灰色的，淡淡的烟雾一样的树，静静等待在静谧中。沿盘山公路往山上走，路两边是法国梧桐，绿越来越淡，就如潮水的力气慢慢用尽，等待后面的浪。草色，那些露珠满满的草色，也从似毯到如绒，再到遥看近却无。但，山脚下的绿的气息已经一浪一浪漫上来，于是一树一树的山樱花、迎春花，不觉怦然心动，自下而上次第开放。我总觉得鸡公山的春绿，是从山脚一级一级沿着登山古道的台阶，漫上山顶的，在不知不觉的白天和夜晚，如潮水，把四月涨满，如山神仰着入睡时吹出的呼吸，曼妙而温柔。

我希望它们慢慢地上，不要让四月太短暂。风来过后有一种可以慢慢回味的余香，它们开就开得极其绚烂，轰轰烈烈热热闹闹，拥簇在阳光下和远山的背景前一点不觉得突兀。

法国梧桐的新蕾，终于包不住春天萌发的欲望，新叶如迸出的蝴蝶翅膀。这些新翅膀在暖阳里好奇着，张望着，轻盈而透明地感知这个世界。不断往春风里伸展，伸展，在风里翩飞，想用叶翅薄如蝉翼的爱把春风拥绿。爱，是先自己足够丰足，才可以自然而然地欢喜给予和收获。

山樱桃的花落了，才开始长叶。树叶的绿里带着些绯红，还有的已经结出樱桃小果尚挂着花蒂，花蒂上也带着些暗红，所以，开过花的樱桃树，远望，是暗红色的。但是，背阴处不开花的樱桃树，叶子自然长得大些，也没有红色，好像它们是双胞胎里先出生的那个。当山樱桃树下落了一层因吸收不到营养而掉落的小樱桃时，那些绿才真正漫到山顶上了。但是，当绿漫上山顶以后，就开始飞翔了。

相距几米的法国梧桐树，也是有的先绿，有的后绿。先绿的叶子张开得大，望去，树冠顶着一蓬朦胧的绿，叶子嫩绿到透明。我现在明白那些画水彩画的人，为什么要用水彩涂抹树冠，而从不细致地去描摹枝丫与叶片。

黄昏的光线，短暂而华美。大地正用力开合自己的心房，并且，同我的呼吸相应和。四月底，上午在家里走来走去做家务，抬眼，两边的窗外满眼都是发亮的绿，阳台外的野樱桃，伸手就可以摘到，才落花几天呢，如今樱桃不仅长大了，而且已经长出红嘴巴。枫杨和法国梧桐的长枝在风里甩着绿袖子，那些绿叶在树枝上舞动，以任何姿态舞动。他们都是阳光的孩子。做家务时，我内心充满了安宁和欢喜。窗子下面，旺盛的小草和野花，在春天上午的阳光中，伸着绿色的耳朵，做着春天斑斓的白日梦。有多少绿叶，就有多少幸福，我也在梧桐的枝上，忙碌或者休息，忘尘或者忘我。

经常听见有人恨恨地说："再也不来鸡公山了，一点也不好看，不好玩。"有时候我真想问问他："你到底要想看什么，难道这么大片森林里，你找不到你要找的吗？"一个内心安宁的人，会感知森林开合的心房，并且，同我们的呼吸相应和。

一群人的山是空的，一个人的山是满的。我和这些人的距离，隔着一棵梧桐树的高度。这之后的时光，我要和这些草木相依为命。

在三千种素里，回想你的素，在三千种青里，体会你的青。有什么能比春日清早之清更能过滤昨日之尘？如果说鸡公山夏天的森林是幽碧的冰凉，那么春天的绿是浅嫩的慵懒。大地的呼吸重了，草根肿胀，我总是以鸟鸣为尺，丈量一棵树到另一棵树的距离。

（原载于《文汇报》2017年4月16日）

一只叫作青春的蝴蝶

文红霞

外面下着雨，夏天的雨格外惊心动魄，似乎是谁在用桶往下泼。整个世界只剩下了雨声。这样的夜晚适合写些回忆文章。

你常常想起那个地方，仿佛一只蝴蝶在你的窗前飞飞停停。

你一直是勇往直前的，成功或失败，来不及细细品尝，到手即匆匆丢掉。生活实在太匆忙了，只能时刻让自己处于起跑状态，并告诉自己，你已宠辱不惊。

在一个极其酸楚的梦里蓦然回首，你拼命挣扎，哭泣。所有曾经的伤心清晰地出现在面前。原来你仍是那个难以释怀的女子。

你在怀念，是的，还未衰老，你就像一个老人一样痛彻心扉地追问自己为什么要这样，为什么不那样，为什么错失了一个又一个的春天，在那些阳光明媚的日子里，你背光而立。现在，那些日子黯然出现在你面前，它不言不语，你被它刺得一阵阵的疼痛。

拾起的只是时光之河中零零碎碎的片段，仿佛大海冲向沙滩留下的一两个贝壳，再也追不回了，失去的已然全部失去。

一

假如说三溪河是一个干涸的河床，你就是仓皇逃逸的一条小鱼。时间在你身上烙下了深刻的印痕，你的思维方式，饮食习惯，非要使劲儿摁才能摁回去的莫名自卑，坚决不去凑热闹的拧脾气，都是三溪河式的。

三溪河中学是几栋土墙房子，老态龙钟地躬身于苍翠的树林深处，简陋，破败，身旁有一条从山林深处淌出的溪流。因为那条溪流和那片翠色，学校也变得意境悠远了起来。

你住在一栋土楼的二楼，五平方米的小木屋。铺着木地板，千万不要想得太美，当初建房时图简便，木头一解开就铺上去了。墙壁和门也是木头的，都还能看出身为原木时的样子。

有一竿旗帜在风中猎猎作响。门前的老槐树上挂着一块铁皮，一到时间，就有人去敲那铁皮，"铛铛铛……"清脆中带点沉浑的声音传出去老远。

是如此的荒凉委顿，哪怕1992年你们五个年轻人同时来到这里，如同五朵蓬勃绽放的青春之火，也无济于事。仿佛是凛冽的寒冬，万木萧瑟，灰暗颓丧，就连空气中都弥漫着莫名的忧伤。

进校前在乡镇教育组开大会，乌泱泱数百人挤在会议室里，有人抽烟，很多人窃窃私语。话筒老有一种滋啦滋啦的电流声。

是夏天里最热的几天，一种干巴巴的暑热。什么都不做，都一头一身的汗。何况这么多人挤坐在一起，各种奇怪的味道拧在一起，形成一股让人恶心的气息，冲击着人的感官。

你刚从一场分离中回来。两年的师专生活，玫瑰幻梦般的迷离忧伤。那是一生中最漫长又最短暂的暑假，似乎每天都在下雨，要冲洗掉所有旧日的牵连和痕迹。

你进了全县最偏僻的三溪河中学。那里距离全县最穷的马营不远，那里流传的贫穷的段子是，全家只有一条裤子，谁出门谁穿。

你的心情灰败，耳朵里嗡嗡作响。有个极响亮的声音在怒斥：

“当地老百姓都说什么酒校长，赌主任，渔老师，啊？像什么话！啊？！”

会议结束时已是黄昏，有人过来叫你去见见未来的同事。你木木然跟着去了，镇上一个狭小的酒馆里，一张桌前围坐了一桌人。你泪眼中看见了一圈儿毛茸茸的脑袋。酒杯已经端在手中，没人叫你坐下。你也没说话。

你竟然一扭头走了。你是准备回家的，但你走错了方向。直到你一个激灵从茫然中醒来，发现天色已经暗沉，路两边全是莽莽苍苍的树林。你吓了一跳，这是到哪里了？那天你是天黑透了才回到家的。

那次迷路仿佛是你人生的一个谶语，你常常走着走着就迷失了方向。等你从茫然中回味过来，你已经错过了很多机遇，你每每自责，但错误依旧重演。你只能归结为命运的恶作剧。

二

每年都会潮水一样涌出无数的年轻人，拿着一纸派遣书，成为庞大的乡村教师中的一员。如同麦子撒进了春耕的大地，如同鱼儿游进了海洋，转眼不见了踪迹。在这里教书，过日子，退休。从青春勃发到满头银丝，也不过是送走了几茬学生而已。

进三溪河中学之前，你已在市级报刊上发表了几篇散文，也获得了一些校内外的奖项，谁知道它们对你的命运无用。事实上，早在你们这茬毕业生名单送到县教委时，已经按照亲疏远近分类打包好了。

你的同学有上调去乡镇或者企业或者银行税务等工作的，后来他们迅速成长为同学中的权贵阶层。也有几个进了县一中、县实验中学。也有去电视台广播站的，最不济的去了乡镇里的重点中学。你们几个死党毫无悬念地进了最偏僻的乡村中学，因为你们都不知道还要“找人”“找关系”。

新校长开会说的第一句话竟然是：“我保证我不会乱搞女人。”把年轻的你们雷得外焦里嫩。校长老婆是个瘦小干瘪的女人，脸上青中带黄，她在食堂做饭，好几次和食堂里的胖厨师吵架，互相指责对方在食堂偷肉。

你们每月从粮店拿一张转账单交给食堂，再交一些菜钱就行了。不知道是不是他们都偷肉的缘故，食堂里的菜总是一勺连皮土豆或者大白菜，吃得你们叫苦连天。你们就去抗议。每抗议一次，事务长就去溪对岸的粮管所背回半扇猪肉。当天的菜全是大块的肉，管它肥的瘦的，全吃个精光。

你的课很多，没有时间伤春悲秋。再说那会儿年轻，再忙再累也成天精神抖擞的。

没课时一个人坐在五平方米的小木屋里，看着木头窗棂外那丛青绿的毛竹时，悲伤和孤独、对未来不可知的恐惧和迷惘就会像水一样漫上心头，几乎要将人没顶窒息。你不知道要在山里待多久，你也不知道如果离开了这里还能去哪里。

隔壁房子里就住着已经教了几十年的老教师，他们从一所山乡中学挪到另一所，一辈子在这山里打转转，眼看着一辈子快转完了，还在山里。带着谦卑的笑，拿着微薄的薪水。他们长成了山里的一棵树。一想到自己一辈子要过这样的生活，你就不寒而栗。

你清楚地明白，你现在这种对生活的热情，全都来自性格中阳光的一面，但它不会无止境地供给。当它燃烧尽时，你也会陷入委顿。如果长年累月分配给你如此繁重的课，你会心甘情愿吗？

仿佛被抛掷到了一个荒野，看不见前路。你给自己写了个条幅:暂借桑坪栖彩凤,聊将三溪卧蛟龙。你不知道“暂借”会暂多久,自己是否真的能成龙。成为一个笑话也说不定。

多年后看《立春》,你一下子被击中。看着王彩玲一次次奔赴北京,你仿佛看见了自己。自视甚高而又视野狭窄,奋力向前冲,却像被困在迷雾中。户籍制度和诸多看得见看不见的门槛把你们挡在时代之外。

你只有一支秃笔,写啊写啊。渐渐有几篇散文在省级报刊上发表了,有陌生人写信称赞你,有编辑热情鼓励你,说你感觉敏锐,文笔鲜活,可以在写作的路上放手一搏。

你还打算到城里哪个单位谋个笔杆子的工作。你之前、之后的很多文笔好的人,靠写作被某个政府机关看中,收入麾下,从此洗掉粉笔灰,开始从政生涯。

你最后选择以考试的方式离开。复习考试并不难,你遇到的阻碍都来自人。教育组为了留住“人才”,不给你的报考表盖章,所有努力都白费。但你如果真的留下来,将会成为他们眼中的“异类分子”。如果惹得他们不高兴,他们会找借口把你“发配”到更偏僻的学校里去。你有一个同学就这样被修理过,他因为一件事和校长吵架,结果下半年就被通知去一个山顶小学报到,他是一个化学老师,去小学教什么?其目的是让他学乖,听话。

有所中学出过一件事,有个三十岁的男老师跳楼自杀了,他考研究生考了两年没考上,第三年寒窗苦读,信心百倍要去考试时,学校不同意他考了,说他已经用掉了两次机会,不可能把所有机会都给他。他找校长找教育组组长找教育局局长,或坚硬拒绝,或推托搪塞,报名日期过了,他便从教学楼顶跳下。

你能理解那位同行的心情——全力奔赴目标,还没上战场就被勒令退出,如果是你,你也受不了。

为了那个章，你在教育组组长的办公室整整磨了一个星期。你把在课堂上锤炼了四年的口才充分展示了出来。雄辩滔滔不绝，气贯长虹。从个人的需求说到教师素质的提高，从城乡教育差距说到教师再教育的重要性，从中国乡村教师体制的封闭性说到教师流动的必要性。如果实录下来，一定是一篇针砭乡村教育的精彩长文。

你终于说服了教育组组长。但他郑重告诉你，仅此一次机会。在你人生的很多转折点都有人告诉你，只有一次机会。你必须拼尽全力，或许这就是你逢考必中的原因。

20世纪90年代有很多事发生，《春天的故事》犹如一股清新的风吹遍大江南北，就连偏远的三溪河也知道深圳在发生翻天覆地的变革。那是社会转型最剧烈的几年，有同事辞职去广东打工，和那些高中毕业生一样挤进服装厂、电子厂。也有做生意的，从汉正街批发光碟、服装等来卖。

生活如大浪淘沙，一波又一波的试水者要么被拍死在沙滩上，要么成为弄潮儿。般般种种都需要十年二十年后才能看得清楚。

你算是哪一种？你不甘心命运就此止步，一路拼杀，考本科考研究生考博士，一生中的黄金岁月都在考试中度过。

你算成功吗？今天，你仍然被科研的皮鞭抽打着，每天疲于奔命地写论文，做课题。被学生监督着，不敢有丝毫的懈怠。仍然贫寒，疲累，看不到前途和希望——一个四字头的人说前途和希望真像一个蹩脚的笑话。

三

打开一只旧箱子，各种气味冒了出来，每一种气味都似曾相识。这是时间生出来的气味，由时间而生，终有一天也将由时间抹去。是村上春树说的，就像从你心里流出来的。

你总是留恋那些旧东西。旧照片、旧信件、旧日很喜欢的一些小东西……经过多次搬家，折腾来折腾去还没丢掉的一些东西——一些零碎的旧日生活。那些由时光堆砌的日子，那些活蹦乱跳的岁月就凝固成这一堆旧东西了，想想真有些伤感。

四年，幽闭的青春，一个女孩子最美好的年华在寂寞的山里开着，自己香着自己。周围女伴的爱情故事起起落落，都是别人的精彩。

你毫无理由地相信，这儿不属于你，有另一座城门为你虚掩着，只要你走过去，就会冰消雪融，春暖花开。这种期待和自信不知来自何处，它总在每个夜晚深沉的时分刺痛你。

每月106元工资，每月25号到会计那里领钱，藏在包里似乎藏了一个秘密。买几本书或者换季的时候买件衣服。妈妈很有远见地说，每月存零存整取还可以赚利息。你每月存50元，后来竟然派上了大用场。你破釜沉舟去读书的底气就来自于此。你不会饿肚子。

除了读书和在山中散步，也没有什么消遣。有个和你一起来的王老师难耐枯寂，常常骑了自行车在河对岸的公路上狂奔，直到精疲力竭才回来。有一天闯了一个祸，他撞着了一个老人，十几天住院治疗，他背上了五千多元的债务。从此，他不骑车了。除了上课，一天到晚窝在屋里。后来他南下打工，却染上肝病，只好回到小城开起了摩的。

小莲跟男朋友分居两所乡村中学，领了证，只能两周相聚一次，没有房子没有钱没有正常的性生活，不敢生孩子。还有更多年轻人因交际圈狭窄，找不到对象，就找附近村里的姑娘结婚，他们被称为半边户，另一半是种地的。

有个女同事长得很漂亮，有一天她哭着去告状，她被人强奸了。还有一天半夜，校园里传来嘈杂的声音，隔壁老师出去吃喜酒，翻车了。

没有人能理解一个女孩儿在那样荒僻的环境里的孤独和惶恐。对面公社的大喇叭每到黄昏都会播放歌曲，一遍又一遍唱着："我是一只小小小小鸟，想要飞却怎么样也飞不高……"

每到黄昏，你的心就沉浸到莫名的怅惘和忧伤中，心情变得很文艺很三毛。你梦想远方梦想繁华却又不敢付诸行动，日复一日过得萎靡颓废。你甚至能够理解有些人为什么会沉溺于赌博、酗酒了，因为那样多的无聊和空虚需要填补。

学校的厨娘搞了个周末舞会，磁带伴奏下，三步四步，在葱姜煎炒的气息中旋转。你总是格格不入的。你在他们看来特别孤僻。

那些日子过得缓慢、悠长，让人急不得、恼不得，只能慢慢浇熄心中的青春之火，伴着折了翅膀的蝴蝶在风中翻卷的悲哀。

你看见时光像一把巨大的扫帚，冷漠地扫过每一个人。俏丽的小姑娘变成满面风霜的胖阿姨，愤世嫉俗的才子变成满口官话的中年大叔。你所呼喊的疼痛被批评为矫情——还有那么多窘困中的下岗工人、农民，你好歹冻不着饿不着，在这里叽叽歪歪作甚？

然而，你的青春是如此无辜和卑微，燃烧了生命中最明亮的部分。很快，这点灰烬也将被时间的风吹散。风过眼，一切渺无踪迹。

（原载于《向度》2017年夏季号）

工 地 书

杜永利

一

一抬头看见了那只大篮子，钢丝绳拴着，从楼顶悬下来。几只黑点在里面移动，涂抹着墙体。头顶已经光鲜耀眼，而脚下的部分仍旧灰冷。“命悬一线”这个词突然跳出来，我想到远在龙岩的父亲，他是不是也这样浮在半空，找不到有所依傍的安全感？

南方的雨水打湿乡愁，湿气浸入肺叶。不能抽烟的日子孤独汹涌，五十岁以后他变得多愁善感，微信成了倾吐对象。那天宿舍着火，他从二楼跳下后马上发了朋友圈。打电话过去，说是腿伤着了，讨回工钱就回家收玉米。我的愧疚滚滚滔滔，瞬间模糊了双眼。

二

在我成长的年月里，贫穷如影随形。父亲所在的化肥厂倒闭后，家里一连几个月吃不上油；屋里的电线冒火花，也没有钱更换……他跟着舅舅上了工地，开始做的是提灰搬砖的活计，名曰“小工”。小工全凭一身力气，工资不高。而舅舅会垒墙，会粉刷，是靠技术吃饭的“大工”。父亲跟在舅舅身后，时不时学两手，几个月后就开始拿瓦刀了。

技艺日渐精进，父亲跟着邻村的水生去郑州闯荡。母亲在家带着我们，晚上早早地锁上门。写作业到深夜，听到窗外的沙沙声，我吓得腿直打哆嗦，以为是坏人翻墙而入。父亲要等到几个月以后才回来，那时庄稼成熟了，他带回稀罕的芒果和猕猴桃，我和弟弟吃得肚子滚圆，晚上睡得也踏实。可是等不到粮食晒干父亲又得走。他为了省路费很少回家。水生倒是回过几次，带来十几个广柑，从麻袋深处掏出一个油纸包，里面是一沓灰色的钞票。开学时我们就穿上了新衣服。

那时候我不知道工地是什么，它是远方的神秘存在，在拔河比赛里轻易就能拽走我的依傍，同时也是魔术师的帽子，跳出好吃的东西。作为嘴馋的吃货，我无可避免地对工地产生了好感，却不知那里是父亲流汗流血的场地。

等我们去外面读书以后，闲下的母亲被父亲带去了工地。这时他们的身体已经走下坡路，不适合出远门。我和弟弟劝说了几次，他们留下了。村庄已经发生许多变化，人们有闲钱，就拿出来翻新房子。周边的村子有许多包工头，他们每到农忙过后都要抢着招人，所以父母有干不完的活。他们不舍得休息，每天起得很早去村口等车，工头开着三轮车载上满满一车人，突突突，一路奔驰，很快就到了工地。太阳爬过屋顶时他们已经干了半个钟头。而下工回来天都黑透了，母亲匆匆地打火做饭，父亲喝啤酒。原本喝酒很解乏，后来越来越不奏效了，他的叹气声就茂盛起来。

大三暑假我跑到郑州，原本想进富士康做流水工，可是他们不收短期工，只能打道回府。学校里只剩考研的同学，宿舍热得要命。连家教的工作也找不到，父亲让我回家参加体力劳动。说实话我很抵触。他不支持我考研，时常怀疑我毕业之后的就业前景，居然想到我应该练就一身力气，留下后路。我懂得他的良苦用心，想了想还是回去了。

我穿上一身旧衣服，脖子上搭着白毛巾，走进了工地。太阳一爬过屋顶就显示出威力，白花花的光射过来，吓得地面上的物体纷纷往自己的影子里钻。而到了中午，影子也受不了了，由长条缩成一个黑点，躲在脚下不出来。没出几天我就学会了用影子判断时间。我一晌喝七八碗茶水，却一次小解也没有。水分的平衡全靠毛孔，那条白毛巾很快就被汗水洇透了。旁边树上的知了躲在阴凉里幸灾乐祸地嘶喊，而我们的身体挡在空气里，收割不到一丝清凉。

工头是我表哥，来这里干活得看嫂子的脸色，所以她一来我赶紧卖命干，不过时常弄巧成拙。随着墙体升高，添加泥灰与砖头的难度越发大了，我无法利索地把一铁锨泥灰反扣到盆里，有一多半都扔到盆子另一边去了。垒墙的老李在架板上左躲右闪，一会儿就被埋住了鞋面，他咯咯笑起来。嫂子喊我："利呀，不是那样干的，这样——"她轻轻一送，泥灰像得了军令似的，稳稳落在盆子里，一滴泥也没有溅出来。后来添加泥灰的时候我总感觉有枚钉子在后脑勺，循着瞅过去，原来是主家心疼自己的泥灰。主家一走开，众人就爆出笑声："利呀，赶紧回去好好读书吧，你爸净是坑你的。"我呵呵地配合着，慢慢悟出体力活也有很多窍门。

最喜欢那一声喊："老师儿们，开饭了，都下来吧。"喊人的是十八，平时和他搭伙推车，他总是使坏，人高马大的还好意思假意推，害我气喘吁吁的。我说："十八你省下力气晚上也没处使呀。"他狠狠剜我一眼，用粗门大嗓吼我："你懂个屁。"他以前在部队做过饭，现在仍是孤身一人，让他做饭再好不过了，嫂子不必担心面条下多了吃不完。

随着这一声喊，众人都丢下了工具，纷纷从架板上下来了。春城跑得最快，他大概清早又没吃饭。他老婆是人贩子从外地拐来的，跑过几次，抓回来毒打一顿，最后一次没能找到，儿子也被带走了。他干活没有心劲，不时看看影子，就等它钻进脚底板的那一刻了。十八和他可没有同病相怜，揶揄倒是少不了："饿死鬼托生的吧？"春城只顾捞面条，在凉水里过一遍，懒得理。各自都端着满满一大碗，浇上卤子，握几瓣大蒜，支起一块砖坐着，哧溜哧溜就吃开了。我比以前能吃多了，胳膊上的肌肉也变得结实。雨妞又开始拿我逗趣："回头可要给你说亲了，你妈托我好几次啦。"我不理她，狠狠地咬了一口蒜。我爸沉默得像块石头，一听说亲眼睛却放光了："赶紧说吧。"众人又笑。

这样乐呵呵地吃完饭，各自寻了一处阴凉躺下。有的在街边的石板上，有的在墙角的阴凉处，仅仅是垫了一层报纸，也可以睡得呼噜喧天。

三

下午的温度不断攀越高峰，有几次超过了四十度。这时候树叶都卷了，如同扔到热铛上的河虾。知了叫得格外刺耳，为人们拉响火灾报警器。草帽在阳光瀑布的冲击下形同虚设，身体完全成为筛子，倒进肚里的茶水一会儿工夫又都漏了出来，从裤管滴答而下。主家知道这时不能心疼钱，不然垒的墙可能会歪歪扭扭。他送来雪糕与西瓜，底下的人扔到半空，我们一伸手就接住了。

最喜欢的是正搬砖的时候天边翻滚过云朵，天地忽然静了，知了们不明白发生了什么事情，一时不敢吭声。如果云朵越堆越厚，就显得乌青发黑，一场雨已在酝酿之中，给我们带来无尽的快意。瓢泼的大雨落下去，人急着往近处的屋檐下钻。远处的玉米展开了叶子，这样就不用抽出一天两天专门来灌溉了。雨水很快就收场，剩下的半晌好过多了。

房子越垒越高，我的笨拙彻底显露出来。泥灰扣盆的绝技与我无缘，每次老李喊我加灰，我都央求十八帮忙。投桃报李，我替他扔砖头。架板靠着墙体，长长一溜，大工在上面挥着瓦刀，我在下面加砖。瞅准了没人的地方，使出吃奶劲往空中甩。砖头咚咚地砸到架板上，弹落许多沙子与白灰。落在春城头上，他要骂的。我吐吐舌头，一疏忽又扔到老李脚上，被骂得更惨了。手套很快就会磨破，尽管掌面专门浸了胶皮也抵不住。用破的手套互相套着，还可以接着用。而春城与十八，他们手上的茧子已经很厚了，可以直接上手。

第二天起来时肩膀、腕关节、指关节、胯子、膝盖等部位没有一处不疼的。父亲贴着膏药，不给我用，说年轻人活动开了就好，就如同发动机，熄火几次就不再熄火。

墙体垒好以后需要打圈梁。钢筋放在墙上，往里面倒混凝土，用机器振动，压瓷实。还要浇筑大梁。大梁是马虎不得的，因此主家全程在一边看着。我和十八、春城在下面埋木桩，木桩撑起壳体，把钢筋放进去，再浇筑混凝土。大梁的牢固关系到今后的安危，所以主家会放鞭炮，撒糖，还要在梁上贴对联，中午再管上一顿饭。吃吃喝喝，使出的力气好像又都回来了，便都心满意足地等着下一段活计。

现在造房简单化了，房顶用钢丝网罩住，浇筑混凝土，一次即可成型。过十几天拆开壳子，大梁与房顶都凝结牢固了，我们再也不用暴露到阳光下。扯起一根管子往墙面上浇水，砖头吱吱地喝着水，冒小泡，喝饱以后显得越发红润，这样泥灰贴上去才结实。与垒墙不同，粉刷是从上往下进行的。在墙上捅掉几块砖，钢管穿进去，钢管上放架板，架板上放盆子。我又得出丑，那么高的位置，泥灰又该落下多少呀？主家再给我西瓜都不好意思接了。闲下的时候我看着老李怎样抹灰，他的手腕高频度转动，要是轴承的话，怕是早换过几十回了。主家不在的时候我自告奋勇地尝试，泥抹不听使唤，任凭我怎么推也不能把墙面抹平。春城酸酸地说："得了吧，别把主家吓着。"我不服呀，用力推用力按，腕关节快磨没了，墙面仍是疙疙瘩瘩的。

四

盖房子最后一步是贴地板与粘瓷砖。进行到这一步的时候，暑假也接近尾声了。我以为自己会逃难一般离开工地，可是并非如此。几十天下来，我的身体已经适应了高强度的劳动，那些辛劳已不算什么。以前读过一些描写民工的诗句，和白居易的《观刈麦》类似，都是旁观的写法，而少有杜甫《茅屋为秋风所破歌》那种亲历的写法。旁观者看见的是身体上的苦乏，劳动者心里或许并非觉得很苦。

我在工地上真实感受到了众人的乐观。他们劳动是为了好好生活，同时劳动也变成了生活不可缺少的一部分，它充实了生活的内容，与闲散的日子一起改写生活的面孔。

他们乐观的背后都有目标在支撑。目标在村庄的语言系统叫盼头，就比如琴弦，要时刻绷着才能把生活的五音弹奏完整。

老李有三个儿子，三个儿子三座山。每个儿子都得娶妻生子，他凭着自己手里的瓦刀是无论如何也完不成任务的。他已经六十多岁，抽烟的时候一脸褶皱，像穿了多年无法熨开的衣物，身体已经很干巴了，早年的衣服穿在身上显得空空荡荡。但是他眼里有不灭的光，和别人说起笑话来有无尽的兴头，手机一直放着歌，都是诸如《好日子》《辣妹子》这种欢快的曲调。他的两个儿子已经娶过媳妇，三儿子也定过亲了。他说等把工头的账还清了，就回家抱孙子。我替他算了算，大概还要七八年吧。他自己坚持不让儿子们插手，说这是当爹的骄傲与任务。我明白，村庄里的父母们，都是以操办儿女的婚事为人生最大的目标。举办过婚礼以后，他们的子女们才算正式成人，他们才能安心养老。

十八与春城这一对冤家，斗起嘴来天昏地暗、不可开交。可是每次他们一喝酒就要好得不得了，好像异姓骨肉。说起来都是孤独症资深患者，本就有说不完的话题。十八高大威武，当兵那会儿在姑娘中间可是炙手可热的人选，可惜造化弄人，不知怎么竟把缘分错过了。一过了那个年龄段，人好像被诅咒了一样，无论怎么使劲都不能打动女子的芳心。可他没有放弃，他把挣的钱都交给了母亲。翻盖房子是当务之急，他已经决定借鉴老李的经验，预支一部分工资。他乐呵呵地说，好在自己才三十八岁，还账不成问题。春城呢，他四十好几了，矮矮壮壮的，头发掉得差不多了。他一直托人打听媳妇的下落。逢到年节了，他实在受不住清冷，就一个人跑去外地找儿子。他表面上消极，干活有气无力的，实际上心可没死，他的工资也攒着，等儿子找着了，拿出来就能说下一门婚事。他有时候自我揶揄："得快点呀，儿子十八九岁了，可别剥夺我出钱的权利。"

雨妞和我母亲一样大，她丈夫不幸病逝，两个儿子眼看要到而立之年，家里一座房子也盖不起来，她只得拖着微跛的腿来工地奋斗。她的腿就是以前在工地上摔的，那天架板倒了，她从上面摔下来。和她一同摔下的是我的母亲，母亲断了两根肋骨。工头是邻村的，他没有别的工头厚道，出了事生怕花钱，撺掇伤者回家自养。都是老实巴交的村民，竟莫名其妙地听从了，以至于留下后遗症。现在我妈还跟着那个工头干活，而雨妞去不成了，因为人家不想要拖油瓶。她的不幸并没有扼杀她爱逗趣的习惯，自己的儿媳妇远在天边，每次吃饭时却热心地要帮我说媒，我听着鼻子酸酸的。不乐呵又能怎样？总不能天天愁眉苦脸吧，又不是完全没有希望了。

我离开时是带着这些人的故事走的，他们让我走得离自己的父辈更近。人的存在意义究竟是什么？在世创造的一切皆为云烟，生不带来死不带去的。既然死亡能解构一切，那么为何还要马不停蹄地奔驰？我在季羡林的人生感悟里找到答案，他说个人是人类延续的一个环节，在通往未来的接力赛上每个人都要把自己的这一程跑好，这便是人生的意义。我惊奇地发现，工地上的众人都是在无意间如此履行自己的使命，他们多数不是为了自己，而是为了儿女们的未来。婚事是他们的疼，也是他们的盼头，他们希望自己的下一代能过得更好。

五

这几年村庄一直发生着变化。粮食的价格跌下以后，种地的人少多了，村民都把地承包出去，让商人发展种植经济。从土地里解放手脚以后，更多的人选择外出打工。我的父亲就是在这样的背景下再次去了外地。他和邻村的十几个汉子一同搭上火车，一路南下，在陌生的地域挥洒汗水，渴望解决儿子们的彩礼问题。他说劳动不是为了我们，是为了让自己接触到更广阔的天地，从劳动里获得乐趣。但是我从来都不相信。上一次相亲，对方第一句话就问我能不能在市区买一套房子，我说能。到底没有底气，没多久就掰了。父亲训斥我没有斗志，为什么不能信心满满地许诺？我很无辜，所有的一切都是出于疼惜。如果他知道了，一定会骂得更凶。

我看着半空的篮子，想着远方的父亲、村庄的母亲。无数缕光线倾泻而下，天空晶蓝澄澈。人在空气的最下部，承受四面八方的推挤，负重前行是每一代人的宿命吧？

（原载于《福建文学》2017 年第 11 期）

我的房东杰西卡

马　原

由于不愿意住狭窄的学校公寓,学姐给我推荐了正在招室友的杰西卡。

以西方标准看,杰西卡是个标准的美人,金发,蓝眼睛,两颊散落细细的雀斑,一口牙齿雪白整齐,笑起来灿烂如五月阳光。房子是她家的,不过父母都搬进了新家,只有她在管理着旧房子。

有了熟人推荐,彼此信任,合同很快签好。待我搬进去,房间是治愈的海蓝色,为了欢迎新房客,杰西卡还在墙上画了个大大的太阳笑脸。

广袤的农业大州俄亥俄,地处美国北部,民风粗犷朴实。当年林肯同志领导北方各州同南部庄园主宣战,禁奴区正是以俄亥俄河为界。本州人民自由不羁,从不做哪一党派的"死忠粉",是历届美国总统大选必争的"摇摆州","得摇摆州者得美国"。

杰西卡就是典型的俄亥俄州女儿。

毕业于统计学专业的她,毕业后没有去为资本家数钱,而是在州府下的非营利性组织工作——帮助流浪汉申请落脚地,为贫困家庭争取更多救济金,给小朋友们发衣服,噢,还要负责记账。

我的房间紧挨楼梯,听得到杰西卡早出晚归的脚步声。偶尔在楼下看见她,金发歪歪斜斜夹在脑后,一脸倦容在煮咖啡。

"Hey(嗨)!"见到我,她又是灿烂地笑,"How is going(最近怎么样)?"

听我磕磕巴巴叙述了新生活,她点点头:"Awesome(精彩)!"然后端着咖啡,"咚咚咚"地上楼了。

起初我不理解,为什么美国人总喜欢问"你最近怎么样",根据我在国内的教育,美国人是不爱打探他人私事儿的。

日子久了才明白,他们的"你好吗?最近怎么样?假期/周末过得如何?"其实,都是客套话,寒暄而已,没必要过于纠结。一句"Not bad(过得不坏)",足以应对日常。

杰西卡有个男朋友,而且是黑人。

尽管黑奴解放已有百年,但白人由于得天独厚的政治经济积累,掌控了绝大多数的社会资源,社会分化的情况比我想象的严重得多。

在北方,除了橄榄球队,大学里黑人很少,尤其是法学院,六十人的课堂只有一两个黑人。几乎每座城市都无声地划分了黑人区和白人区。黑人社区明显不如白人区美观,公共设施也陈旧。在我们城市,黑人区是在城南火车道一侧,朴素得近乎简陋。

哪怕俄亥俄州是林肯的坚定拥护者,哪怕民风足够友好热情,黑白配的情侣仍然不常见。

所以,第一次见到她的男友比尔,我竟有一秒钟错愕。但小伙子彬彬有礼,甚至有些羞涩,打完招呼后便上楼去杰西卡的房间了。

他是她的同事,两人在不一样的部门。帮助弱势群体的事业中,两人相知相爱。听完杰西卡的介绍,我既开心,又感动:"上帝祝福你们。"

"谢谢!"杰西卡塞给我一枚甜甜圈,小雀斑上都跳跃着喜悦。

相比杰西卡，我作为有色人种，竟然无意中被美国隐藏的种族区别所影响，隐隐地，对于黑人和白人做了高下之分。我不免有些自责，正低头思索着，甜甜圈的碎渣渣掉地上了，赶紧拿出吸尘器做清洁。地板要保持干净，不然脏东西沾到脚上实在恶心。

和部分美国人一样，杰西卡有规矩，进门必须脱鞋。因此一看门口鞋架，就知道有没有访客。

比尔来的次数不多，偶尔有之，也是安静地待在女朋友的房间里，从不会楼上楼下乱窜。只有在吃饭时，才进厨房捯饬。时间不长，二十分钟就搞定。

有一次，我忍不住好奇，瞄了一眼他做的饭。冷冻的半成品，胡萝卜、花椰菜和青豌豆，半熟的牛排，微波炉"叮"一下就好。配上浇汁的通心粉，典型的美式简餐。

我邀请过杰西卡品尝我做的中国菜，她赞不绝口，我也分不清是客套还是真心话。不过最后她来了一句："可是中国菜实在太麻烦了。"

美国人的生活很特别，有一些严格的素食主义者连鸡蛋牛奶都不碰，连衣服都拒绝动物衍生品。杰西卡是半素食主义，但是中国炒菜的做法她还是接受不了。大概在他们眼中，蔬菜就应该生吃或者开水烫一下才健康。

饮食习惯不同并没有造成任何不愉快。杰西卡从不干涉室友的生活方式，我也得以在异邦复刻中国人的生活。实际上，大概和中国人相处久了，杰西卡居然在花园里种上了番茄和青椒。

美国民居多是独栋别墅，门前留有空地以便女主人栽种花草。这是美国家庭最看重的"脸面"，草坪整齐花木扶疏，路人一望便知这家有个心灵手巧的女主人。

我们家花园原本站着几株蔫头巴脑的向日葵，杰西卡静悄悄地将花园改造成了菜园。等我发现时，青椒已经挂果了。

也许她并不在意路人和邻居的看法吧，我想。查了查日历，该交房租了，于是把钱打给她的账户，顺便给她短信告知。

很快她回我："糟了！我上个月的房租也没交！"

地主也要交房租？难不成……她根本就不是房东？

憋着疑问找她求证，她笑眯眯地耸肩："当然不是！你怎么会觉得我是房东呢？"

"你是房主的女儿啊！"

"和你一样，我也是房客。只是替爸爸管理房子而已，每个月一样要交房租！"她笑着，"好烦，薪水还没发，信用卡要刷爆了。"

后来朋友圈慢慢扩大，我才知道这其实是普遍现象。有个朋友家里房产 80 多处，他住在其中一栋，照样得交房租，每周还去父亲的公司打零工，做苦力，一小时 20 美元，待遇和其他工人一样。

房东杰西卡，不，应该是室友，每天开着破卡车风一样来去自由，和黑人男友一起为了理想而奋斗。

她是真正的美国人。

（原载于《散文选刊》（原创版）2017 年第 6 期）

第二辑　名物

乡间的瓦(节选)

王剑冰

一

汉字是以象形为基础的,瓦是象形字吗?瓦的结构之特别,超出了汉字的基本特征。那个往里拐的勾,在我开始习字时,总是让它不情愿地往外拐一下,此种固习很长时间不能改变,以致我对瓦一开始就有了深刻的印象。

想象一场天火,很大的天火,天火过后,先人看到了被火烧过的东西,其中或许有像瓦的形状的物质,扁扁的,带有一点弯曲。泥土形成了瓦的雏形。这个雏形或许让我们的先人想到了防雨的功能,也就在房顶上加以利用,由一个不自觉变作了自觉。泥与火的自觉。

而这个瓦字,是否就是那个时候第一个惊喜的发音呢?我不得而知。但想象告诉我,这是可能的。很多的事物都是偶然获取的,很多的发明也是利用了某种自然的变化。

我不能进入瓦的内部,不知道瓦为什么是那种颜色。在中原,最黄最黄的土烧成的瓦,也还是瓦的颜色。

好瓦的颜色是十分好看的深蓝色,那是一种长期的民间蓝。

那种蓝让人看着特别舒服。我说不好那种颜色。有一个词叫瓦蓝,说那个颜色瓦蓝瓦蓝的,你就知道是多么好的一种颜色了。瓦蓝似是一种沉稳而深刻的颜色,它不浮漂,不混杂,而且不褪色,经过了火的淬炼,它就形成了永远的色彩。火的物质渗入进去,火该是一种让人琢磨的东西。

你可知道由土而成为瓦,是物理变化还是化学变化?叫作瓦的物质,竟然那么坚硬,能够抵挡数百上千年的岁月。

屋总是不嫌弃瓦,即使屋子实在承受不住,也只是先将瓦卸下,重新做好下面的东西再将卸下的瓦盖上去。瓦对此总是沉默地忠厚地接受着。

瓦掉落地上的时候,是不会发出大的声响的,尤其是这些经过了数年风霜的瓦,它们的掉落甚至是无声的。

瓦最终在地上落成一抔土,那土便又回到田地中去,重新培养一株小苗。瓦的意义合并着物理和化学的双重意义。瓦完成了我们的先人对于土与水和火的最本质的认知。

我曾经试图挽救一片碎瓦的命运,我用胶水将两块瓦片黏合,但是没能如愿,那是好多年前的事。那个时候,还没有像现在的"502"类的黏合剂。我用泥和水将它们对在一起,然后架到砖上,上边覆上东西,下面不停地烧火。最后还是垮了。

一滴水打在瓦上,瓦会吸收到体内,再一滴水打上去,瓦还会吸收到体内,只要不是连续的打击,瓦都能承受并且吸收,而且不会渗入到下面去。直到一连串的雨水的灌注,瓦才会承受不住让水下落。

当你对瓦有了依赖的时候,你便对它有了敬畏。在高处看,瓦是一本打开的书。

瓦,我的小村的一部分,我的生命的一部分。

二

真正的瓦的出现应该是在离水,离土地,离氏族首领、诸侯王最近的地方,只有有了财富,有了统领的能力,才能把房子盖得好一点,才会利用瓦。

瓦的大量的出现,起码应该是国出现的时候,"秦砖汉瓦"是指的成熟期,知道利用的时代是一个建筑需求较为讲究的时代,这个时代或许在周,在春秋战国时期。

西安的郊区发掘了一个汉墓,西安的朋友领着我去看。我看到了一片被土压着的瓦砾,想象出瓦曾经的宏大。

前些日又一次去河南博物院,由于留意,竟然看到一群的瓦。有些瓦非常大,事先想象不出来的那种大。我们的祖先在制造瓦的时候,竟然那么用功夫,像对待他们的生活一样对待一片瓦。那个时候瓦的烧制技术已经炉火纯青,而应用更加具有了美学意味。

有一个图景,远处是草房,还有瓦房,近处是他们的土地,土地上有劳作的人和牛。让你感觉到时间没有走。中国的农民在汉代已经生活得很好了,在草下,在瓦下,在天地之间。

在人最需要什么的时候,会去寻求,科学的进步是因为寻找的力量,寻找的力量是因为生活的推动。由此来说,从一开始人们就把瓦当成一种高贵的物质。

瓦是最慢的物质,从第一片瓦盖上屋顶起,瓦就一直保持了它的形态,到机器瓦的出现,已经过去了两千年时光。我曾经观察过北方和南方的农具,部分农具会有很大的变化,而瓦却是一成不变的。在人们走入钢筋水泥的生活前,瓦坚持了很久,瓦最终受到了史无前例的伤害。

三

我们的姓氏的起源,多是由先人出门所遇或所居之物而定,比如石,比如水,比如花。只是没有姓瓦的,概是瓦出现得晚的缘故。

外国人名中出现了带瓦的:瓦格纳、瓦西里、瓦尔特、瓦德海姆。这个瓦的发音非常适应于外国人的口齿吗?每次听到这些名字,都有一种油然而生的亲切感。

涅瓦、哈瓦那、瓦尔登……似乎这个瓦很适合那名字的本意,让我们叫起来觉得亲近。尽管我明白,那只是汉语翻译而整出的事情。

这个瓦,在物理上还有一个意思,表示功率的单位。同瓦的本身没关系,是同那个叫瓦特的人联系着。

在西藏扎什伦布寺,我看到了一种名字带有瓦字的树。

扎什伦布寺是日喀则地区最负盛名的藏传佛教寺院,修建在日喀则西面的尼玛山上。以前,达赖喇嘛主持前藏,驻锡地是拉萨的布达拉宫,班禅主持后藏,驻锡地就是日喀则的扎什伦布寺。十世班禅最后在这里圆寂。

通往寺内的路在爬升，庙宇层层叠叠，一种树也是层层叠叠，高高地遮盖了一条路和路两边的屋舍，绿色的叶片同白色的屋舍形成了比照。

我第一次听到树的名字的时候，惊喜地让人再强调了一遍，不错，卓瓦树。

像卓越的瓦的植物，它长在寺庙里，长成了三百年树龄的参天大树，荫蔽着广大无边的佛。

树也是瓦啊。

卓瓦树据说只能在西藏生长，先开花后长叶，树的枝条可用来做酥油灯的灯芯。

尽管我并不明白为什么叫卓瓦树，并且我带有了某种主观的理解，但是我喜欢这种树，喜欢树的名字，卓瓦树。

像黄河一样奔涌的济水早就消失了，只留下济南、济宁、济阳的地名。我在济水的源头，依然能看到滚涌的泉水，泉水流过的地方，土地肥沃而润泽。临近泉水处，有三十亩的土地，种的都是蒜，长得非常好，早年是贡品，当地人叫精蒜。

我奇怪这片地的名字：河瓦地。不错，当地人都这么说。河瓦地，是河的形象说法吗？河消失的时候，留下水的痕迹，一层层的，像一大片的瓦。

村人说，是因为土下边盖了瓦，瓦下面洇水，上面种蒜。

第一次听说瓦的另一种作用，一鳞鳞的瓦拱起身子，让土在上面肥沃，苗在上面蓬勃。

不知道为什么由瓦和土构成的地上只适合种蒜而不种其他作物。

而且，这些瓦从来不见天日。

我曾经试图瞻仰那些瓦，它们一定比我的年龄长。但我没能如愿，我只看到了黄色的土地和土地上的蒜苗。

我对这片土地充满了好奇。我不知道，除了这一片土地，还有没有其他地方也叫这个名字的。这或许是一个独特的创造。

河瓦地，很好听的名字。

去大连的路上，看到一个地名：瓦房店。

多少年前，或许看到这个地名会有一种欣喜。

那里是先有一片瓦房的吗？既然不叫草房店，说明当时的瓦房给人的印象很深，很特别。

尤其在离海不远的地方，一大片的瓦。

在当时，或许是一个很气派的地名。

你听说过"弄瓦之喜"吗？那是因为谁家添了女孩。

那个瓦指的是古代纺车下的物件，大概是纺轮或纺锤之类。

让女孩在下面玩弄，或许不会影响母亲纺纱织布，还给女儿找到了乐趣。玩耍之中，就会对织布机产生印象和兴趣。女孩嘛，长大了就是要相夫教子、纺织缝补的，这也是一种早教的方法吧。所以生了女孩自然称为弄瓦之喜。

那么，对待男孩是怎样的？会让他在床上把玩玉器，希望儿子将来有玉样的追求与前途。因而对于生了男孩的，被称为"弄璋之喜"。璋为玉质，瓦为陶制，璋为礼器，瓦为工具。在两千多年前的周代，男女做事有别，《诗经》反映了时代的真实。瓦本就是带有着一种平民性，女子是平民中的平民。

让女子与瓦相连起来，倒是使得瓦的美质上升了，那是一种优雅的、柔韧的、静默的、隐忍的美。

我第一次听到用瓦来做形容词使用的话语。那是在乡间,瓦竟然表示一种姿势。

“这人,瓦着腰窜过去了。”似乎是身体前倾,腰部微曲,腿脚极力朝前。“我要去城里,瓦着劲猛干,挣我自己想要的。”状如瓦的形体活泛起来,形象而贴切地出现在我的想象里。

瓦是乡村的产物,也就必然地出现在乡间土语中。

在中原,瓦还可以和其他词组合在一起,比如“瓦开”,“这家伙,一出门就瓦开了”。“瓦开”既是指跑的神态,又指跑的速度,透露出跑者的诸多信息。当我明白这种意思的时候,我甚至找不出更好的与之相对应的词语。

瓦,实在是一个好用的物件。

四

在周庄的桥上闲坐的时候,我常常把目光长久地放置在瓦片上。那一片片的瓦以灰暗的色调,涂抹了周庄的岁月。

这种瓦从窑里出来便是一种不太光明的颜色,不像西方的屋顶,会让它出现红色和蓝色的鲜艳,也不像皇宫和寺庙,有那种金黄的宗教色光。

这种瓦本就是代表了平民性,它不是用来装饰的,而是直接进入了生活。

这些瓦只在中午的时候会全部保持一种颜色。早晨或傍晚,阳光会像涨潮一样,一点点漫过一层层的瓦。而有些瓦由于屋脊的遮挡,还是会呈现出灰暗的颜色,让太阳感到无奈。

到了傍晚,又如退潮一般,光线会一点点从一片片瓦上消失。

最后消失得无影无踪，最终使一片片的瓦，变成一整个的瓦，变成一顶巨大的黑色的草帽。

我发现一些屋角的瓦片出现了空缺。正是由于它们的空缺，其他的瓦也出现了裂隙。

不知是在哪一天，一片瓦悄然滑落，坠地的声音没有谁听见。而且会碎裂得成为一小撮灰灰的土。不细心的人会轻易地扫走它。

有些屋角的瓦是落在了水里，那同样激不起多大的声响，而且会以极快的速度沉入河底。

这些瓦就此完成了它们的使命，它们是用尽了最后的力气才失落的，它们绝不想失去自己的弟兄和责任。

它们知道由于更多的瓦片的失落，会改变周庄的形象和地位。

周庄的瓦同石头一样，坚硬地同岁月抗争着。

很小的时候，我以为瓦是一整块地盖在上面的，后来才知道，那是一小块一小块的个体所组成。每一块所覆盖的面积并不大，只是因为多了，才显出它们的作用。

在有雨的时候，我钻进屋子里，听着薄薄的屋顶雨打瓦片的声音，让人有些伤感。尤其连日阴雨的日子。

是那些瓦片撑住了人们的日常生活，一天天一年年，只要瓦片不坠落于地，这生活就总是延续下去。

其实瓦片不知道，屋子里的主人已走了一拨又一拨。

周庄是生活在瓦片下的，周庄只能生活在瓦片下，没有瓦片的生活，周庄活得就失去了意义。

五

在泰山十八盘,我看到挑夫挑着两篓子瓦,一步一艰难地向上攀登。

瓦在篓子里很安静地拥挤着,它们知道它们的身体在一级级地升高。

带着它们升高的人正在流汗。

我至此也知道,泰山顶上有的是石头,却缺少瓦。石头可以就地取材,瓦不行,瓦必须由挑夫挑上来。

山上的风大,瓦同样会履行它们的责任。正因为如此,瓦才会不分地方,不论条件,被人们所依赖。

挑夫担着瓦,累了会将担子放下。他知道他挑的是瓦,不像其他物品,所以放的时候很是小心。瓦不是娇贵的,瓦是让人娇贵的。这两篓子瓦担上去,就会遮挡一片雨雪。什么能比得上瓦让人感到安适呢?

瓦仍然相拥着,随着阵阵喘息在上升。

我跟着瓦,也一级一级地上升,如果当天不能下山,我终也要暖和在瓦的下面的,我对瓦充满了敬意,由此对挑瓦的人也充满了敬意。

这些瓦在山顶盖起房子,那样,瓦就垫高了泰山的海拔,成为离天最近的俗物。

五岳独尊,尊的也有瓦。

一色的石头房,高低错落,在一个岛的山坳里。岛是洞头岛,离台湾只有一百多海里,有些房子已经很老,老得不能再住人,但是房上的瓦还在。

在很多的海边的民居，我看到石片的瓦。也就是说，渔民是用石料来当瓦用的。石料可以就地取材，瓦不行，瓦要来自很远的内地，运过来要花费很高的代价。而且，海上的风大，瓦待不牢。铺瓦要做好不断修补的心理准备。

但是洞头岛的渔民对瓦有着格外的亲近感，这或许与他们的祖地有关。为了生存，祖先从福建、浙江的陆地迁来避乱。内心却依然对瓦有着强大的崇尚和依赖感。为了这种情感，有了钱后，他们不管花多大代价也要将瓦运来，覆上屋顶。

为防止风的侵扰，他们又在瓦上压石，密密匝匝的石头成了房上另一种装饰。让人想起小时候，在“三大件”之一的自行车漆面缠上一些布条或胶带，以小心保护不致磕碰。

瓦下的生活心理是满足的。怎么说住的都是瓦屋啊。

在“瓦库”这样一个喝茶的地方，你会感到瓦的厚重、茶的美妙，会想到瓦的男性气质和茶的女子形态。瓦的发音那么沉郁浑厚：瓦。而茶的发音则清脆明净：茶。这是优雅的结合体呢。各种各样的瓦，呈现着各种各样的时光和生活。瓦和绿色植物构成了一个古朴的本原氛围，让你一下子回到了久远的从前，回到了久别的故乡。甚至会觉得，在哪堆瓦后面，会走出一个苍苍老者，闪出一个翩翩秀姑。

潺潺的水声野溪一般从哪里流来，直飘出淡淡的茶香。

瓦，让我们仰视，而茶也让我们仰视，它们都是我们最亲近的物品。有言道，上无片瓦，那是最不愿有的情景，也就不可能有品茶的境界。

《说文解字》中说瓦是“土器已烧之总名”，好多都跟瓦靠谱，最初煮茶的工具说不准也是瓦盆陶罐。

有瓦有屋,才会有茶香。爱惜我们头顶的瓦,便会引来好的茶。

因瓦而聚茶,因瓦的朴才有茶的香。瓦让人心生敬意,茶才会让人有感觉。对瓦有雅兴,对茶才会有感情。

(原载于《天涯》2017 年第 1 期)

金川的梨树

何　弘

金川梨花烂漫的时节，望去像洁白的晴雪，花下自然缺不了成群结队的赏花人。在川西北偏僻的山谷河畔，山顶积雪尚在，低处梨花如雪，相映成趣。难怪有那么多人不辞辛苦，不顾危险，自驾或随团，来此寻幽探胜，找寻梦中的香巴拉。三月下旬，农历尚在二月，北方还是乍暖还寒的时节，我和全国各地数十位作家应约而来。不知何故，看到金川的梨花，脑子中忽然就闪现出鲁迅先生那篇《藤野先生》开篇的句子。

自成都乘车向西北而行，过了都江堰，进入山区，车子开始沿峡谷穿行。过了映秀，再到汶川，两边的山更高，峡谷更深，山道也更狭窄更险峻。由此也明白了 2008 年抗震救灾的艰难。

川西北属于青藏高原的东缘，山高谷深。这里的山体都是堆积在一起的碎石泥沙，随时都会滑落，根本看不到太行山那种壁立千仞的巨大岩石。汽车在河谷边的窄道上盘旋而行，让长期在平原生活的我等觉得心惊胆战。这样常常滑坡的山体，自然不会有好的植被，加上天气刚刚转暖，草色未青，放眼望去，山上光秃秃的，很是荒凉。就这么走了快十个小时，山谷渐渐开阔，开满花朵的梨树从一株两株到成片成林，让人心情一下子好了起来，真如到了世外桃源。

金川到了。

看到金川的梨花，不由想起我小的时候，老家的旧宅前的几株梨树。老宅的梨树高高大大的，从未有人修剪，就那么自然而然地生长了不知多少年。春来梨花开放的时候，印象并不如现在梨园里的果树，花儿开得那么热烈，秋来结的果子自然也不是那么多。但这样的梨树，这样的梨花，这样的梨子，却成为我童年的记忆，永远难忘。

去年，单位精准扶贫联系的是豫东商丘市宁陵县石桥乡孙迁村，我联系的是张恒生夫妇。老两口都是七十来岁的人，张恒生腿有残疾，妻子有严重的冠心病，都没有劳动能力，不能种地，更无法打工，张恒生家仅有的就是几株梨树。

在宁陵，因为县里主导，差不多家家户户都种梨树。宁陵在河南东部，离安徽不远，梨的品质和安徽砀山梨并没有任何差别。几年前，我曾专门去宁陵看过万亩梨园，一树树的梨花开得热烈、灿烂，在平原上漫无边际地蔓延开来，放眼望去，难见尽头，确实如花的海洋。这里的梨树都不高，一棵棵排列起来，树形也都差不多，人站在地上就可以采摘果实。这让我想起了养鸡场，一排排的鸡被固定在一个狭小的空间里，使劲喂，目的只有一个，就是多生蛋。这样的鸡场、这样的果园，怎么看，都难以勾起童年的记忆，总有一种缺乏人性的功利感。

张恒生家的梨树也是如此。但他不能不功利些，因为这是他家仅有的一点经济来源。我几次到张恒生家看望他，对于他家的困难其实并没有能力去解决，只好每次给他些钱，好让离不开药物的两人不致没钱买药。我既负责联系张恒生家，却没有助他脱贫的好办法，拿出的那点钱，实在是杯水车薪，心里常为此不安。但张恒生却总觉得受之有愧，拿钱的手总是微微有些颤抖。第一次去的时候，梨花已经凋谢，而梨子刚刚挂果。张恒生非常懊恼梨子这时没有成熟，很抱歉地说等梨熟的时候让我再来，他一定把最好的梨子送给我。但我终于没有在梨子成熟的季节去看望他。等不及的张恒生打电话给我，说村外路边每天都有到郑州的客车，他准备让司机把梨子带到郑州，打电话通知我到车站取。接到电话，我心里一下子涌出极大的感动，这样纯朴、真挚的感情真的是久违了。我不想给他添麻烦，也许还因为自己不想麻烦去取，就告诉张恒生，我在外地，要有一段时间才回郑州，梨子就别捎了。很快到了年底，我再次去看张恒生，仍然只能在他家坐坐，问问情况，留些钱给他。临走的时候，张恒生拿出一大袋梨子，说是特意留给我的，让我无论如何一定要带走。拗不过他，我只好用一个小塑料袋装了十来个梨子带回来。到家一尝，这梨子确实异常的爽脆甘甜。

大金川是大渡河的上游。河谷稍稍开阔的地方，即有人开出田地，盖上房屋，定居繁衍。大渡河谷是我国一条重要的民族走廊，从西北到西南，羌族、藏族沿着峡谷一步步向内地深入，让这些荒山野谷逐渐有了生气。传说金川这里原本有一个王国，叫东女国。东女国是女权社会，一切都是由女子主导的。后来，吐蕃部落进入，松赞干布手下的将领被派到这里成为大大小小的首领，这里也被吐蕃法王纳入管辖范围。在长期的民族融合中，这里形成了嘉绒藏族。嘉绒藏族人部分继承了东女国人的基因，至今，嘉绒女子依然大多身材高挑，容貌姣好，而且一个个泼辣能干。我们在金川的时候，恰值金川梨花节期间，县里举办了“梨花仙子”大赛，参赛的女孩子一个比一个漂亮。第二天我们去观赏梨花，又巧遇获得仙子、公主、玉女称号的前三名获奖者。树下合影，梨花似雪，人面胜花，让人再次见识了“东女”的美丽。

大渡河谷深切在青藏高原的东缘，谷深坡陡，自然条件并不很适宜于人类的生存。但不论是羌人、藏人还是其他民族的先民，跋山涉水来到这里，在河边的山坡上，用极不规则的石头，砌出房屋、碉楼，砌出一块块田地，顽强地在此生存下去。因当地的山上都是些泥沙碎石，没有巨大的岩石可供切割为规则的条块石头用于建筑。当地人把大大小小的石头拼砌在一起，也建成了坚固的房屋。他们说："石头石头，总有一头。"意思是不论什么样的石头，总有其可以拼接的一面，凡是石头都可以利用。嘉绒人就是这样，不论多么严酷的自然环境，他们总能找到可以利用的一面，从而在深山中生存下来，并用他们的辛劳不断把这里变成美丽的世外桃源。

嘉绒人在河谷山坡开荒定居的时候，不知从何时起，在房前屋后，山坡谷畔，种下了一棵棵梨树。现在，金川的很多梨树树龄都在百年以上。金川的梨树不像我童年时旧宅前的梨树，全无管理，自由散漫地生长得毫无节制。金川的梨树也不像豫东平原巨大梨园里的梨树，修剪得低矮压抑，生长得极端功利。金川的梨树生长在高原地区，有巍巍群山笼罩，又有美丽的嘉绒女子的细心照料，枝干上沉淀着历史的沧桑，高大却不散漫，枝条的伸展恣意中带着隐忍，树形看起来就别有韵味。比较起来，老家旧宅的梨树是散漫的，豫东梨园的梨树是功利的，而金川的梨树则是艺术的。金川艺术的梨树开满梨花的时候，那种令人心醉的美，一如四川醇厚的美酒，让人欲罢不能，愈陷愈深。

金川的梨树是艺术的，而这艺术的树上结出的果子又是极甜的。高原地区，空气稀薄，日照强烈，昼夜温差又大，梨子积聚了大量的糖分，吃起来有种特别自然又强烈的香甜。当地人用梨子煮成的雪梨膏，并不添加任何糖蜜，吃起来却有蜜的感觉。

如此看来，金川的梨树可不像金川"总有一头"的石头，而是头头都占全了。如此的金川，如此的梨树，如此的梨花，怎不让人留恋？

（原载于《大河报》2017 年 4 月 15 日）

柴木家具的事

冯　杰

我父亲把好木质家具称为细木家具，一般木质的称为柴木家具。

照以上性质归类，我家使用的家具都属柴木家具，质地多为杨木、槐木、桐木、榆木、楝木、椿木。我记得父亲共有两次请来乡村木匠打家具，吃住都在家里。我和师傅在同一个桌上吃饭，四个菜，每顿给师傅上一瓶酒。不管他喝不喝。

第一次是我姐要出嫁，第二次是我要结婚。父亲说自家打的家具用料大，显得“实落”。

大件家具打完了，再做大椅子。剩下的碎木料扔了可惜，父亲让木匠师傅拼凑一下做几十个小椅小凳，我负责刷漆，上桐油。柴木小件排了一院子，晾干后分成四份，姊妹四家各自带走。

姥爷去世几年后，我回到滑县留香寨旧屋，姥爷平时坐的那一把圈椅还在。为了纪念，我把圈椅带回长垣书房，摆在听荷草堂里，闲时在圈椅上面坐坐，时光恍惚，听一院子的空风。

这是姥爷留下的唯一一把单椅，当年椅子旁边是一张八仙桌，桌后挂一对紫红色的楹联：“诗歌杜甫其三句，乐奏周南第一章。”夏天地下的蝉幼虫钻出来，有的都爬到桌子腿上，成虫飞走了，只留下一方蝉蜕。

村里坐具不讲究，以敦实耐用为主，谁家有红白事多是借用桌椅，在北中原乡村的墙上，会常看到白灰写的广告——“某某家里租赁桌椅碗盘”。

椅子在我的视野里出现得晚，“椅”字在历史里出现得早。我看到《诗经》里有“其桐其椅”一句，就考究，终知道这不是一把椅子，这个“椅”是古人称的木材，椅和梓、和楸都是一个意思。

我一直想写一部书法和家具发生关联的胡扯书，平时对中国家具留点小意思。知道中原人能坐上椅子是《诗经》年代以后的事，汉魏时期的“胡床”和椅子最接近，大概是椅子的前身，唐代以后椅子分离出来，逐渐完善，到宋朝成为可坐可折叠的“交床”“交椅”，宋江们吃酒表彰，多是论“坐几把交椅”，没有说“坐沙发”。“那一日，史进无可消遣，捉个交床，坐在打麦场边柳阴树下乘凉。对面松林透过风来，史进喝采道：‘好凉风！’正乘凉哩，只见一个人探头探脑在那里张望。”家具，家具，我崇拜的少年英雄史进是坐在一把交椅上，才看到打兔子的李吉。

到明代才是椅子的黄金时期。卯榫交叉。从海瑞到郑成功到万历，成功人士屁股下都坐一把黄花梨椅。全是细木。

三十岁前，我是在遍地柴木范围里长大，明朝黄花梨家具是后来在王世襄的图文里接触的，我先看到平面的，后看到立体的，到了 2005 年，在郑州东区 CBD（中央商务区），一位昔日的行长当了黄花梨收藏家，请我欣赏一把椅子，让我坐一下试试，他说这一把椅子拍卖行拍到百万元。

本想试坐，他这一说我不坐了，我说我是粗屁股，一坐至少打五折，椅子就不值钱了。

（原载于《河南日报》2017 年 7 月 19 日）

花　间　事

邵　丽

立了秋，夜间偶尔起一阵风，不知道触动了哪一根神经，等不得天亮，急煎煎地想去买一件纯色的衬衣。白色、米色、淡粉、藏兰，纯棉或者亚麻，搭配真丝的半裙。我这怕是有点怀旧了，传统里的少女记忆。我告诉女儿，20 世纪 80 年代，女孩子们都这样穿着打扮。女儿说："妈妈你还真够时尚的，有一个英国牌子，叫玛格丽特威尔，端的就是这种味道呢。"

时装最能应验风水轮流转的魔咒，三十年前的款式，回过头来也未必不是时尚。

在我的少女时期，有那么长长几年时间，流行尖领的女式衬衫，都是上述那种纯色，只是面料有点奇怪，叫"的确良"。作为一种布的名称，"的确良"还是"的确凉"，当时我们真是搞不明白，而且更倾向于后者。那时候这种布是一种相当稀缺的奢侈品。还有很多扯不起布的人，用日本的尿素袋子充当的确良，照样招摇过市。

那会儿的衬衣裁剪简洁，除几粒白色的小扣子，不带任何装饰。配长裤或者长及脚踝的百褶裙，十几岁的女孩，绷着一张粉脸，雅致得一派天然大方。当然，时过经年，说是"天然大方"多具有主观渲染，也可能是野心勃勃，正如鲁迅描写上海时髦女孩那样:“凡有时髦女子所表现的神气,是在招摇,也在固守,在罗致,也在抵御,像一切异性的亲人,也像一切异性的敌人,她在喜欢,也正在恼怒。”呵呵,可能就是这个意思吧,谁知道呢!

那年代可不是稀罕纯色,而是缺少花色。一整个布匹柜台,只有笨笨的几匹料子,色泽单一。不记得是从谁开始,在衬衣的领尖袖口处绣一朵花,也是素淡的,有梅花,也有菊花。没有牡丹,在当时因为其大红大紫,还被归入俗艳一派。这些小小的花朵,如同丝巾里飘出的一缕秀发,骤然俏皮了许多,很有唐诗宋词里那种疏影横斜、暗香浮动的意境。

我便是那时学会刺绣的,与素描课的勾线一样,妈妈用一个时辰工夫,便教会了我基本的针法。我极用功,初始在碎布头上反复演习,随后在自己的衣服上实验,渐入佳境,竟然帮了许多同学设计。绿衬衣上绣一片绿色的叶子,米黄色的领尖上绣一朵菊色的花朵,全靠丝线的光泽。不甚精湛的手艺,在衣服的某一处若隐若现,有着隐忍的嚣张。

十四岁那年,我得到人生的第一双皮鞋,是妈妈托人从上海带回的礼物。黑色,亚光猪皮,简单的方口平跟皮鞋。这就足以让小伙伴们惊呆了。一群人围着一双鞋子相互传看,每一只脚都要伸进去尝试。不到一个月,几乎每个女孩都有了同一种款式的猪皮鞋。穿同款的衣服和鞋袜,是那个年月的时代特色,多少新奇点的衣服便穿不出门——我们生活在集体主义的丛林里,它好像是一个安全的洞窟,只有不突出自己才能保护自己——换了女儿她们这一茬的“作女”,再怎么喜爱的衣服,若是不小心与同事撞衫,宁可在衣橱里放烂,绝不肯再穿第二次。我们对十几块钱一双的皮鞋,爱惜的程度无须详说,黑天白日用鞋油打磨,遇到雨天,真的会光脚提了鞋子走路。那些年,一双鞋子管好几个季节,搭配所有的衣服。

戴的第一块手表是念高中那会儿，小姨夫从海南岛买回来的英纳格。它只有五分的钱币大小，银色的钢表带，煞是好看。上发条的机械表，戴好多年都不坏。看见有人，就会不停地举手看表。姥姥看见，便不屑地说："这不就是我们年轻时戴的银镯子?"姥姥若是活着，肯定会惊奇不已，这几年的女孩不怎么戴手表了，许多人喜欢带只银镯子，说是好看，又有排毒功能。

许多年后，我在香港买了一只石榴石的戒指送给小姨，是为了报答小姨夫送的那块表，它让我在少女时光，拥有了一种物质自信。小姨夫那会子在海南岛服役，低级军官，料想手头也不会有几个钱，买那样一只坤表，不知道会攥湿多少张纸币。

这些事物，之所以记得如此清晰，是因为物质的匮乏和精神的单调。生命中有几个小小的惊喜和点缀，铺陈到很长的岁月里，竟然都成为成长的记号和回忆的路标。我们城市户口的小孩身上，好像都有几样宝贝物件。农村户口那些孩子则很少，或者根本没有。其实在那个时代里，阶级阵营已经十分明显。不管多漂亮，多优秀，只要你是农村户口，就注定在田地里终老一生。只有到了改革开放后，市场才把"公平"这个东西还给我们每个人。现在很多人都在怀旧，其实那样的旧是"做旧"，不是真实的历史。

还记得有一年春节，好容易凑够两块钱的压岁钱，直接跑去商店买一只看上很久的人造革钱包。钱包上印有两棵椰子树，旁边还缀着一颗又圆又黄的月亮。那是多么神奇的植物啊，那么高，那么俊秀，那么浪漫。就为这两棵树，两块钱换成一个空钱包，只享受到片刻的小资光阴，又迅速堕落成为"无产"阶级。后来，我便比照着钱包，将这两棵椰子树绣在一块白色的桌布上。妈妈看看说："你整天绣这些无用的东西干吗呢?"其实我从她的语气里，看到了欣喜。估计她认为我在慢慢长成她所希望的样子，一个女人的样子吧！

再回到花事上。读高中时，我很要好的一个同学得了一件重磅真丝的短袖，淡蓝色。第一次知道有这样一种面料，纱纱的，柔柔的，那种感觉，竟是让人烦忧到无处可依。她一个夏天就只穿那一件衣服，晚上洗了怕不干，搭在老式的电风扇上吹。有一次，不知怎么的竟被风叶缠裹了进去。急慌慌地抢出来，前襟已经破了几个洞。当时她就哭了，那情形，估计比剪掉两条黑粗的大辫子还要难过，半夜托着衣服来敲我们家的门。那算是当年我所承揽的最大的工程，为了亲近那料子，当时毫不犹豫就答应了。我金贵着她的衣服，亲自跑去买来淡蓝色的丝线，比画了大半天，仍无从下手。后来还是妈妈艺高人胆大，主动帮我设计、施工。我们母女用了一个礼拜的空闲时间，愣是将这件残衣做成了精品。她再穿出去，反因此得了许多赞许。其实当时我之所以这样卖力，是企图将这个女同学说与我哥哥做媳妇儿。但最终还是未能玉成其事。看来修补人际关系，我还是个外行。

我妈妈到今天还做刺绣的活计，每一个孙子孙女出生，她都要做一双手绣的老虎头靴子，两件肚兜，等上了幼儿园，再给绣一只书包。我把这些绣品放在微信上，博得许多个赞。妈妈给我女儿和女儿的儿子的礼物，我都仔细地收着，哪一天说不准就成了艺术品。妈妈是一个干练的领导干部，退休后，才真正活成了妈妈、奶奶和外婆。这些琐碎的活计做起来，倒成了专业。网上说，这样精细的手工活，能预防老年痴呆。难怪八十多岁的老人家，比我们脑子都好使。

今年夏天去开封采风，无意间参观了一间汴绣艺术学校。这个学校的校长是一个七十来岁的阿姨，她的代表作是一整幅的《清明上河图》，一针一线绣出一幅画卷。她掐着指头说，绣了整整三年。想一想，这样的民间艺术家，该得到多少分敬重。

再回到衣服上。这几年旗袍又渐渐回暖，脱了西式的裙装，换件传统款的半袖长袍，暗压着神情，立刻便有了中国的古典韵致。西式的衣裙缺少个人气质，不如旗袍，能让女人远远活过自己的年龄。比如宋美龄在美国为抗日募捐演讲时着旗袍的风采，那种东方风韵，沉甸甸的，着实有着几千年的分量。还有张爱玲旧照里各种旗袍的大气象，也是看得说不得，一说就走味儿。再后来，比如张曼玉饰演的名为《旗袍》的电影，虽然表达了不下一万种风情，但却是浮面的、隔靴搔痒般的浅显。

尽管如此，但我们向传统致敬的努力，还是值得一书。经常看到寻常的家居女人，着棉质的半短格子袍，或者浅灰淡蓝的颜色，也自有小夫人的雅致。纵使是去趟菜市，素着表情，挎一只竹筐，亦很得体。传统活在民间，此言不虚。把它装在镜框里敬起来，岂有不死之理？

今年去苏州，一件手绣的旗袍竟然开价万元，仍是咬牙买了一件。纵使哪一天穿不得了，压在箱子底下，到了人老珠黄的年纪，偶然翻出来相看，估计也能寻到点儿"衣上泪痕和酒痕"的轻狂吧！

写下这些，是浮想了许多次，试着要给自己找一个刺绣老师，认真学习一门技艺？若是生在古代，不读书不识字，我会不会是一位出色的绣女呢？

既然秋天来了，那就坚决去买一件纯色的亚麻衬衣，而且一定要在袖口处绣一朵花，用来怀念一个时代。

（原载于《人民日报·海外版》2017年2月4日）

私 菜 谱

维 摩

厨房是女人的战场。在这里她们发如飞蓬、挥汗如雨，与菜蔬对峙，与油烟奋战，与锅碗瓢盆广泛结盟。纤纤素手舞动寒光，砍瓜切菜、剖肉斩腥、煎炒烹炸、手段辛辣。对待食材的冷酷完全背离了女性应有的温婉，她们毫不留情地击败男人的味蕾和胃袋，展现自己在这里不容置疑的统治力，一如男人们在战场上的强势。

小时候，每餐吃什么大多是由母亲决定的。掌控厨房的女人此时在婴儿舌尖种下了伏脉千里的“家学渊源”，导致他成年后对一个菜品最高的评价，即是“有妈妈的味道”。放眼中外，莫不如此。

然而味道不意味着一切，更多时候，一道菜连接的是一段记忆，蕴含的是一段时光。

鱼 钻 沙

名字很动人，然而东西着实简单。

这个东西，亦菜亦饭，熬稠了是粥，熬稀了是汤。听上去津津有味像谜语，吃到嘴里却是寡淡得很。早些年，这是我晋东南老家，每个执掌厨房的女人食谱上必备的菜品。说是“菜品”，实在高估了它。其实是将黄土高原盛产的小米，与南瓜、豆角或是土豆同煮，待到汤滚米熟，再下些手擀面进去，通常还要加些盐，以保证干活的人吃了有力气。饭熟时，还会把黑铁马勺凑在炉火上烧热，将混着葱花的老醋倒将进去，“嗞啦”一声，酸香扑鼻。把这烹过的料汁掼入锅中一搅，便可盛饭开吃了。

米如金沙，面似银鱼，“鱼钻沙”这个名字倒也生动得很。

盛饭的顺序，一般是先给家中的长者，其次是男人，再次是孩子，最后才轮到女人自己。长者和男人是不进厨房的，由孩子端了饭，送到磨盘边温暖和煦的阳光里。男人三五成群地蹲在那里聊天吸烟，若是端来饺子、面条，便会在大家艳羡的目光和啧啧的感叹中大快朵颐。若是端来稀汤黄馍，男人便对着孩子一顿数落，然后兜屁股一脚，让他把原话通通给他妈带到厨房里去，算是把掉在尘土里的面子捡了回来。更多时候，大家碗里都是一样的“鱼钻沙”，有的只是稀稠之分罢了。

我母亲生在县城，与父亲相比，算是家境不错的。虽然没遭过农村的这种罪，但大多数时候，吃的做的也只是这种寻常饭食。我们自小果腹的，也都是这些东西，以至于相当一段时间内，对于书上看到或是偶尔听说的美食都怀有无限的遐想和无边的渴望。然而那个时代的女人，大多是不怎么会炒菜的。每年就那么点儿零星的油盐钱，都要用在刀刃上，铁锅都喂不饱，怎么可能有炒菜的机会。后来时代进步、物产丰富，粮票肉票鸡蛋票通通作古，我们举家搬到了更大的城市，母亲才学起了炒菜，进而精研厨艺，把我们兄弟二人养成了比例失调的胖子。

后来父母年事渐高，血脂血压之类的难免有些波动，尤其是退休之后，更是开始关注养生之道。听说这东西低脂低热易消化，配料丰富营养全，遂“倒行逆施”重操旧业，“鱼钻沙工程”死灰复燃再次上马。每见此君占据了餐桌，哥哥必是弃箸而去另觅佳肴，我也只是勉强吃上一碗，笑称其为“忆苦思甜饭”。

成家之后，陪父母吃饭的机会少了许多。有时突然回去，见他们二老面对面坐在餐桌旁，一人捧一碗“鱼钻沙”，吃得津津有味，空气里氤氲着久别重逢的味道，恍然觉得回到了二三十年前破败的老家旧院，心头横生背影寥落的凄凉。

我们家没有女孩，“鱼钻沙”这个手艺，算是在我家断了香火。

油摊摊

山西人把摊煎饼称为“油摊摊”，意在强调这个“摊”字。

在北方，很多地区都有饱蘸本地风情的煎饼摊法。天津的煎饼薄而酥脆，面糊很稀，摊时可加鸡蛋，吃时刷酱，裹以油炸果子；山东的煎饼韧而爽口，面糊极稠，调和有各色杂粮，吃时裹以葱白；河南的煎饼则是直接以鸡蛋调和面糊，两面煎黄后，佐以蘸汁或是咸菜下饭。言而总之，做法少不了一个“摊”字。

“摊”这个动作，注定了用这种方法做出来的吃食必是圆形，厚薄均匀，材料非面糊不可。

在我晋东南老家，偏偏有自成一派的摊法，用的是小米。

这里水土瘠薄得很，小麦金贵，在物资匮乏、物流不畅的年代，如果不是败家女人，大约都不会用白面去摊煎饼。上天待人都是公平的，不产小麦的土地，倒是盛产小米，而且品质上乘，古来就是皇家贡品。

摊煎饼的工序，从头天晚上就开始了。取小米洗净，分为两份，一份凉水浸泡，一份煮熟后沥干放凉，加入浸泡的生米中混合；将泡软的小米磨成米浆，晚上封火后放在灶台上，以余温发酵；第二天一早，准备好鏊子，便可以摊小米煎饼了。

摊煎饼的鏊子是特制的，除了我晋东南的老家，我还没有在其他地方见过如此特殊的工具。下部如鬲，三足，可架于炉火之上；中部有内腔，腔内形似圆砚，周边浅而中央深；上部为盖，专设有提梁；全鏊以熟铁铸成，钟形，一尺来高，用前加热以猪皮擦拭，瓦明锃亮，人影可鉴。

摊煎饼是巧手女人的活儿。鏊子以小火烧热，腔内刷油少许，浇上米浆，盖上盖子。每副鏊子需配置两顶圆盖，盖子在炉火上加热，轮流使用，不时替换，以保证煎饼上下受热均匀。煎饼熟后，中间厚而周边薄，形似草帽。若是遇上贵客，便在“草帽”中间的窝窝里加上一勺白糖，煎饼自身的热气会把白糖融化，此时吃起来香甜松软，独具风味。也有往窝窝里加鸡蛋的，但那往往成了奢侈品，一年到头也难见几回。

在老家，这样的煎饼常常作为早餐，就咸菜下稀饭吃。我很喜欢看摊煎饼的过程，但实在不喜欢小米面挥之不去的酸味。热煎饼出锅时，最是香气扑鼻，我和哥哥总是喜欢把“草帽”边上的薄圈撕下来吃，因为那里脆而可口，中间较厚的部分就随手塞给大人了。有时大人也吃不完，就把这些“草帽芯”留到晚上，切成条，与蔬菜一起下锅炒了，亦菜亦饭，便打发了一天。

离开老家时，亲戚们都劝母亲带上一副煎饼鏊子，母亲嫌它笨重，城市里也未必有与之相配的灶火，遂只好作罢。前些年，老家来人的时候，也常带些做好的煎饼，往往都是“草帽芯”里加了鸡蛋的。起初，我也会吃一点尝尝新鲜，可终究敌不过自小讨厌的酸味，饭桌上的煎饼只好交给父母打扫干净了。这些年，料想是老家那边生活条件好了，不缺白米细面，这样繁琐的煎饼做法终究还是退出了历史舞台。前些日子回去，满大街竟然再也见不到这种煎饼鏊子了。

看来嫌弃小米煎饼后味发酸的,不仅仅是我一个人。只是那个时候缺吃少穿,女人们不得不变着法子粗粮细作,含辛茹苦地打发全家人的肚囊。厨房就是女人的战场,在这里,她们真的是费尽了心机。

南瓜面

即将三十岁,跟父母闹起了别扭。

起因是我选定的"厨房接班人"与他们的想法有出入,于是他们动用否决权,而我寸步不让。父亲苦口婆心,母亲泪水涟涟,我动了犟筋,眼不见为净,索性搬出去租房住。"厨房接班人"劝阻未果,只好请假从五十公里以外风尘仆仆赶来照料我。

我租住的小屋就在老城的西关,虽然破旧狭小,但是周围老街纵横人烟稠密,生活气息很浓,生活节奏也极为悠闲舒适。方圆两公里内,既有电器市场、家具市场,也有农贸市场、旧货市场。大到家用电器,小到针头线脑,徒步十几分钟也就能买上了。于是花了一下午时间购置家居用品,晚上就生火做饭,过上了新生活。

说是生火,其实也只是电磁炉罢了。原本也想购置一套液化气灶具,怎奈屋子实在太小,通风透气也差,加上本来就没有长期扎根的打算,于是只好将就着过了。没有明火,自然会使厨艺大打折扣,饶是如此,她依然是给我烧了三四个可口小菜,佐以清粥和悠闲自在的时光,简单的晚餐吃得摇曳生姿。饭后携手穿过丽景门,到古色古香、人来人往的西大街散散步,流连于灯影晚风,感觉自由的味道实在太好。

第二天,她从早市归来,抱回了一个滚圆的红皮南瓜。我自小在农村生活，老家虽然不怎么见红皮南瓜，但常年要吃绿皮南瓜。农村做饭油盐少，即便是炒了，吃到嘴里也是寡淡无味，更别提“鱼钻沙”之类的粗疏做法了，铁锅里的一顿乱煮，经营出的味道实在让人难以下咽，经过那一通“祸害”，我后来见了瓜菜就头疼。

我虽然眉头拧得纠结，她却丝毫不以为意。或许是她成竹在胸，可我也做好了无论多么难吃，也要咬牙吞下去的打算。

中午下班回来，她正坐在床边的阳光里看书，见我进门，立刻站起身催我去洗手。菜已经烧好，面条备在案板上，锅里热水翻滚，不一会儿，南瓜面就上了桌。

我从来没有吃过这么香甜的南瓜面。那天中午，我把饭锅打扫得罄净，她则只吃到了一小碗。

天下的老饕，都有个相似的习惯：遇到好味道，一定要自己学到手。我也不例外。她则担心我没人照顾，流落到天天混吃街头地摊的生活水准，自然也是倾囊相授——

挑选红皮南瓜最密实的部分，一般是接近瓜蒂处，饱满无空腔，去皮切块备用；取鸡蛋数枚，打散，热油爆炒至金黄，起锅备用；锅内重新放油，大火烧至八九成，炸花椒数枚，葱姜蒜爆锅后下南瓜翻炒；加入鸡蛋，加适量精盐，加入少许生抽提鲜，翻炒几下，沏入开水若干，熬炒至南瓜半融化即可；面条以中宽为好，易挂汁，煮熟后捞出，加入炒锅中与南瓜鸡蛋搅拌均匀后食用。

这道菜特点是色泽金黄饱满，口感香甜软糯；不油腻，不辛辣，调料少而简单，不夺主菜之味，实为家常菜中的妙品，让人百吃不厌。

父母终究还是接受了我们。当我再次回家的时候，就给老两口做了这道南瓜面。与母亲从老家带来的绿皮南瓜面的做法相比，这种味道更新鲜，更可口。他们很快就喜欢上了这种做法，红皮南瓜自此成了我们家餐桌上的常客。几年以后，当我所就职的杂志社人口渐多，设立了自己的小食堂时，我又把这道面食的做法教给了新来的年轻人。

有时候，接受一道菜也和接受一个人一样，尝过了味道，就一切释然了。

芹　菜　碎

沐儿遗传了他妈妈细腻的外表，同样遗传了他妈妈孱弱的脾胃，对食物常常挑三拣四，没有吃过的东西，从不愿轻易尝试。

倒是他自小喜欢吃芹菜，让人颇为诧异。

我以为像芹菜这样味道极为尖锐的蔬菜，通常并不会受味蕾敏感的孩子欢迎。比如我自己，小时候对芹菜、芫荽、葱姜蒜都是很排斥的，直到后来年龄大了，舌苔厚重，口腔麻木，才开始对它们乐此不疲起来。芹菜价格便宜，又易于打理，近些年我尤其爱吃，餐桌上芹菜炒腊肉、芹菜炒豆腐、生拌芹菜等等总会隔三差五地出现。

或许是脆爽多汁的口感吸引了沐儿，第一次把芹菜放进他的小嘴，他就咂摸得津津有味。没多久他就学会了拿起勺子，学会了操起筷子，学会了随心所欲地把菜送进自己嘴里。食谱上的菜色渐渐多了起来，芹菜却仍然是他最喜欢的一种。

于是他妈妈决定，要为他创新一道菜，让他记住家里的独一无二。

某一天晚上，她兴奋地对他说："明天妈妈要烧'芹菜碎'给你吃。"

"芹菜碎"这个名字，起得实在太好，因为它确实是碎的。也许起初它们不是碎的：将芹菜切成极细的碎丁备用；面粉少许，用蛋清调糊，加入大量芹菜丁；平底煎锅刷油，小火烧热，倒入面菜糊，单面煎黄后翻面再煎；双面发黄后起锅装盘，佐老醋香油蘸料；吃时拿筷子一抖，面饼便因菜丁太多而碎裂为多块，每块大小恰好够一口食用。

这道菜兼有主食和素菜的特点，黄绿相间，绿意盎然，极大限度地保留了芹菜爽脆的口感。虽然和摊煎饼的做法大致相似，但因为芹菜碎丁的大量使用而使得面饼难以成形，稍有不慎，便会碎在煎锅中，难以卒睹，遑论装盘食用了。此时的残次品，大多下了我的肚子，只有品相上乘、造型完美的才有资格摆上餐桌，成为沐儿的口中美餐。沐妈有时也用土豆丝或茄瓜丝代替芹菜，味道虽说也不错，但既没有芹菜的爽脆，也没有“碎”的快感，更是辜负了这道菜动听的名字。

“芹菜碎”一度霸占了沐儿的早餐食谱，成为他佐粥的不二之选。他也不嫌单调，若是有一段日子不吃，他还会念叨上一阵子。如今他五岁过半，不知这样的习惯，是否会伴随他更久，也不知道将来离开我们的时候，还有谁能给他做“芹菜碎”吃。

秋　荠　饺

荠菜的乐趣，一半在“吃”，一半在“挖”。

稼轩有“城中桃李愁风雨，春在溪头荠菜花”的句子，单说这个乡野植物的好处。每逢东风渐暖，万物萌动，这个细微的植物便会在乡野的沟渠边努力播报春天。在我国很多地方，这株小草有“报春菜”的美名。二十多年前上中学时，语文课本里收录有张洁的《挖荠菜》，具体写了什么，已经忘得差不多了，只记得其中有个段落，写春天里她带着孩子们在田野里奔跑、晒太阳、挖荠菜的情景，对于枯坐课堂的我来说，实在是太心向往之了。

七八岁时，我就离开了农村老家，从此与土地阔别，走入汹涌的城市生活。低头赶路的日子，让我淡忘了乡村风物，淡忘了田野间的乐趣，直到成家之后，偶尔陪夫人回家，才有机会让鞋子重新踩上泥土，唤醒记忆里那些遥远的味道。

奔跑似乎是每个孩子的天性，沐儿三岁后，就成了拴不住的小马。虽然我家不远处就有公园，但那巴掌大的地方远不够他野的。春暖花开的时候，妈妈跟他讲："我们去婆婆家的地里挖野菜吧。"他开心地跳了起来，于是每年春秋两季，都少不了要回去几趟。挖到什么倒是次要，陪儿子慢慢长大才是乐趣所在。

夫人自小在田野间生长，农活熟稔，手脚麻利，最看不惯我做事慢吞吞的样子。每到挖荠菜时，我便只能充当跟在她身后拎兜带娃、不时递送两句奉承话的角色。她握着小铲子，目光只需在新鲜的绿色中一扫，不时俯身几下，一边挖，一边啧啧赞叹荠菜的肥美，小半天便能装满一大兜。沐儿一会儿在身前身后绕，说些不着边际的话；一会儿又去追逐蝴蝶鸟雀，远远跑开；有时他也会突然安静下来，久久地仰望天上的流云，似乎要把满腹的心事放飞到云朵上去。我远远叫他，他并不理会，只是在看得心满意足以后，才撒腿跑过来，给我讲刚刚编好的故事，或是问几个刁钻古怪的问题。

春光明媚，天朗气清，在平旷的田野里，一家人各自忙碌而又相互呼应，其乐融融，挖荠菜的乐趣，莫过于此了。

荠菜中含有丰富的谷氨酸，这与味精的主料极为相似，因而味道鲜美，胜过许多佳肴。只是收拾起来，颇为费事。需去其老茎，淘洗多遍，开水焯过后才好食用，凉调清炒皆好，在我山西老家，也常腌成酸菜，以补冬菜之不足。做法之多，也是不胜枚举。然而我以为，还是包饺子最能发挥其长处。因为荠菜胜在清香，而口感散且略柴，若以鲜肉调和，外覆面皮，则去其柴感，增其香气。饺子是以水煮施温，故而火气不燥，不夺其清气，食之使人胃口大开，不忍弃箸。

我的印象里，荠菜大约只是春天才有，夫人听了，笑我不通农事，当年秋天就带我又去田里挖了一回。这次挖的更多，因为秋天的荠菜不如春天的肥美，故而采摘者少，倒是给了我大快朵颐的机会。吃完一顿，还有不少盈余，遂洗净煮过，沥去水分，分成小团，冻到冰箱下层。几个月后便是冬天，年节临近，别家包饺子都是萝卜白菜，唯有我家化去冰块，剁荠菜为馅。饱享美餐之余，感叹科技进步真是带给人们太多的方便。打那以后，秋天挖荠菜就常为冬天做准备，冰箱里也总是少不了几团荠菜。后来偶然读到放翁的“长鱼大肉何由荐，冻荠此际值千金”，料想也是冬天吃荠菜时的感慨，才知道古人里也有好吃至此等地步的。

古人云“食不厌精，脍不厌细”，或云“国以民为本，民以食为天”。口腹之欲，从来就是人生的头等大事。小时候曾经因为一碗“鱼钻沙”，或是一块黄面馍馍跟长辈怄气，后来偶然想起，却难以吃到了；再后来，尝过了许多美味，对美味近乎麻木，才发现舌尖的味道只有触动了人生的某段记忆，才能激发起最初的热情。由此便更为珍惜厨房里忙着与油烟奋战的身影。烹饪的过程，何尝不是追求人生品质的过程？做菜的繁复，其实为的是讨吃菜人的欢心。当食物的意义不再只是为了果腹，反而更加耐人咀嚼。

（原载于《黄河文学》2017年第5期）

那些熟悉的，那些萦绕的

石广田

蝉声悠远

麦子开镰的时候，地头的泡桐树上，断断续续地传出一阵阵羞怯的蝉鸣，仿佛大型音乐会开始前小提琴手在调试音准，叽叽吱吱后很快又平静下来。

夜里一场雨过后，第二天上午太阳刚刚喷发出热气，村里村外的树上就热闹起来，蝉声似急雨般铺天盖地涌来，让人无法适应，心头不免一阵慌慌。小孩子们聚在一起，喊喊喳喳地述说着共同的遗憾：昨晚睡得太早，错过了捉“罗锅”的大好机会，今天晚上可不能再错过了。“罗锅”是人们对幼蝉的一个称呼，除了这个称呼，还有“爬叉”“树猴”等。

太阳落山还要很久，这煎熬实在难以忍受，小伙伴们就商量着如何去捉树上的鸣蝉。弓箭、马尾、面筋、塑料袋……各式各样的“武器”被安装在长长的竹竿上，屏声静气走到树下，仰起头在枝叶间寻找各自的目标。“意欲捕鸣蝉，忽然闭口立。”小伙伴们捉蝉的情景，与袁枚诗中的描述几乎一模一样。受了惊扰的蝉“吱”地高叫一声，从枝叶间飞逃出去，寻找新的落脚点。

人一累，蝉声就又恢复到原来的嘈杂。太阳缓缓地落到西天的地平线下，趁着余晖，我们选定一棵蝉声最响的大树，抱来一大堆新碾的麦秸放到树下。匆忙吃过晚饭，我们就迫不及待地跑出家门，去路边的树下寻找“罗锅”。出窝的“罗锅”有的才刚爬上树，有的早已爬得老高。不过，对于擅长爬树的我们，要捉住它们并非难事。

捉完“罗锅”，小伙伴们开始聚集到放麦秸的大树下，分头行动：有人点火，有人爬到树上摇晃，更多的人则围住火堆，等待树上的蝉飞下来捡拾。除了火堆的亮光，四周都黑黢黢的，从枝头鸣叫着飞起的蝉找不到方向，只好像飞蛾一样纷纷投向火堆……此刻，蝉鸣声、惊呼声、欢笑声交织在一起，许久不曾散去。

所有的捕蝉方式玩过一遍后，即使它叫得再响亮，也激不起我们的一点儿兴趣。天气越来越热的夜晚，我们喜欢铺块草席睡在大树下。月亮升起来了，蝉声也跟着响起来，只是没有白天那么热烈。此时，在寂静的深夜里，蝉声又变成催眠的曲子，哄着我们安然进入梦乡。有人说，辛弃疾的“明月别枝惊鹊，清风半夜鸣蝉”写得不对，蝉在夜晚是不鸣叫的。而打小的经历却告诉我，那个人对蝉的认知还是浅薄了些。

立秋以后，天气转凉，蝉声也一天天稀疏下来。寂寥的秋蝉声听起来苍白无力，年少的我们并不喜欢。后来读到一些古诗词，如“居高声自远，非是藉秋风”“世间最有蝉堪恨，送尽行人更送秋”“寒蝉凄切，对长亭晚，骤雨初歇”……只是在那时的我们看来，蝉声远没有描写的那么悲凉。

岁月荏苒，离开乡村搬到城市多年，如今已人到中年。在夏日的白天和黑夜里，极少听到蝉鸣了。那悠远的蝉声啊，如今变成了一曲思乡的歌……

蝈蝈声里乡愁浓

酷热的夏日，乡村男孩喜欢的虫子有两种：知了和蝈蝈。知了躲在树上，蝈蝈藏在庄稼地里，它们高唱低吟，烘托着时节的气氛。

知了没法养，它细细的管状嘴巴吸取树汁，离开树就活不了几天。蝈蝈像蚂蚱，长着一对强劲的大牙，可以吃叶子、花瓣、瓜果，只要好好养它，能活上好多天，比知了更有乐趣。

养蝈蝈先要去庄稼地里逮，不同庄稼地里的蝈蝈长相和性情也不一样。大豆地里的蝈蝈浑身碧绿，谷子地里的蝈蝈像生了一层铁锈，红薯地里的蝈蝈介于两者之间。铁锈色的蝈蝈被我们叫作“铁皮蛐”，活泼好斗，只要对着它吹一口气，它就会架起翅膀“吱吱”高叫，非常可爱。

不管哪一种蝈蝈，逮起来都不容易，得有足够的耐心才行。哪怕蹑手蹑脚地走进庄稼地，正在欢叫的蝈蝈也会立马集体罢唱，警觉地待在原地一动不动。眼睛看不见，耳朵听不着，让人陷入无边的迷茫里，逼着你不得不跟着它们一起安静下来。三五分钟甚至十多分钟以后，蝈蝈才会重新叫起来。循着叫声睁大眼睛使劲儿搜寻，锁定目标屏住呼吸慢慢靠近，把手掌蜷成空心猛地捂下去，才有可能逮得住——只要一击不中，敏捷的蝈蝈三蹦两跳就钻进枝叶间没了踪影。

逮蝈蝈还得勇敢，不怕被咬。捂住的蝈蝈不会放弃挣扎，冷不丁张开大牙就咬中了手指，如果怕疼手一松，它两条长而有力的后腿蹬地一蹦，能跳出两尺远，随即逃之夭夭。因此，捂的力度得拿捏好：松了它咬人，重了或是捂死或是弄掉长腿，就不够完美。逮住一只蝈蝈后用豆叶包起来揣进兜里，再逮下一只。

养蝈蝈就轻松多了。但对于男孩子，能有一只漂亮的蝈蝈笼子，就像给一匹骏马配一座宝鞍，钟爱的蝈蝈才能有被炫耀的身价。高粱秆是编织蝈蝈笼子的好材料。选一株高粱，将长短适中的几节留下来，用小刀从中间均匀地劈成半厘米宽的长条，刮去内瓤，干净的篾子就可以编蝈蝈笼子。这种笼子有苹果大小，稍微扁平一些，便于揣进口袋。黑暗中的蝈蝈一开始不乐意叫唤，我们就一直揣着它，叫作“暖蝈蝈”，直到让它学会在黑暗里鸣叫。

堂兄会做一种更大型的蝈蝈笼子，有好几层，很多“房间”，像一座巍峨的集体宿舍大楼。看到堂兄的蝈蝈笼子，才知道我们的不过是“小儿科”。堂兄建造这座蝈蝈大楼，用的也是高粱秆，不过是结有高粱穗子的那一节，叫作“高粱箭”。我不知道堂兄是如何建造的，他只答应给我一个，对方法却是秘而不宣。后来，那个蝈蝈笼子被我挂在窗前，十几只蝈蝈在黑夜里“吱吱”齐鸣，让我兴奋得几乎睡不着觉。

也有人会把蝈蝈散养在院子里的丝瓜秧上，觉得这样的蝈蝈更自由，也叫得更响亮。但这常常会害死蝈蝈：地上的鸡、会飞的喜鹊和黑卷尾，哪个啄起蝈蝈来都不会心软。

长大后离开乡村，已经好多年没有见到蝈蝈了。前几天，在县城的大街上遇见一个黝黑的中年男人，用自行车驮着一大铁笼蝈蝈叫卖，十块钱一只。尽管心里觉得贵，还是买回家一只放在了阳台的花草间，半夜里它竟兀自“吱吱吱”欢快地叫起来。

不知道它是不是在想念家乡，反正我是沉浸到儿时家乡的梦境里了。

（《蝉声悠远》原载于《光明日报》2017年8月19日
《蝈蝈声里乡愁浓》原载于《郑州日报》2017年8月9日）

苦　楝

马思源

村子内外，苦楝成片成林。树为落叶乔木，北方常见。树身高大，叶细碎，春天花开，淡紫色，花香清雅。秋冬结果，翠绿如叶，熟时黄色，果有毒，可入药。

村子不大也不小，屋根空处，长满高矮不一的苦楝，无人刻意种植，无人刻意护理，一代一代强悍茁壮生长。楝树果苦，鸡不啄狗不咬。冬来风寒，枝叶摧折，有果实落地，被尘土覆盖了去，来年春风一吹，发了芽，长了根，接着就成了树。大自然赋予它存活的种子，它有理由活下来，不择条件，不问结果。苦楝低处生，低处存，自强不易死，多与农人同。

苦楝根壮，须也扎得很深。夏雨如瀑，哗啦啦冲刷过，常见绛黑色泥土里，褐色根须盘根错节而卧。一场雨后，嫩绿嫩绿的芽从根里冒出，静静站立，又"嗖嗖"往高处长，似乎一夜不见，即成一棵树。

苦楝不易成材，即使已为大树，树身也扭扭歪歪，跟挺拔难以搭界。村人过耳顺，开始积攒棺木。偏屋厢房、门楼过道内，常见漆黑一口棺木静静卧着。据说寿材准备得早，寿命反而会长。大概主人勘破生死，牛头马面反而不会找上门来。生与死皆人生大事，不能迁就。棺材讲究"四独"，天、帮和底四面皆整块木板为上。

村人多用柏榆。柏质细且气馥，可逾百年不变；榆木次之，但也可独木成板。唯苦楝难为，苦楝细瘦、弯曲、材质轻薄，难撑大材，多被弃用。

后院卧蹄大爷，早鳏，无儿，有一女远嫁，天伦厌之，膝下无欢，为村里“五保户”。虽为“五保”，却难保热炕头，难保热锅热灶，难保儿孙来省。寒冬腊月天，霜雪已降，风如刀割，卧蹄大爷一早拄着拐棍去野地捡柴，有时去集镇采买日用品，天过午回。背上一箩筐，筐里横七竖八放着干枯的树根树枝，“嘚嘚嘚”拐棍敲着地，敲出一路凄凉。拐棍头早磨得光滑油亮，敲打在干硬发白的地面上，天冷，路面如冰，一敲一个白点出来。那时卧蹄大爷腿已摔断，拄着拐棍，一条腿半空里悬着，眼神空蒙，声音老迈。他在后院他家里叫我：“英子，来给大爷提桶水……”我急匆匆赶去，到对面邻居家帮他压桶水提给他。邻里乡亲，取点水理应没有什么话说，可次数一多，邻居的脸色堆上来，眼白也多了。小孩子敏感，压水的事就磨磨蹭蹭不愿再去。老来眼前无人，老来身无康健，是为人生大苦。

卧蹄大爷人过五十，也如村人，想方设法积木头打棺材。榆柏为上品，砸锅卖铁也与他无缘，院落里粪坑边上几棵弯着长的苦楝成了他的想望。央人打成木板，大小薄厚，兑兑凑凑，终成一副棺材，身后算是有了安置。奶奶说，苦楝是苦命人最后的家。

苦楝不栽院落内。楝果为苦，称楝豆，或楝枣。院内植楝树，以楝子为苦豆，似寓意主人食苦果。若鸟从天上飞过，衔了楝豆，不小心落地，楝也会不择肥瘦生根发芽，在院落里渐渐成树。主人仁慈，舍不得砍掉，于是眼见它一日高似一日，葱茏繁茂起来。我家院里有棵楝树，多年前不知哪只鸟儿衔籽经过，落下一粒生命的种子，于是院落里多了一棵树。树干很高，灰褐色，仰头可见细碎叶随风摆动，耳边有“飒飒”声音轻细传过。父母去庄稼地辛苦劳作，我四岁，大弟两岁，爹娘土里刨食，没有工夫照顾孩子，我独自看管大弟。暮春，日头南移，两童子盘腿坐楝树下，玩耍捡拾来的一颗颗楝豆，组成小狗，组成公鸡，组成玉米，组成红薯，我把它们摆成各种各样的形象，逗大弟“咯咯”笑。阳光筛着苦楝枝叶，筛到我和大弟身上，暗暗亮亮，如剪影。

也有取“苦楝”为“苦练”，激励为学上进意。犄角旮旯里，挖了苦楝苗，校园里一栽，警示学子学海无涯，苦练为舟。曹玺任江宁织造，从南京燕子矶边移植楝树一棵于署中，建亭其下，名之“楝亭”。曹寅自小于亭下苦读，后以“楝亭”为号，作《楝亭集》。“不见曹公久，金陵云气中。衮衣朝北阙，楝树倚西风。”曹家的文化意蕴，与苦楝紧密相连。后虽衰微败落，然曹家后人依然有《红楼梦》烛照千古。

楝豆经天寒地冻，固执留枝头，其沉思与庄重，高于任何一朵花。春风不识，此生苦悲。万千人事随风去，唯余大地深情。

（原载于《当代人》2017 年第 8 期）

葫　芦　引

张青春

郊外的别墅装修一新，虽然整体厨房功能齐全，但是妻子仍旧时常使用葫芦瓢，用来挖面。早些时候，她曾从八房井超市买来一只天蓝色塑料瓢，小口小肚却杵着一个长把子，精致但不实用，夏天太软，冬天太滑，淘米、挖面总嫌不方便，最近她从乡下老家带回来一只葫芦瓢。我问她现在都什么年代了，为什么还用葫芦瓢，她淡淡地答道："只是用习惯了，塑料的用着不顺手。"掐指一算，快三十年，我没有见到、听到有人说葫芦瓢了。看到妻子使用面瓢挖面，我不由自主地怀念起乡下老家的葫芦瓢来，由此又想到了葫芦。

"三月三，葫芦南瓜土里钻。"祖父在房前屋后，沟边河沿，凡可耕之处，总是见缝插针，开垦起来，扎篱播绿，但种得最多的还是葫芦。撒粪，掘地，平整，起垄，洇地——一桶桶清丝丝的井水，顺着垄沟，浸入一畦畦菜地里。三两天散土了，刨窑，种上催芽的葫芦籽，不出十天八天，葫芦幼苗的嫩芽儿就歪着脖子，先是怯生生地透出湿润润的地皮儿，紧接着伸展白莹莹的嫩茎，然后张开两片绿油油的叶子，叶上有软毛，卷须分叉，有淡淡的麝香气味，一株株水灵灵的小葫芦苗儿就沐浴在习习春风中了。一场夜雨下过，绿色的藤蔓不停地攀爬，卷须纤细，初时有细微柔毛，后渐脱落，变光滑无毛，四处抓挠，一旦抓住枯枝、竹竿或篱笆墙，它就毫不犹豫地左缠右绕，很快就绿色满架了。葫芦开花了，一架雪浪花，晃人眼睛。游蜂穿叶恋花抱蕊——齐白石爱画的那种金色的毛茸茸的大蜜蜂嗡嗡地飞着，落到葫芦架擎起的一朵五瓣子黄蕊白花上，停在上面一动不动了，突然一阵小南风吹过，它闪开透明的翅膀飞起来，随即又颤巍巍地停在另一朵上。

花落了，结了小葫芦，初为草绿，后又变成绿中泛白，褪去一层绒毛。葫芦架上既有小嘴大肚的实用葫芦，也有细腰双肚的观赏葫芦。这细腰双肚葫芦，大的蒜臼小，小的拇指大，吊，立，坐，卧，神态各异，玲珑别致，活像一群束腰美人，姗姗可爱。

葫芦，是民间常见的夏令蔬菜。元代王祯《农书》记载："匏之为用甚广，大者可煮作素羹，可和肉煮作荤羹，可蜜前煎作果，可削条作干。"又说："瓠之为物也，累然而生，食之无穷，烹饪咸宜，最为佳蔬。"古人把葫芦作为瓜果菜蔬食用，吃法多样，既可烧汤，也可做菜，既能腌制，也可干晒。我们那地方最常见的，是用新鲜葫芦妞子包角子、包饺子、煎面饦、炒葫芦片、凉拌葫芦——一个带有绒毛白中泛绿的葫芦，用手一掐，只听见难以觉察的细微的"嘭"的一声，葫芦上立即现出一个月牙形状的指甲印儿，能掐动的自然是嫩的。指甲抠掉一块葫芦皮儿，用舌头舔舔，甜的即可食用，苦的不能。新鲜的葫芦皮儿嫩绿，果肉白色，切丝，用盐杀过之后，就现出自己的软弱来。葫芦配粉条、豆腐、焯芝麻叶（因为是夏天用开水焯后晒干，所以吃时用温开水发一下，抟成团子，搦干，切碎），过年时作馅包杂面角子（状似女人三寸金莲），配白菜（芹菜、小茴香亦可）、五花肉包饺子，皆佐以大葱、生姜、小磨香油、十三香等，用来提味儿，入口香而不腻，好吃得不得了。煎葫芦面饦，葫芦切成细丝儿，放入少许盐，腌制十来分钟出水，控干，勾芡（面粉亦可），撒入葱花、姜末、荆芥、胡椒粉等，拌匀。锅内放油，要比平常炒菜多一些，炒香蒜片，小火慢煎，至两面金黄，即可出锅。油香之中，混杂着葫芦的清淡。炒葫芦片，用猪油爆炒，袁枚《随园食单》说，炒素菜用荤油，炒荤菜用素油，颇有道理。起锅时一般不用烹水，不盖锅，这样炒出来的葫芦片不失鲜味，不变色。尝两筷子，好吃。凉拌葫芦，切丝或切片，笼中衬馏布蒸熟。蒸熟的葫芦，由绿皮儿白瓤子变成了温润如玉的淡青色，放入不锈钢盆或青瓷碗中，晾凉，拌以蒜汁，淋入几滴小磨香油，佐以生抽、鸡精、十三香等多味上等调料，吃起来清淡，鲜。

成熟的葫芦青中透白，白中泛黄，用手指甲试探性地掐掐，掐不进去时，葫芦就老了。祖父霜降之前把它摘掉，用刀具将葫芦表面一层黄色或灰白色的外皮削掉，挂到屋檐下，晾透，风干，若用手一摇，有葫芦籽撞击发出的清脆“哗哗”声，然后做成各种器物。做葫芦头。葫芦嘴小肚大，锯掉把子，掏空瓤子，开口处用细麻绳穿了，便成了葫芦头，用来盛放秋葵、荆芥、韭菜、空心菜、黑芝麻，南瓜、冬瓜、西瓜、甜瓜、丝瓜、葫芦、瓠子、荀瓜，小桃红、晚饭花、夜来香等多种蔬菜瓜果花卉的种子，一样一样用废旧报纸包了，小心翼翼放进去，挂在梁头底下，不返潮，不生虫。做瓢。模样周正，个儿大的，请木匠沿中线剖开，掏空，打磨，一只葫芦能开两只瓢，用来舀水、挖面。锯开的葫芦瓢若放在太阳底下晾晒，会使外皮不光滑，甚至出现裂缝；若放在室内阴干，由于葫芦富含水分，容易发霉。最好的办法，是晾晒时在葫芦瓢上遮盖一层土布。六七天后，葫芦瓢坚硬且带有金石质地，用手指弹之，铮铮然。这样的葫芦瓢不仅外表鲜亮，而且可以使用好多年。我们这地方的习俗总是把半拉葫芦瓢送人。祖母说：“要是一家人用一个葫芦锯开的两只瓢，夜里出门迷路，走半夜还在原来的地方。”不过，我没有试过，至今想来，一个葫芦两只瓢，和乡邻分享，这里边包含着邻里和睦团结互助的意味。我还想起祖母在葫芦架下乘凉时候所讲的故事。孟家的葫芦秧顺着墙头爬到了姜家，在墙头上结了一个大葫芦。秋天葫芦成熟了，孟、姜两家都想要这个葫芦，互不相让，争吵不休。在乡邻说和下，锯开葫芦，一家一半做瓢用，却不料锯开后竟然从里面蹦出来一个俊俏的小姑娘。恰巧两家都没有闺女，于是不争葫芦瓢，却又争抢小姑娘了。后来，商定女娃为两家共有，名叫孟姜女。女娃虽然不是凡尘女子，命运却也没有逃脱凡人的苦和难。她千里寻夫，哭倒长城。祖母絮叨的这些话语或故事，曾激起我小时候多少或奇幻或悲伤的情感。

说起瓢来，这里实须再赘述几笔。生产队时候，瓢除了用来舀水、淘米、挖面，乡下人去村代销点买东西，手里大多也端着一只瓢，用一瓢鸡蛋，换回过日子用的油、盐、酱、醋。在年成歉收的岁月，邻里之间借面或还面，一两斤，三四斤，用秤约约，嫌麻烦，况且也不是家家户户都有秤，于是就用面瓢代替。祖母常用的面瓢，很有些年月了，看上去颜色棕黄，摸上去莹润光滑，就像触摸婴儿的脸蛋一样。挖面时，用手掌轻轻抚过，正好是一斤，稍松点，有一斤二三钱。稍紧点，有九两多。挖面，全凭手的松紧。

小时候，老家还不富裕，家家户户缺米少面，借面是常事。我最不情愿的事就是被祖母唤去端瓢借面。上门向人家借面，难免不看人家脸色。我借的面还得我去还。祖母一边挖面，一边总是千叮咛万嘱咐，挖好了递给我，说道："去吧，去还给你布袋哥家吧。还面要多还一些，不要让人家吃亏，毕竟人家帮了咱。"也有邻居来我家借面，祖母在挖面时，总是满满的，稍微隆起来一点尖儿。事后，她对我说："不能因为一小捏子面，就让人家小看了咱。"在村子里，谁家借面出去时手把得紧，谁家还面时手放得松，街坊邻居心里都有谱。尽管心里有谱,但只把它装在心里,从不挂在嘴上。乡下人也不兴记账,还面时,说多少就是多少。借两瓢面,若记账,传出去会让人笑话。即使有人真的忘记了,也就算了,不就是两瓢面嘛。一只葫芦瓢,量出了多少乡下人的淳朴、憨厚和诚实,也量出了多少乡下人的自私、吝啬和狡黠。

我家的水瓢,因为我拿出去到池塘里或小河里,舀水捉鱼,不小心裂开了一个豁口子,不能用了。我心里惴惴不安,可是祖母却没有因此怪罪我,只是端出针线笸箩,坐在煤油灯下,戴上老花镜,拈了针线,默默地补缀起来,长长的针线牵扯着祖母无尽的爱,一点一点地缝进葫芦。尽管补缀得针脚很密,很细,一舀水,还是会顺住裂缝儿洇下来。祖母说:“葫芦头里有种子,闪过年,天暖和了,再多种几棵。”

祖父不仅会种葫芦,还会挂葫芦。乡下有一种极小的鸟,每到端午节前后,就在村头柳林里鸣叫“端午挂葫芦——端午挂葫芦——”祖父说这鸟是药王爷的使者,它提醒人们将葫芦挂在门口,端午节的早晨神仙好往葫芦里放药,以便驱邪免灾。这个时候,祖父就会揭开一张大红的纸张,截取茭草(一种高粱的俗称)的莛子,七扭八折便扎了一个火红的束腰大葫芦,再用碧绿的桃枝别在屋檐下,飘飘摇摇,煞是好看。如今我也学着祖父的样子,在端午节的时候,用红丝线拴五个在自家小菜园里采摘的细腰双肚小葫芦,意谓“五福临门”,用新鲜桃枝别在门楣上,一挂就是一年。每次下班或外出归来,看到葫芦,心里就会涌起一丝丝温馨和感动。

民间深信葫芦能避邪气寓吉祥,历代画葫芦者也甚多。去年秋天,我在北京画院观看展览,见到一幅齐白石的《葫芦秋虫图》。葫芦颜色浅黄,藤蔓的阔叶以墨笔写出,叶片向背、深浅甚至叶脉都在墨色的浓淡里活脱脱地表现出来。在画幅下方藤蔓上，又画了一只绿色蚱蜢，它恰出现在虚实转换的交接点上，为画面平添几分灵动与生机。蚱蜢以粗笔写出，笔端游走处丝丝入扣，草虫神态性情呼之欲出。白石老人在这幅画的一角竖写题跋："远远西山夕照斜，名园春尽寂无华。幽花卧地无人赏，何况葫芦旧样瓜。吾乡呼葫芦为瓜，白石山翁题新句。"画与题跋并茂，令人叹为观止。

传说清代郑板桥任山东潍县知县时，曾巧审一桩"风流案"。这天，乡绅将一个和尚一个尼姑抓到县衙，状告他们私通，伤风败俗。原来二人出家之前私订终身，但女方父母却把女儿许配给邻村一个老财主做妾。女儿誓死不从，夜奔桃花庵削发为尼，男子也愤然出家。但双双旧情难断，趁住夜色幽会，不料被人当场抓住。郑板桥听后，动了恻隐之心，判他们可以还俗结婚，遂提笔即兴写下判词："一半葫芦一半瓢，合来一处好成桃。从今入定风归寂，此后敲门月影遥。鸟性悦时空即色，莲花落处静偏娇。是谁勾却风流案？记取当堂郑板桥。"

恰巧，在前几天的电视剧《芈月传》中，我还看到了这样的镜头，秦惠文王和芈姝用葫芦瓢喝酒，喝"合卺酒"。"卺"是什么？为什么用"卺"？最初当然是周公偶然看到的那个葫芦瓢。因为"卺"是一种瓠瓜，味苦不可食，俗称苦葫芦，所以这"合卺酒"在原本的意义之外，又有了夫妻要同甘苦共患难的意思。

志异、传奇或史书里的葫芦是降福驱魔的灵物。铁拐李身背或腰悬一个细腰双肚小葫芦，内盛灵丹妙药，周游江湖，治病救人。《西游记》云："大圣直至丹房里面，寻访（老君）不遇，但见丹灶之旁，炉中有火。炉左右安放着五个葫芦，葫芦里都是炼就的金丹……他就把那葫芦都倾出来，就都吃了，如吃炒豆相似。"《云台治中录》亦云："施存，鲁人，夫子弟子，学大丹之道……常悬一壶，如五升器大，变化为天地，中有日月，如世间，夜宿其内。”类似记载，还见于《后汉书》。汉代的一年夏天，中原闹瘟疫。这天，一个神奇的老翁在一条巷子里开了中药铺子，门前挂一个葫芦，内盛药丸，专治瘟疫。凡有人求医，老翁就从葫芦里摸出一粒药丸，患者服用后没有不痊愈的。汝南人费长房，见老翁在人散后便跳入壶中，他觉得非常奇怪，就带了酒菜前去拜访，老翁便邀他同入壶中。费长房从此随其学道，老翁尽授悬壶济世之术。由此，人称卖药行医为“悬壶”，医生职业为“悬壶济世”，至今有不少乡间诊所仍然悬挂葫芦当作行医标志。

近来，我秉烛夜读《植物名实图考校释》，获得很多有关葫芦的信息。这部吴其濬原著的古籍经典，把葫芦夸奖得不得了，葫芦能盛药，本身也是药。葫芦花味甘，性平，无毒，可做解毒之药，对各种瘘疮奏效如神。蔓、须药性与花相同，可治麻疮。葫芦瓤、籽，味苦，性寒，有毒，可治牙病，如牙龈或肿或露，牙齿松动，又可治面目、四肢肿痛，小便不通，鼻塞及一切痈疽恶疮。尤以葫芦壳的药用价值最高，其味甘，性平，无毒，用于清热解毒，润肺利便。葫芦壳年份越多，疗效越高。

葫芦为人类带来诸多益处，但是这样一种良性植物，却未落好名声。自古以来，以它组成的词汇或俗语，大多含有贬义。比如，某某办事不长远，就说“不是长把子瓢”；在工作或生活中一个问题还未解决，另一个问题却又冒出来了，使人顾此失彼，手忙脚乱，就说“按下葫芦浮起瓢”；“瓢把子”是江湖黑话，指人的头部，有时也指乡间帮会的老大、舵主、匪首；“种一葫芦打两瓢”指年成歉收，意思却是赔本；“比葫芦画瓢”成了一种最简单最方便也最好掌握的没有能力、没有想象力的方法；“不知葫芦里卖的啥药”引申为“不知道对方要干什么或准备干什么”的意思；《窦娥冤》中窦娥唱道：

“念窦娥葫芦提当罪愆，念窦娥身首不完全，念窦娥从前已往干家缘。”“葫芦提”是元、明、清时期颇为流行的方言俗语，有糊里糊涂之意。这些都带有贬抑倾向，甚至还株连旁物和事件，和“僧”“案”连在一起，衍生话题，《红楼梦》第四回“葫芦僧乱判葫芦案”，把糊里糊涂判案的贾雨村称为“葫芦僧”，把所判之案也称之为“葫芦案”。——这些都太离谱了，我为这些颠倒了的葫芦的名声，觉得惋惜。

（原载于《大观》2017 年第 11 期）

塬上唢呐

姚永刚

一跌入腊月，时间仿佛加快了脚步，年的意味就愈发浓烈了。

20 世纪 80 年代的陕西杨凌，西北黄土高原上的一个知名小镇，便在日渐热闹熙攘的年货大集里露出春节的端倪。塬上的西大寨，醪糟的浓郁甘醇、油泼臊子面的香辣，伴着时断时续的鞭炮炸响，让关中山乡的年味儿格外地道。天瓦蓝瓦蓝的，冬阳慷慨得很，把温暖馈赠给大地，让万物萌动着勃发前的渴望。年终岁尾的好天时里，婚嫁喜事一波接一波。听，早晨那突然爆发、越过红红的剪纸窗花一飞冲天的唢呐声，就是一桩喜事的报幕员。

唢呐是腊月乡村的喜鹊，传递着欢喜鸳鸯的美事和生息繁衍的乡风民俗。

长长的迎娶队伍里，唢呐必打头阵。身穿红棉袄、腰系红绸带、踏着千层棉底的吹手们摇头晃脑地卖力吹奏，不时变换着花样和队形。军绿火车头棉帽下的那种夸张和自我陶醉，实诚又滑稽，既是为主家赢得更多的赞誉和喜庆，又要对得起那桌不常见的丰盛宴席。吹手们很自豪，因为能比一般的帮衬者多吃几个羊肉包子，还能给孩子带几块厚实的锅盔回去，更能在婆娘的夸赞里奉上几块钱的酬劳，然后膨胀一下酒后的本能。

在为数不多的唢呐吹手里，老胡是很特别的一个。

之所以觉得老胡特别，是因为他不像大多数吹手那样有家有孩子那么体面。他是个单身汉，一个居无定所、四处流浪的50多岁的资深单身汉。适逢腊月，他就暂留在西大寨。村外麦场上的麦秸柴草垛，被他偷偷掏了个洞，便有了栖身的窝。心中了无牵挂，老胡过得倒也自在。没有业务时，他就和村里的孩子们胡耍嬉闹，讲一些情节跌宕、亦真亦假的传奇故事，更多的时候，还是卖弄他那精湛的唢呐吹技，讨孩子们从家里给他拿玉米面馍吃。

老胡吹唢呐，技艺真的高。那时，我们这些孩子小，不懂那么多，只觉得老胡吹的曲调好听，三天两头有人请他去吹奏，一去好几天。他一回到麦场上，只要唢呐声一响，就会招来一大群孩子围着他前呼后拥。他从破棉袄里摸出一大把形色各异的水果糖，散给孩子们。在孩子们的吸溜吸溜声里，他继续胡吹乱侃，讲他吃宴席时受到的排场待遇和闹新媳妇的乐子。对于他这个孩子王的话，我们半信半疑，权当笑料。

如今想来，我印象最深的，莫过于听他吹唢呐了。腊月的塬上，麦草垛旁，我们仰着被西北风吹得红通通的小脸蛋，看那如青蛙声囊一鼓一瘪的腮帮，伴着手指的轻点长按，就有好听的曲子从那二三尺长的唢呐里飞出。音色干净纯正，音量激昂高亢，透出西北汉子的热烈奔放和狂野躁动。唢呐声声，追逐着冷风四下乱窜，钻进层层梯田围绕的沟壑里，满山满川都喜气洋洋。

彼时，我真的奇怪，像老胡这种人，怎么会吹唢呐，而且成了名吹。我也曾斗胆打趣问过他，他天南地北一番，没个靠谱的话，用“跟着高人学会的”糊弄过去。

塬上的西北风格外凛冽狂野，格外变化无常，能把老胡的唢呐声传遍高原，也能让昨天还是暖阳高悬，今天就是冰封大地。漫天飞雪里，除夕更近了。互助互帮之后，各家各户各自奔忙。我们也在大人们的束缚下，囿于四角屋檐的空间里，赶着做完寒假作业，只等正月一到，就扛着社火彩旗，去杨凌看秦腔大戏了。

那年，不知道老胡怎么过的年，不知道老胡后来去了哪里。

老胡彻底被遗忘了。

岁月变迁，世事难料。三十多年过去了，站在曾经的塬上，层层的梯田依然如昨，物是人非的境况里，往事如渭河之水悠悠而过。不知道老胡尚在世否。或许，他后来大器晚成，儿孙绕膝，尽享天伦。或许，他躲在某个养老院的向阳角落里，在辛酸的往事里聊以慰藉。抑或他早已长眠在塬上的黄土地里。无论结局怎样，老胡那激昂的唢呐声永远徘徊在西大寨的上空。

世间总有奇迹，让人心生惊喜。有时是一段跨越年龄的交心交情，有时仅仅是一面之缘，有时是终生的刻骨铭心，都能让平淡的生活泛出一抹亮色。就像老胡之于我，犹如旅途上相向而行的两列火车，交流虽在擦肩而过的一瞬间，却留下了无法抹去的印记。这些极其有限的往事片段，和其他记忆的碎片一起，让后来迁居河南的我时常怀想黄土高原上的童年时光。倘若老胡在世是一种奇迹的话，我宁可相信这种奇迹会发生。

不过，有一点可以肯定，那就是我并不知道老胡的真正大名，只记得他满脸胡茬，出于行文方便，姑且这么称呼他。

（原载于《郑州日报》2017年1月11日）

南天竹的秋天

王文平

进入中秋，昼夜有了温差，一夜之间，南天竹羞红了脸，似有满腹的情话找不到出口。

片植的南天竹，煞是惊艳，在秋风里扯出红色的旗帜，又如铺开的新人锦缎花被，涌入双眼的满是喜庆和兴奋。这些似竹非竹的植物，不但有着竹子的清雅，更有着潇洒玉立的身姿，超凡脱俗，遗世独立，韵味超然。秋风扫过，百花凋残，而她捧出满怀的红叶，红过花朵，红过誓言……在公园，在街角，在道路花坛内，她随时出现在你面前，让你猝不及防，给你惊喜万分，让你一整天的心情都愉悦无比，工作顺心顺手。

南天竹本是南方植物，别名南天竺，虽贵为“竹”，但天性朴素，像是大山走出的黄毛丫头，看似柔弱，实则韧如蒲丝，无论何种环境都能适应，虽然喜欢温暖潮湿的环境，但对水分又不过分苛求，随遇而安，既耐涝又抗旱，所以，在中原地区乃至北方城市早已普遍应用于园林，成为园林造景不可或缺的观形观叶观果植物。

深秋时节，苍茫之中，她把果实举过头顶，密密麻麻鲜艳的红果聚集成穗，在风中摇摆，即使叶片尽落，光秃秃的枝条顶端仍在坚毅地举着，直到大雪落下，果子仍然结结实实地挂在枝头，洁白的雪地里惊现一颗颗璀璨的红宝石，分明是永远不曾改变的初心。人生如若得到这样一个朋友，那得是有多深的缘分、几世的修行！她的热情与表白如秋天的红叶，铺天盖地，不管不顾，最后还要掏空身体，掏肝掏肺，掏出自己的一颗心，流尽自己最后一滴血……

前年，一日游园，正遇园艺师对南天竹修剪整形，地上堆积着准备丢弃的枝条和果穗，遂如获至宝。用枝条配了三朵黄菊插入白瓷酒瓶中，清水养起，枝的风骨，配上菊的傲气，别有一番韵味。那一枝果，独独地插入一粗糙的黑陶瓶中，古朴自然的黑陶，配上独挂果子的干枝，别有一番日本禅意插花的味道。起初，我并不看好它，以为不如一个枯枝或一两穗狗尾草让人更快陷入空寂的意境。可是，插上以后，红与黑色彩的冲撞，产生了奇特的视觉效果，一下子点亮了中式装修的家居。

枝头，永远那样对你笑着，充满了勃勃生机。仿佛这些红玛瑙一般的果子，身体里饱吸的阳光，足纳的天地精华混合发酵形成了巨大的气场，把沉睡的古陶也欣然唤醒了。不仅不俗，反而让人看到了美好和希望，体会到了别样的美丽，至今她仍端坐陶中，装饰着我的生活。

南天竹，叶虽似竹，却是实实在在的木本，属于小檗科木本植物，而非竹子属禾本科的草本植物。竹子从低矮如草到高达几丈耸入云霄，而南天竹一律灌木低矮，又以其形态俊逸，枝叶扶疏，多取枝插花，整株置盆制作盆栽或盆景，来装点庭院、大堂、门厅，清秀飘逸，玲珑有致，出尘脱俗，引人遐思……

秋天，南天竹一改春天的吐绿含翠。一片片，一簇簇，燃烧，燃烧，燃烧成天边的云霞……挥不去的缤纷红黄，诉不尽的相思缠绵，如梦似幻，如歌似诗。

你看，那叶，那果。

那一个永远无法忘怀的人……

（原载于《郑州日报》2017年10月13日）

新兴茶的禅意

乐祥涛

我始终没有弄明白，该把长在新兴山上的茶，和经过涅槃或是嬗变后的茶怎样去称谓，按说不能统一叫茶，虽然在情感上我们不能划分，但长在山上的茶与我们喝到口中的茶已经有了物理的、化学的区别，是由一种物质的逝去，到另一种物质的新生。

这也许就是茶的禅意。我也知道，茶与茶之间是有区别的，从颜色上看，有绿茶、红茶、黄茶等等之分；从味道上讲，有清香、淡香、郁香、茉莉花香等等；从制作方法上看，有发酵的和不发酵的。这就使茶有了多重性，从而也就适合了不同人的口味。不过，可能是因为我生在新兴的缘由，所以习惯上总是以绿茶而概称茶了。

在新兴，有人把刚采来的叶子叫茶草。我想，草一说，似乎恰当些，这也让我想到了“尝百草、济苍生”的典故，这里的草自然包括叶。由草及叶，由叶到茶，既合情合理，又升华了茶的本质和想象。

人们又把茶草叫作青，于是就有了采青、晒青、杀青等一系列采茶、制作茶的活动。

采青，这也许是源于古时人们喜欢踏青的缘故，结果就起了一个这样的名字。采青一词极富想象力，有采择春天气息的构想，也有放飞心灵的寓意，是浪漫加情怀的结合体。

采青大都是由姑娘们完成的，她们三五人一组，十人一群，穿着蓝底花边的衣服，戴着草帽，活跃在梯田般的茶园中。采集的是天地灵气，沐浴着早春的阳光，时而伴着歌声，时而撩起细雾，在高山之上，茶园之间，采一叶一芽的茶青，然后置于篮内。每当装满篮以后，又将所采的茶青运回茶农的家里，等待茶的制作。这种往返的整个活动，像蝶翩舞，更像蜂酿蜜。

而晒青，就是另一番韵味了。晒青，是把刚采的茶叶进行晾晒，有室内晒青和室外晒青两种。初看上去，室外晒青像茶农秀着自家的山珍，也像晒着自家的幸福。晒青的目的，是把茶青采下来后放在空气中，让它消失一部分水分，免得让茶变得臃肿和浮躁。水分的消失是透过叶脉有秩序地从叶子边缘或气孔蒸发出来的，每部分的细胞都在消失一定量的水分，只有这样，才能产生发酵的作用。如果失水过多，叶子晒干就会味薄。如果形成积水，没有搅拌好，会苦涩。

晒青的方式，是采取静置与浪青交替进行。静置就是放置不动，好让水分补给到边缘的地方。浪青就是搅拌，先是促使水分平均消失，然后借叶子的互相摩擦，促进氧化，以达到晒青的目的。

杀青，从字面上讲，就是动用武力。杀的是锐气，杀的是稚嫩，杀的是目无一切。任何事情都不能自由泛滥，如果过度的话，就会走向事物的反面。杀青就是在关键的时候，用高温杀死叶细胞，使其停止发酵，保持一个良好的状态。然后，去接受炒青与蒸青。

炒青就是锤炼香，只有经过不断地锤炼，才能得到预想的效果，坚持的是百炼才能成钢的道理。蒸青则是保持翠绿，同时保留着植物原来的细胞纤维，从而也就保住茶的本色。

至于揉捻，是待杀青完成过后，将茶叶像揉面一样揉捻。经过反复地揉捻，揉去的是青涩，揉去的是岁月的痕迹，保留的是动人的身段。其作用有三，一是揉破叶细胞，以利于冲泡，让我们可以喝到纯真、味美、可口的香茗。二是揉成条形，使成品的茶和杯中的茶既丰富又多彩。特别是在杯中，你不仅可以看到婀娜多姿，还可以看到小鸟依人，更能看到银毫翻滚，相信其结果会是茶不醉人人自醉。三是塑造不同的特性，适应更多人的口味。

烘干，说白了就是瘦身，使茶达到窈窕淑女的形状，这不仅仅是人们审美标准的需要，更是优良茶的品质需要。揉捻完茶以后，只算是初步完成，这时还需要把水分蒸发掉，这个过程称之为烘干。

烘干就是把原生活中，那些不切实际的想法和虚假的成分全部烘走，保留本真与精华的东西。其过程是精心的、漫长的，不过，这事可急不得，也快不得，如果心急了，会适得其反，只有循序渐进，才能达到理想的效果……

如今，茶不仅实现了华丽的转身，还发生了巨大的变化，已不再是生津止渴的唯一，而是被赋予了许多的时代文化特色和禅意内涵。试想，如果把经过加工的茶喝进口中、把春的气息留在心里，那种惬意，我相信是用语言所无法描绘的。

一杯好茶，包含着许多禅意，喝得出的是人生滋味，品不尽的是世间故事。

（原载于《云浮日报》2017年10月4日）

第三辑　怀乡

麻雀:短翎瘦影亦横空

祖克慰

一

麻雀是属于乡村的,它们是乡村的精灵和歌者。乡村没有麻雀,乡村是孤独的。树上没有麻雀,树是孤独的。天空没有麻雀,天空也是孤独的。是的,没有麻雀的世界,是多么的孤独。

孤独,是一个可怕的词语。它让人想起失眠的暗夜,茫茫沙漠独行的人,大海里漂泊的孤舟。

我一直认为,一个村庄,是由人、麻雀、树、炊烟组成的。人是一个村庄的主宰,没有人就没有村庄;麻雀是村庄的歌手,没有麻雀的村庄是沉寂的,少了一些灵动;树是村庄的风景,村庄里没有树,就显得枯萎,没有生机;炊烟是村庄脸上的胭脂,把村庄打扮得虚幻、缥缈、隽秀、美丽。

麻雀是歌手,我从未怀疑。村庄是麻雀的舞台,在村庄的舞台上,麻雀的歌声格外的清脆、悠扬、高亢。大地也是一个大舞台,麻雀也可以在舞台上尽情地演唱,但离开村庄的麻雀,却没有了观众。没有观众,麻雀的歌声就显得喑哑。

一个村庄,没有麻雀,是不可想象的。连一只麻雀都不肯栖息的村庄,很可能是荒芜的,到处弥漫着腐败的气息。麻雀也可能会落在房舍上、树枝上、院子里,但是很快,它们就会离开,这里的空气里，有刺鼻的酸臭或者是腐败的气息。这样的味道，会让麻雀们呼吸困难，落荒而逃。

在我的记忆里，麻雀从没有离开过村庄，哪怕是很短的时间。如果一个村庄一整天看不到麻雀，这个村庄就不适宜人居。我父亲的一生，是在麻雀的歌声陪伴下度过的；我爷爷的一生，是在麻雀的歌声陪伴下度过的；我爷爷的爷爷的一生，也是在麻雀的歌声陪伴下度过的。没有哪个人，生活在没有麻雀的世界里。这是我父亲说的，我父亲不认识字，但我父亲能说出这样的话，说明我父亲是智慧的。

我父亲告诉我一个朴素的真理，麻雀是古典的。几千年几万年，麻雀一直存在着，它们就生活在我们居住的村庄里，陪伴着我们。我想没有人会对此产生怀疑。你怀疑麻雀在我们的身边存在，就像怀疑女人不会生孩子一样，毫无道理。我相信在乡村生活过的人，也都不会怀疑。

人与麻雀，看似是两种不同的物种，但又是一个不可分割的群体。乡村没有麻雀的存在，乡村就少了一些生动，少了一些精气神。就像一座山，没有树林，没有花草，没有鸟群，山就是一座死山。村庄也一样，没有树，没有鸟，没有猪马牛羊，没有鸡鸭鹅，就不可能构建美丽祥和的生存环境。

父亲在生命最后的日子，总是坐在院子里晒太阳，他时常仰着脸，瞪着一双空洞的眼睛，在寻找什么。我有一次问父亲看什么，父亲说："人不来看我，鸟也不来了，那么多的麻雀，哪里去了？"父亲病重期间，格外的寂寞，他自幼热爱戏曲，唱了一辈子戏，结识了很多唱戏的朋友。可他的那些朋友，却很少有人来看他。父亲是多么希望他的朋友来陪他说说话，可是没有。没有朋友的日子，父亲就看麻雀，看飞来飞去的麻雀。父亲是那么的孤独，一种与生俱来的孤独。孤独的父亲,只能期望飞来一群麻雀陪伴他。

麻雀就在院子里飞来飞去,就在房前屋后的树上鸣叫。父亲不是不知道,父亲说麻雀,其实是说人。父亲戏唱得好,在我们家乡很有点名气。且他为人厚道,在我的记忆里,父亲没有跟人争吵过,甚至没有大声说过话。我知道,父亲对麻雀的责怪,其实是对人情淡薄、世态炎凉的一种抱怨。

1983 年的深秋,父亲孤独地离开人世。在父亲临终的前几天,父亲一会儿说姜某某来看他,一会儿又说杨某某来看他。听见院子里麻雀叫,父亲说,是不是有人来看他,惊了麻雀。后来父亲说听到猫头鹰的叫声,是猫头鹰在叫他。此前的两天,确实有猫头鹰蹲在我家房后的黄楝树上鸣叫。在乡村,有一种说法:“夜猫子进宅,灾事到来。”父亲说:“该来的都来了,我该走了。”其实,该来的很多没来,这只是父亲的幻觉,或者是父亲的自我安慰。

在我的记忆里,1983 年的深秋,父亲临终的那天,成群的麻雀在我家的房前屋后鸣叫。也许,麻雀是在为我父亲送行。也许,麻雀是留恋我家院子里的谷粒。那一年,因为父亲生病招待客人,我们不停地在院子里晒粮食,打米磨面。

但我觉得,不管是麻雀为父亲送行,还是偷窥我家院子里的粮食,这都不重要。重要的是人与麻雀相比,麻雀比人有情。毕竟,人与麻雀共居多少年。

二

麻雀是古典的。最早的麻雀,是从《诗经》里飞出来的,带着一串鸣响,扑扑棱棱射向天空。然后,它们飘落在乡村的茅草房和长满绿叶的树枝上,叽叽喳喳地叫。再然后,轻轻地飘落在农家的院子里，在尘土里，寻找一粒农人遗落的谷粒。

《诗经》里说："谁谓雀无角，何以穿我屋？"说的是麻雀绕屋而飞的景象。在《诗经》里，我只知道这短短的两句，是关于麻雀的。在远古的时候，麻雀似乎不受文人的待见，一部《诗经》，对于麻雀的描述，少之又少。但再想，一部《诗经》，能提到麻雀，也足以说明麻雀的知名度之高。

小小的麻雀，灰不溜秋的麻雀，形不惊人、貌不压人、声不迷人。与百灵比，它没有婉转的歌喉；与黄鹂比，它没有艳丽的羽毛；与鹦鹉比，它学不会说话。它能走进《诗经》，该是多大的造化？虽然麻雀没有先天的资源优势，但是它有着别的鸟没有的风骨，麻雀性烈、高傲，不食嗟来之食。宁可撞死，也不愿活在笼子里。因此，麻雀很难养活。所以说，麻雀，它是鸟中的精灵，是鸟之魂。

看看麻雀的名字，你就知道，麻雀，它是多么具有广泛的知名度。麻雀是雀科雀属的鸟类，又叫树麻雀，俗名霍雀、瓦雀、琉雀、家雀、老家贼、只只、嘉宾、照夜、麻谷、南麻雀、禾雀、宾雀，亦叫北国鸟。在伏牛山，麻雀又叫小虫、虫儿。一种鸟，有这么多的"艺名"，就是现在国际巨星，也未必能与之相比。

我比较喜欢"老家贼"这样的俗名。所谓家贼，大多指偷了父母钱物的儿女。人们把麻雀当作家贼，无形之中，把麻雀当作了自家人，当作了自家的儿女。此一点，足以看出，麻雀在乡村人心中的位置。

家雀，这个称谓，我也喜欢。农人把麻雀视为家养的雀，又有几种鸟能享受如此殊荣？麻雀是唯一的吧！在伏牛山区，七八十年代的乡村，在茅草房、瓦房、木屋的房顶上、瓦缝里、檩子上、屋檐下，随处可见麻雀的身影。很多时候，麻雀像燕子一样，在农家的屋里飞来飞去，然后飞到院子里。你看麻雀，你就觉得，那些小小的生灵，就是你自家养的。

每年冬天，下雪的日子，母亲早晨开门的第一件事，就是抓一把碎米，或是一把谷粒撒在雪地上。雪天撒一把谷粒，成了母亲的习惯，很多年如此。那时我少不更事，对母亲在雪地撒谷粒感到不解。母亲说："人要吃饭，鸟也要吃饭。一只鸟，也是生命。"

我常在下雪的日子，看到麻雀在院子里一蹦一跳，不时用尖尖的喙，在雪地里啄来啄去，偶尔仰起头，吞下一粒遗落的谷粒或者是残渣剩饭，有时也用细细的腿，扒拉雪地里的柴草，希望找到一粒草籽。

我后来才明白，母亲撒一把碎米或者谷粒，是把那些雀儿当作自家人对待的。这似乎是平常之举，但却饱含着一种怜爱。也许在乡村，很可能每家每户都会在雪天，在院子里撒下一把谷粒。乡村人的善良，其实就是一把谷粒。再也许，我们的先辈，就是用这种方式，把对鸟雀的爱，一代又一代传递下来，形成了一种古老的习俗。

我没有考究过，这样的习俗，是不是我们的先辈们留传下来的。但答案似乎不容置疑。是的，在乡村，人们对麻雀的爱，是一种朴素的情怀。这样的爱，是古典的爱；这样的情怀，是古典的情怀。

我们不应该怀疑，我们对这个世界上所有生灵的热爱。

三

文人也爱麻雀，其爱尤深。在唐宋诗词中，麻雀也常常被诗人们吟咏。在中国花鸟画中，麻雀一直是主角。

我在这里，不说唐诗宋词里的麻雀，也不说元明清民国诗歌里的麻雀，历代诗歌里，麻雀入诗，胜不胜数。我想说一个画家，他的画，与麻雀有关，与动物有关。在我眼里，他是真正的画家。

北宋画家崔白，生不得志，生活颠沛流离，生活在民间。正是因为他生活在社会的底层，他的作品也多是以民间动物为主题。他所画的雀、蝉、鹅被世人称作“三绝。”

崔白关于麻雀的画作，在他的作品中，占有一定的数量。他画的《寒雀图》，是这样一幅画面：一个隆冬的黄昏，一群麻雀在古木上安栖入寐。画中的麻雀，有的憩息安眠，有的姗姗来迟，还有的似动非动，鸟雀的灵动在向背、俯仰、正侧、伸缩、飞栖、宿鸣中被表现得惟妙惟肖。树干在形骨轻秀的鸟雀衬托下，显得格外浑穆恬澹，苍寒野逸。

看崔白的画，我就想，作为“草根”的崔白，是幸运的。正因他生活在民间，使他有更多的机会观察生活在乡村、山野、田间的小动物。如果他生活在都市，住在豪华的官邸里，他就不可能画出这些栩栩如生、活灵活现的小动物。没有他的乡村生活，也许，世上就没有了《寒雀图》《双喜图》等传世名画。如此看来，对于崔白来说，漂泊不定的生活，于他而言，是一种幸运。

清代文人郑板桥也爱雀鸟，郑板桥对雀鸟的爱，既不在他的书画里，也不在他的诗词里。但是，这并不影响郑板桥对雀鸟的热爱。

他在《十六通家书》末的“书后又一纸”里说：“欲养鸟莫如多种树，使绕屋数百株，扶疏茂密，为鸟国鸟家。将旦时，睡梦初醒，尚辗转在被，听一片啁啾，如《云门》《咸池》之奏……”郑板桥说的“鸟国鸟家”，当然就是绿树掩映的乡村农家。听一片啁啾，毫无疑问，是麻雀的啼鸣。这里还有一层意思，养鸟不如种树，有树就有鸟。

郑板桥爱鸟雀，他爱的不是笼中鸟，是生活在大自然中自由自在的鸟。郑板桥的爱,是大爱,是智慧的爱。

宦海沉浮,在历经十二年的官员生涯后,一贫如洗的郑板桥回到了他的老家,靠卖书画为生。我不知道,郑板桥回到家乡兴化后,他居住的房前屋后,是否种满了树?但三五绿柳,一片翠竹,还是有的。竹园里,飞来飞去的麻雀,还是有的。我现在的单位有一片竹园,上面就落满了麻雀,清晨起,一片啁啾。

当一群麻雀从我们头顶掠过,一片清脆的啁啾声在天空中回旋,这样的天籁之音,又有谁不喜欢呢?清晨,一阵啁啾之声响起,又有谁能拒绝这美妙的歌唱呢?是的,我们无法拒绝。因为,我们喜欢这些小精灵们带给我们的快乐。

我老家的房屋就在山坡下,房前屋后,生长着槐树、黄楝、桐树、枣树等各色杂树,我家的房子,被根深叶茂的树木包围着。每到夏天,从远处看,你根本看不到房子,只有一片树林。成群的麻雀,就蹲在树枝上,没完没了地鸣叫。我的家,其实就是麻雀的家。

我现在住处的阳台,摆满了吊兰、兰花等花草,阳光明媚的日子,总有三三两两的麻雀光顾。它们在花草间蹦蹦跳跳,不时洒下欢快的鸟鸣声。每当此时,儿子就轻手轻脚地走近阳台,生怕惊飞了麻雀。可每次走近阳台,麻雀总是受惊而飞。儿子也总是沮丧地说:“麻雀飞走了,麻雀飞走了。”我问儿子:“喜欢麻雀吗?”儿子说:“喜欢。啾啾、喳喳、唧唧,叫得可好听呢!”一个幼稚的孩童,他对某一种事物的热爱,是发自内心的。

这样的场景,是多么的美妙啊!遗憾的是,我不会画画。如果我会作画,画一幅《百雀图》或者是《麻雀戏兰图》,怕是也要成为传世之作。不会作画的人,尚且如此。那么,麻雀入诗入画,也在情理之中。

四

我在春天回到家乡。这是2015年的五月。

此刻，阳光灿烂，白云飘荡。我站在家乡的山坡上，我眼前的山坡，光秃秃的，除了开着黄花的花生，就是丛生的野草。山坡上，看不到一棵树。但我知道，这里曾经长满了茂密的松树，但在1990年前后开荒造地时，所有的树，还有树下的栗毛，都被砍伐，留下的是眼前长着花生和杂草的梯田。

山坡上没有了树，麻雀也难得一见。还有曾经生活在这里的鸟们，它们都离我们远去。天空上，偶尔飞过的云雀，留下一串"嘀嘀呖呖"的鸣叫声。我茫然地看着眼前的花生地，心中不免落寞。终于，有几只麻雀落在田埂上，它们迈着缓慢的步子，在寻找着什么。一粒草籽？一条虫子？或者是失去的家园？

吃过早饭，我出门时，母亲问我："去哪里？"我说："去山坡上转转。"母亲说："山坡上除了花生，啥也没有，光秃秃的，鸟不拉屎，有啥好看的。"

确实没啥好看的。

曾经，山坡上一片绿，绿得炫目。成片的松树，一棵挨着一棵，郁郁葱葱。成群的鸟，在树枝间跳跃。没有松树的地方，长满了栗毛。这个时候，正是养蚕的时节，黄澄澄的柞蚕，爬满了栗毛，有的正在吐丝结茧。三三两两的布谷鸟，盯着黄澄澄的柞蚕，在天空上鸣叫，看准时机猎食。

母亲说山坡光秃秃的，其实村庄不也是光秃秃的吗？到处是楼房、平房，钢筋水泥堆砌的建筑，冷冰冰的。村里守着房子的，几乎都是老人、妇女、儿童，面孔既熟悉又陌生。那些熟悉的、年轻力壮的人，他们带着梦想，走进了城市。把房子和土地，留给了他们的父母妻儿。曾经喧闹的村庄，冷清清的，让人窒息。

走在村庄里，甚至听不到一声鸟叫。钢筋水泥构建的房子，把不该消失的和应该消失的，都弄得无影无踪。原来房前屋后的树，因为扩建房屋，被砍伐一空。原来的土墙，墙洞里都是麻雀的窝，现在的楼房、平房，已没有了墙洞，麻雀无法筑巢。原来的麻雀，飞起来一大群，落地上一大片，叽叽喳喳惹人烦。可现在，再也看不到听不见，村庄一片死寂。

村庄已不像村庄，如果把村庄的房子有序地排列起来，村庄更像是城镇。最早的村庄，是一片林子，里面长着杨树、柳树、槐树、桃树、梨树、枣树，开花的不开花的，结果的不结果的，花红柳绿；最早的村庄，是低矮的茅屋、飞檐走壁的瓦房、青瓦走脊的草房，各色建筑，应有尽有；最早的村庄，是鸟的家园，麻雀、喜鹊、黄鹂、燕子，在村庄里飞来飞去，把沉寂的村庄唤醒。

此时，我心中的那个由人、树、鸟和炊烟构建的村庄，在几十年的飞速发展中，灰飞烟灭。只有凌乱的记忆，复原我原初的记忆。

（原载于《躬耕》2017 年第 1 期）

走失的苹果

石淑芳

大姨坐在炕沿，和盘腿坐在炕上缠棉线的母亲闲聊，大姨说了许多日子旮旯角的事后，突然说到房子。她在说房子的时候，不时晃动她花白的脑袋，平日浑浊的眼睛突然发出亮晶晶的光芒。她不知道，那光芒是一团火，灼伤了母亲，也灼伤了我。母亲看了我一眼，她眼里的哀怨，恨铁不成钢的愤懑，是一把把切割我的匕首，我夺门而逃，走出好远又拐回去，从楼板上拿了一个竹提篮，趔趔趄趄往山上去。捡地软是借口，我主要是到山顶找那块干净的大石板，把这疲惫遭罪的身体安放上去，让山风吹来，吹干我的泪水。

我和辉的事在村里传得沸沸扬扬，甚至我进村时，都能看到靠墙根坐着的八十多岁的王奶奶，捂着半个嘴巴吃吃笑。她笑我傻，辉家里什么都没有，唯一的三间土坯房歪歪扭扭，风一刮要倒地似的。再说辉的那个妈还是人见人躲、鬼见鬼愁的麻胡蛋(胡搅蛮缠)。我走进院子，父亲正蹲在一堆玉米秸上吸烟，眼前的一杯茶水袅袅冒着热气。母亲给猪剁草，锈刀隔着多汁青草很空洞地撞上木板，铛铛的响声刺耳而辽远。父亲看到我猛站起身，脸上的肌肉痉挛地抖动，嘴角一抽一抽，他一脚踢飞了茶杯，杯子飞出很远，院里的鸡惊恐地大叫，跳上草垛，跳上院墙四下逃窜。

父亲恼怒我的根源是辉家没房。我从小订婚的那家有房，且是平房，屋面的白瓷片在太阳下闪闪发光。可是我以后要跟人过，又不是跟房子过。那个人和我很少说话，偶尔说话，也局限在程序之内，心里从来没有对接过，连一丁点的涟漪也没有，整个就是一潭死水，死水上还板结着腐朽厚重的苔藓。不知道他天生木讷，还是在他看来，只要订婚，获得家里人的首肯，我就是他买下的货了。他没必要付出，不必要有一点点额外的热情。他们村里唱戏了，他遵照他父母的安排来接我，几天戏看完了，就送我回来，随村里俗礼给我几块花花绿绿的布料，除此没有任何交集。跟在他身后，我怀疑自己跟着一截木头。

他没有像影视剧里胸前别一支钢笔充有文化，他夹着一支烟，把中指熏得黑黄。我不奢望精神层次的契合，这种要求会让村里人笑掉大牙，父亲会更加认为我不可理喻。我只要求他知道鲁迅，但是他还是没有通过我的考核。对他来说知道鲁迅是一道很难做的题，也许我这样的山女，只知道干活生娃围着男人转就行了，知道那么多有甚用处？

我碰到辉，他虽然不知道鲁迅，但他很快为我买来鲁迅的作品。除此之外，他带我到县城影院看电影——张艺谋的《菊豆》。为了一张昂贵的电影票，他省下晚饭的钱，手里拿一块充饥的馍走在大街上，边走边往嘴巴里塞。吃饭时，饭碗里有一个鸡蛋，或者薄得纸张样的一片肉丝，都要夹到我碗里。他没有加重他分量的房子，而我精神的砝码却又显得无比虚无，他深知这些，攥着我的手掉下了一滴男人的眼泪。

这滴男人泪击溃了我精神的堤坝，它不仅让我顺利产下一首诗歌，也成了我自找的终生囚牢。我再也没有走出来，无比决绝地开始了自己漫长的感情之战。我退婚了，顶着一拨一拨亲戚的劝说，和村人鄙夷的眼光，以及比血肉焚烧还要恐怖的精神世界的涅褩——最后，我和辉走到一起。我怀着深深的愧疚做了家里的叛敌、母亲哭天抹泪时嘴里的前世冤家。

婆婆并没有看清没有房子的弱势，我的凛然不仅成了她一辈子炫耀的话题，还以我的生日冲撞了她而弹嫌傲慢。在她看来，她家平白无故来个媳妇是自然而然的事，在一次她和辉因我生日问题的争吵中，辉端起一锅热油泼到院子里，那是他们家一年的用度。婆婆在惊愕中发现儿子长大了，她操控不了一切。

我出嫁了，走向婚姻的路上，风雨交加的天气已经为我作了阐明和昭示。母亲阴沉着脸，父亲喝了很多酒，他不省人事地在侧屋的小床上大睡。那屋子不通烟火，冰冷异常，他蜷缩着身子脸色青黄。我没有盘头，雨雪天上县城盘头会增加父母额外的开销。齐耳短发上别着一朵假里假气的纸花，在寂寥索然的唢呐声中，我走向辉家外墙泥巴不断掉落的土坯屋，我成了辉的媳妇，捂着嘴巴笑我的人层层叠叠。

那年夏秋之交的阴雨天，屋里摆满了接雨的瓶瓶罐罐。天晴的时候，辉曾经上屋脊摆密了瓦片，许是房子太过老旧，许是椽木太过腐朽，补住一个窟窿又被风洞开一个窟窿。辉倒了一罐又一罐雨水，站在泥泞的地上失了耐心，任由雨水顺着他的脸往下淌，我给他拿毛巾擦干，他血红的眼睛直瞪着我，神情绝望无比。

他开始了盖房子的漫漫征程。路边沟渠有一块石头，他立马甩掉外套汗流浃背战天斗地把它弄回家。暴雨过后的河床，河水还没完全退潮，他赤着上身，手里提着绳套、钢钎，和一块大石头较上了劲。浑浊的河水推搡着他，他在水中踉跄着步伐，那一刻，我的心瞬间被他揉碎——我当着看水人的面，不顾一切地喊着自家男人的名字。脊背晒脱了皮，指甲砸掉了一个，腿肚子上留着疤痕，石头慢慢在墙角越堆越高，他又开始挖沙子。细沙子和粗沙子从他手上的老茧流过，从他冬冬夏夏的铁锹上扬过，2000 年的春天，借助一部分贷款，四间平房的轮廓出现粗粝的雏形。

草草粉刷一间将我安置，他跟村人去了南方，留我在家经营着两亩果园。我识的几个狗匝匝字在这方面显示出其他妇女所没有的优势——我看得懂种苹果手册，会按照配方配药。我还舍得投资，在村里率先给苹果穿起纸衣裳，这种纸衣裳双层结构，牢固地抵抗着紫外线和风雨的侵袭，能最大限度地保持苹果肌肤的爽滑和娇嫩。我一天往地里跑数遍，不厌其烦地看着八十棵苹果树一溜排开在风中摇曳的样子。

苹果树的药钱和套袋钱是我开裁剪部挣来的。我在村里的集市上摆摊，换拉链缝裤脚。做一条裤子五块，裁剪一条两块。那些吝啬媳妇们只是来裁剪，她们自己回去踏缝纫机，断不肯轻易给我挣去她们的几块钱。我果决地把那些花花绿绿的一沓子块块票，换成了一包包苹果树需要的代森锰锌、叶面宝。我把这些药物喷向果树时，也把意念加给它们，和它们一起抵御着病虫害的袭击。想象着苹果们在我百般呵护下，以出众的姿色获得果商的青睐，一股香甜的滋味抚慰着我孑然一身的梦境。设想今年可以还掉欠款，然后就可以添置家具，如果可以买一个书柜，我的书就不用局促地蜗居在床底下的纸箱里。

跟着地堰上含苞秋菊的节拍，苹果以立定的姿势站在秋天的面前。我的苹果最值得检阅——扯下袋子没几天，就红得粉嫩娇贵，搽粉一样挂着一层白霜，白霜里的晶莹剔透宛若玉石，连最苛刻的果商也夸赞说，这尤物让人不忍下口，一下口就是神仙。他让我尽管采摘，园子苹果全部预定。

农活不诗意，但摘苹果却让人寂静欢喜。和赶回来秋收的辉一起摘了一星期，眼看再剩六棵苹果树就要摘完，公公突然晕倒在果园。他平时血压就高，每天靠一片降压药维持着，有时侥幸不吃，在不吃的一天，他遛达到我的果园，走到树根还没帮上忙，人突然就转了一个圈圈，扑倒在树下。我和辉手忙脚乱给他掐人中，灌白水，辉背着他去了村里诊所，在诊所挂上输液瓶，一输要输半月，由我和辉替换着支应。

半月后，当我再次来到果园，六棵苹果树上空落落的，没一个苹果，我头一晕差点也扑倒在树下。

这六棵树长在果园边上，树杈密集却日照充足，结的苹果又大又多。现在它们个个伸展了曾负重的腰身，轻佻地在风中招摇。每一个枝条的空洞，都让我眼睛滴出血来，我用一只手扶着自己沉重的脑袋，迈着软弱无力被虚空击垮的步子，从地堰边的小路上走下来。麻婶挎着打猪草的提篮和我照面，她说："咋啦妮子，牙痛吗？"我的手敷在嘴巴上试图压住呜咽："苹果丢了。""妈呀，敢情我前天没看错，我在对面山头上捋葛兰叶来着，看到你这块地里几个小学生忙忙碌碌像是在摘苹果，当时还纳闷，他们是你找来帮忙的吧，回头我就把这事忘了！"她一连拍了几下自己的脑袋。

小兔崽子，我饶不了你们——我撒腿往学校奔去。小学校矗在村东，台商捐资修盖的新崭崭的五层楼，一面高高的红旗在风中飘荡。老师是本村上了年龄农转非的教师，和孩子们的爷爷奶奶一样的年龄，豁牙跑风的嘴巴在教孩子们读拼音。这些孩子鬼精得很，也胆大妄为得很，我小时候自己上山挖药材挣钱，还统统买了学习用品，现在小孩子直接找大人要钱，不给就蹦跳，我见过有个小孩拿刀架母亲脖子上要钱，拿了钱飞跑去买零食和玩具。

我恨村边那些开着三轮车吆喝收次果的，次果就是树上掉下来摔伤的烂果，五毛钱一斤，他的声音大概勾起了孩子们生财之道吧，去把我套袋的优质苹果祸害了，我要是抓住兔崽子们，非把他们——呸呸,我在急速奔跑中摔了一跤,手心着地,着地的部分生痛,还让土弄脏了,我吐了一口唾沫擦了擦手掌。拳头攥出了汗,额上也冒了汗,冒着热气的汗水淌下来刺痛了眼睛。

校长是个五十多岁的短发女人,她在阔大的办公室写毛笔字,几张桌子上横七竖八摆满了她的杰作。我进去诉说时顺势坐在门口的桌子上,一只手把桌子擂得咚咚响,擂响桌子的同时我的眼泪鼻涕也在飞。我本来是说苹果来着,说着说着生出外延,从一个女人家种苹果开始,旺盛的液体洇湿了脚下的水泥地。

她一手拿着饱溅墨汁的毛笔,一边蹙着黏了一团墨迹的眉心,沉默地听我诉说,不时看看我弄湿的地。她的下颔本来很明显凸起,这时可以更加明显地看到牙齿在里面咬得格吧格吧响。我的委屈还没有倒完,她突然放下毛笔急匆匆地出去了,身影在门口旋起一股小风,不一会儿就拎着七八个十来岁的小孩站到我面前,他们进门的时候推推搡搡,那一个个低眉顺眼的样子像刚被俘虏的战犯。

被女校长拎着衣领第一个揪进来的是邻居的孩子光头,他腋下长着一种鱼鳞甲,远看像黑垢甲,跟着一群野孩子泡一夏季的澡也泡不掉。人说他上辈子是鱼精,这辈子变人托生得太急,身上特征还没褪尽。他父亲前些年为地界和人争吵,被人在头上敲了一榔头后,就时不时神志不清胡言乱语,后来在一个夜晚爬起来出走了,有人说他在县城饭店门口乞讨,有人说他在外地乱窑里安身,还有人说他风雪天被冻死在野地里。家里人开始还到处寻找,可找到后他又跑,反反复复,后来渐渐泯灭了希望。他母亲种地没人帮忙,在地头大哭,寻村委会诉说无果,不得已为他招了一个后爸,忙天时候去后爸的村里干活,留他和爷爷在家,估计他那耳聋的爷爷根本不知道他做下的好事。有可能寻不到结局的结局,让我立即眼冒金星，牙竟隐隐地痛起来。

“钱哪里去了，说。”女校长直奔正题。鱼鳞甲男孩在口袋里摸索了半晌，掏出一块钱，放到课桌上。一块钱像弹簧立马把我从课桌上弹起来，这鬼孩子，分明是想骗我：我的六棵树，就算一棵树一百斤苹果，六百斤全卖次果也值三百块！如果按商品果折算至少一两千块，气死我了。

第二个孩子站得不端，被女校长踹了一脚，我一看是大春的孩子。大春木讷迟钝，说媳妇难度大，一家人凑足高额彩礼从更小的村说来一个媳妇，媳妇好吃懒做，过了没几年，丢下孩子和一个外地人跑了。大春打工还家里债务，孩子跟奶奶生活，家中里里外外堆着不值钱的杂物，光景一眼望穿。“你说你家里这样了，还不省心，败家的，糟蹋我苹果干吗？”我推搡着他，眼泪肆意流淌。

第三个是个小不点，枯黄的头发苍白的脸色，他是巷子口二顺的孙子。二顺人有点执拗，却一心向神。去南方打工的儿子儿媳把孩子留给他，他为了做好神的儿女，为自己积下功德，让孙子饥一顿饱一顿，长得这么黄瘦。我还没有问他，小不点怯怯地看着我，忽闪着圆润的眼珠子，突然打了一个哆嗦，先行大哭起来，好像我随后就要吃他一样。这些闹心孩子，摘苹果时的胆气哪里去了？

女校长挨个拍了一溜脑袋，大声呵斥了一番，对我说：“人都在这儿了，我让他们逐个给你写份检查，然后每人花了多少钱都让他们退给你。”

我眼睛肿痛，失魂落魄，期期艾艾回家去。

当街走过，小卖铺的黄二婶说：“我咋说我家死鬼那个不靠谱的东西，咱这是农村，他一下子进了这么多高档陀螺，正愁卖不了要退货，前天一下子卖掉了七八个。拢共几百块钱呢，原来是你的苹果钱，这些鬼孩子，害人精！”

麻婶在巷子口看我愁眉苦脸回来，对我说："你这次损失太大，不行你报警算了，给他们点颜色看看！"

歪在家里床上，心口一阵阵痛。

门帘后面窸窸窣窣，从床的斜对面望过去可见竹门帘下一双黑色的凉鞋。凉鞋断了一根袢，鞋里的脚趾污浊不堪。光头红着脸磨蹭着移步过来，门口转瞬的光影照着他短袖掩不住的黑乎乎翘起的鱼鳞甲。他一反平时在同伴面前器宇轩昂的派头，神情恹恹地捧着一大张作文纸，快到我跟前时脚软了一下，显得磕磕绊绊。他一跨进来什么也不说，直接面对着床，语速快捷而咿咿呀呀地念起来："尊敬的大婶对不起，我不该看到你家地里没人，到你家地里捡拾苹果，卖了钱去买陀螺，我的行为很恶……圈，自私心很严重，给学校脸上抹黑，给你造成不可免(挽)回的损失，请你恨恨(狠狠)地惩罚我，无论怎样打骂都行，绝不反抗，绝不……"他的话没念完，又溜进来一个小不点，对着床一番呜里哇啦，背书一样语调平直紧凑，根本听不清他在说什么，一个不认识的字，把他的小脸憋得通红，鼻梁的雀斑上挂着细密汗珠，吸进去的鼻涕在换气时不可控地流出来。小不点穿着城里人捐来的灰旧的牛仔裤，牛仔裤有点大，他念时一只手不停地忙活，时而抹鼻涕，时而把裤子往上掖。

他们念完后无一例外摊开一只手，在我床边放上皱巴巴的几块钱。那几块钱不仅是让我的牙痛了，连带着脑袋也痛起来，我翻身起来对他们吼："别念了，滚，滚，拿着你们的钱都滚吧，滚得远远的，别让我看见你们，小兔崽子……"那些孩子急忙夹着纸张，拿起皱巴巴的块票，脚步带起院子里的淌土，一溜烟从院门口消失了。

翻了一个身，想起窝心的苹果，不值一分钱的眼泪又不可节制地淌下来。

不知是天气很热，还是我发烧了，迷迷糊糊觉得自己火烧火燎，挣扎着却起不来，一声抽噎似的叹息后，我还听到自己的心里嘟囔了一句：小兔崽子。

（原载于《散文选刊（上半月）》2017年第1期）

青黄不接

李　梅

记得小时候，在春夏之交，若是年头里收成不好，总会有一阵粮食短缺。粮仓见底，母亲去打米机房打完最后一挑米，我跟在她的身后，走在弯曲的山路上。她多半不说话，盘算着些什么。后来我知道，她是在计算一家人的粮食够吃到啥时候，到新米出来，还要多久。

那样的日子，晚餐有时是汤饭，将中午剩下的米饭和一些菜一起煮成咸饭，或者做些摊饼，然后切成菱形，再和红薯块一起做成红薯面片，更多的时候是面条。我小时候尤其不喜欢吃面食，面食中最不喜欢的就是面条了。放学回家，进了厨房，第一句就问做的什么饭，一听说是面条，我顿时没了胃口，那是一天中最坏的消息了，在学校搜肠刮肚地读书，就盼着回家吃顿好饭，半天的期待化为乌有。

晚餐时勉强吃个小半碗，也不敢在父亲面前流露半点不悦，面条满嘴跑，眼泪都要出来了。后来，细心的母亲总是在煮面时，给我炒些米饭，我才觉得一天又有了盼头。实在挨不过时，母亲会去有余粮的家里借上一挑米，到新米出来时再还上。母亲借东西有个习惯，借的浅还的满，米堆成一个漂亮的弧形。这个小小的弧形，也有着母亲默默的自尊。米不是随便去谁家都可以借到的，自然也不是随便就可以向人开口，那时收成不好缺粮的人家也多。母亲会仔细权衡，考虑亲疏，以免张口掉在地上。

在农村，因为人们多半不宽裕，对借钱借物尤为谨慎。有的人家富余但不肯助人，有的人家心善而力不从心，有的人家斤斤计较多一粒少一粒都不悦，或者借你一点物什就觉得倍有优越感，需要你捧着供奉着，有人怕人还不起不肯冒风险，有人觉得借机投资感情看以后能够落得好处。帮工也是如此，帮谁不帮谁似乎是个学问。

那时，母亲常会说起一个故事。某户人家的米缸里有一条小白蛇，主人家心地善良，不曾驱赶，后来发现所剩不多的米总是吃不完。这个故事被母亲说了很多遍，大概在每年青黄不接的时候。因为相信母亲，我们总是相信很多故事，也不从考证。后来，每次舀米做饭，我都恐惧而期待，我异常怕蛇，但似乎又对米缸里有一条蛇充满了想象和期待。我挪开米缸的重木盖，先探头看一次，然后才敢把手伸进幽深的米缸。我最终没有在舀米的时候发现一条白蛇，但我从不怀疑父母的本分和善良。

《元典章·户部·仓库》里说："即日正是青黄不接之际，各处物斛涌贵。"青黄不接时，庄稼还没有成熟，陈粮已经吃完，而商家会趁机涨价获利。从谷物的生长期到谷物的成熟期，这是一段特殊的时间。青黄不接的时候，像是一条缝隙，一个生活的断裂带，好似田间的一个沟壑，需要一次聚集力量的跳跃才能渡过。也是一个弧，在这个弧度里，有时你会看到彩虹或者其他。

后来上了班，进了城，自己买菜做饭，就会发现每年总有那么一阵，菜市上的菜价翻倍涨，本地蔬菜青黄不接，大量的黄瓜、豇豆等还未上市，菜贵得出奇。一日三餐还是要继续的，蒸煮煎炸，总不能因此冷锅断炊。我以为这就是青黄不接之于生活的全部意义和体验了。

我们慢慢长大，慢慢长高，对于更多的人来说，我们长成了“沧海一粟”，大海里的一粒米。普通人其实也是世间的一粒谷物，许多的人就是一块谷田。人这株谷物，其命运各自，等待时间的最后割弋。是的，“即日正是青黄不接之际”的困顿，也常常出现在我们的生活里。有时精神的谷仓空空如也，在收割的目光里，人也常常会青黄不接。

譬如，读完了高中，你却不曾升入大学，大学毕业，你却没能按时节入职，入职以后结婚生子，而你却在久久单身。你在按照季节生长，却长出了和人们期待中不一样的模样，所有关心的目光在等待收割，而你却青黄不接。那时，人需要像我的母亲那样，去找到一担精神的食粮。

带高三复读班那年，一个最努力的孩子落榜了。十几年寒窗，却未能升入一所理想的大学，落榜并不是新鲜的话题，但对于一个孤注一掷的复读生来说，近乎是全部的溃败。家境贫寒，母亲离世，姐姐在一次事故中精神受到严重的刺激下落不明，在再次复读和打工的艰难选择中，他在去往打工城市的站台上，拨通了我的电话，十八岁的男儿泣不成声，人生该往何处去？他说他经过了多个不眠的夜晚，所有的人都觉得他不该再读书。我不能做“物斛涌贵”的商人，我需要给他定心和鼓励。这是他人生中的青黄不接时，我们需要为他借得一担精神的食粮。

我的另一名学生，大学毕业后做了一名行者，在其他许多同龄的人按部就班地工作和相继结婚生子的年龄，他徒步或者骑行，结伴或者独行，一个重重的行囊，一颗千里万里任我行的心。我看到他分享的行走轨迹，在大漠、在孤岛、在海岸、在杳无人烟的荒地，他走着，风餐露宿。对于他人生中最为丰盈的一段，却也是许多人眼里的不青不黄的时节，包括家人也不能理解。我不知道他从哪里获得自己的精神食粮，来完成这样独立的行走，走出自己的独特。

相对于食物的短缺，人力和财力的缺乏，人精神世界的青黄不接更是一段特殊的时期。谷物和蔬菜的生长都是有时令的，可以期待，不过是等候几个月的时间，我们无法指责谷物生长缓慢，也不能揠苗助长，一块田地的单薄与土壤质地有关，也和风调雨顺有关。而人这一粒谷子，我们却常常可以对他的生长充满了指责。我们试图改变他的生长节奏，人为规划一条生长的路线。父母亲人等待收割，朋友等待收割，而陌生人也将在各样眼光里等待你的收割。而你的谷穗仍不够饱满，你的青黄不接的时间，远远超过了一粒真实的谷物。

这样的事情，也不只是发生在别人身上，有时包括你自己。当所有人都浓墨重彩地绘出了他人生的下一幅图案，你却始终无法交出自己的答卷。一个在人们眼里乖巧、聪慧、安静、好学的女孩或者男孩，在情感和婚姻竟然有长时间的青黄不接，跟不上人生的节奏。想来那时母亲也一样，承受了所有的质疑、盘问，和成百上千次好心好意的劝说。她守着空空的粮仓，空落落的心，不曾大动干戈。像我年少时候走在打米路上的母亲一样，她肩挑重物，隐忍着盘算着，一路艰辛地沉默。

许多的母亲在物质困乏的年代成功地渡过了艰难，却无法忍受子女长成并不饱满的谷穗。记得我的一位老师，一位优秀的教授母亲。我们在一家咖啡馆临窗的桌边相谈，两杯淡黄色的西米露，柔软而充实的颗粒，她说她的女儿那时三十二岁了，在一家古籍出版社工作，研究生，相貌出众，却单身一人。这在她所生活的城市里是极为常见的，而在这位母亲的生活圈，却备受关注。“似乎我的女儿因为没有顺利出嫁,就否定了她一切的优秀,而我就是个失败的母亲。”她跟我说。当女儿的人生青黄不接,需要辛苦隐忍地借得一担粮的,有时是母亲。

我原以为少时那些青黄不接的时候,是最为困难的时日,无论对母亲还是对我。事实上并不是。聊叙时,我想起我的母亲,想起她怎样在我青黄不接的时候去借到一挑米,像我小时候那样,她隐忍而不失自尊的(我知道她的内心无比自尊)。渡过,有时不只是难过。那时,她有小白蛇的故事。那段时间,我不知道她心里信奉什么。

所有的人都可以忘记一粒忘记季节的谷子,在不解、议论、催促和试图更改意愿之后,唯有母亲不能。她仍是有自尊地、变着法地等待你的收获,她在人前始终怀着深深的歉意,而又浅浅地解释。她坐在季节的风里,她是她的孩子的粮仓,不抱怨,也不失去信心。

我在物质丰富的年代想起“青黄不接”这个词,想起那条小白蛇的故事。时间和物质的极度丰盛并没有带走这个词,而自然万物,春生冬藏,季节交替,有序生长。我也终将进入我人生的成熟期,收获我的幸福。但并没有因此,我就会想起五谷丰登,想起琳琅满目,想起一切丰盛时代下的盛大词汇。我记起一个弧,一个跳跃的弧,一条横贯我生命的彩虹。

(原载于《时代报告·奔流》2017年第9期)

篱笆、炊烟与泥土

禄玉克

篱　笆

篱笆，是村庄粗布衣衫上的一块补丁，还是乡村秀发上的一枚发卡？

旧时，在乡村的庭院和乡野，篱笆是很常见的。

篱笆，其实也是一种墙，只是它不能承重，只起隔离作用。那时，砖墙极少，大多是砖石根基的土坯墙。土坯墙厚实，但筑起来太耗费人力钱财。庄户人家日子紧巴，奢侈不起，他们只好扎起篱笆。费些力气，不用花钱的。那年头，力气也不值钱。

材料嘛，当然是就地取了，树枝、玉米秆、高粱秆，逮谁是谁。南方的篱笆用竹片，我们这儿没有，有也舍不得。篱笆扎起来也不难，先是挖一溜半尺深的沟，再每隔一段距离埋一根木桩，然后将那些树枝、作物秆茎什么的在沟里埋好踩实，上边再束上腰，固定在木桩上，篱笆就算是扎成了。

篱笆和厚道的乡亲一样好说话，门前院后，土坡沟底，哪儿都可安家。在村里，篱笆通常只有半人或一人高，主要用来防止禽畜。如果防人，绝不是不可逾越的，它更多的是一种象征意义，告诉人们，这儿是主人的领地。篱笆这种朴素的语言，连那些不识字的乡亲都看得懂。

其实，乡亲的心中也有一道篱笆，在他们心中扎了多少年了，那就是传统的道德，世代相传，就形成了淳朴的民风。即便是淘气的孩子，见到那些一跃即过的简易篱笆，也是心存敬畏的，因为，他迈不过心中的那道篱笆。

勤劳的人家，会随着时令在篱笆旁种上眉豆、豆角、倭瓜、丝瓜、葫芦、烧汤花、美人蕉等。当然，有些花是不需要种的，如牵牛花，总是不请自到，所以古人有“牵牛延蔓绕篱笆”的诗句。

篱笆朝阳的那面种满了花果，主人家洗碗刷锅的水就有倾倒的地方了。篱笆也随和，从不说什么。任性的风可以曲径通幽溜进来，调皮的光可以见缝插针挤进来，甚至，孩童还可以童言无忌把尿撒在这儿来个雨打芭蕉。

一年三季，青藤缠绕，绿叶婆娑，于是，乡村篱笆成了一道绿色的屏风，春夏疏疏落落开几番花，秋来半掩半映挂一架果。即使到了冬天，篱笆挂满枯藤败叶，一派灰黑的水墨色，犹能留得残荷听雨声呢。

要做饭了，好说，到篱笆边，随手摘一把豆角或掐一把南瓜花，或炒或涮。平时，邻里乡亲路过，顺手摘些芸豆什么的，是没有人计较的。虽然篱笆隔出了院里与院外，但人老几辈，邻里乡亲那份亲情恩怨，就像篱笆上缠绕的藤蔓，没法分太清的。

庭院的篱笆，蓄满了庄户人家天伦亲情的烟火味道，而乡野的篱笆，里里外外，满是静谧悠远的田园风光。有篱笆，就会有柴扉，就会有茅屋，就会有小径。倘是菜园，就会有流水，若是果园，就会有在林间辛勤劳作或抽烟歇息的农人，就有枝头啁啾的小鸟，还有草丛悠闲觅食的土鸡，还会有吠叫着不知从什么地方蹿出吓你一跳的黄狗，碰巧了，兴许还会遇到主人家卧剥莲蓬的无赖孩童呢。

有一种篱笆，其完美堪称极品。乡野果园四周，密密栽种一圈花椒树，花椒树的枝条多得像千手观音，几年下来，长得蓊蓊郁郁，无数带刺的枝条交错缠绕，城墙一般，别说人，连条狗钻进去都难。夏秋季节，花椒成熟，整个果园都弥散着独特浓烈的香味。花椒采摘下来，又是一笔不菲的收入。这种花椒篱笆越长越高大密实，根本无法逾越，也不用担心破旧损坏维修什么的，既看家护院，还能收获果实，真是一举两得。

一村人家、几缕炊烟、几畦菜地、几道篱笆。清苦的岁月里，炊烟，袅娜成乡村的羊角辫，篱笆，则美丽成乡村秀发上的一枚发卡。

篱笆，守护着庄户人家透风漏雨磕磕绊绊的贫穷日子，守护着乡村泥土芬芳的原生态，守护着邻里乡亲淳朴的民风。后来，随着时代的变革，篱笆被土地流转的大潮冲荡了，成为社区整齐划一的铁栏，成为高楼内阳台上漂亮的围栏，成为各家各户严实如笼的防盗窗。

住进高楼的乡亲日子充裕了，但他们总觉得少了什么。少了什么呢？过去，乡亲们隔着篱笆就可以跟邻居拉家常，端起碗走几步就能凑到一块话桑麻，如今，那样的日子成了遥远的童话，平日大家都忙忙碌碌，很少走动了。有吃有喝的，有住有穿的，可咋就老是忖着哪儿不得劲，感觉心里空落落的呢？

于是，他们又想起了被篱笆围起的日子。曾经的篱笆，爬满藤萝开着鲜花结着豆荚的篱笆，“秋菊绕舍似陶家”，摇曳着乡村风情的篱笆，成了记忆中牛背牧童的那支短笛，信口无腔的质朴与悠扬，霜雪一般，月色一般，飘散融化在岁月的深处，捡拾不回了。

篱笆，乡村的一抹风情，岁月的一阕小令，人在高楼怅然远望时老家上空那缕漫卷的乡愁……

炊　烟

记忆中，有一首乡韵浓浓伴我成长的歌谣，依依袅娜在故乡的上空，那便是，炊烟。

袅袅的炊烟，那是烟的舞蹈吧，那是流向天上的小溪吧。

炊烟来自哪里？来自灶台。孩子们可能会一脸的陌生，灶台是什么？现在，恐怕只有民俗博物馆里才有吧，但半个世纪前，那可是乡下家家户户必备的做饭工具。

贫瘠的乡下，烧煤是件很奢侈的事，做饭的主要燃料只能是柴草，而在林木稀少的平原地带，就连柴草的获得也并不容易（当年，家无隔夜之粮的百里奚要到秦国建功立业，老妻遍寻柴草不得，只好劈了门闩炖了家里唯一一只鸡）。儿女相亲，有心人从对方门前或院内柴草垛的大小和齐整与否上，就能看出这户人家是否勤俭会过日子。

孩提时，每到放学，我们就结伴到野外打猪草、挖野菜、捡柴火，只要一抬头看见夕阳西下，村庄上空炊烟升起，就知道那是母亲在招手喊我们回家吃饭啦。

炊烟里，有饭菜的香味；炊烟里，有母亲的呼唤。

炊烟消散在何处？只知道风把它们带到了天上，那烟一样悠然舒卷的云，是人间万家炊烟的归宿，还是天上仙人的炊烟？

饭做好后，灶中火炭尚未全熄，我们会取一瓜红薯埋进去。一顿饭吃完，就会有浓浓的烤红薯的香味或焦煳味弥漫出乡村农家的味道。

而饭后的父亲，总是夹一块火炭点燃他的烟斗，坐靠在土墙根的一块石头上吞云吐雾，过往岁月里多少往事，成了他口中不绝如缕的袅袅香烟。

那些柴火，大半燃成了火，三分飘成了烟，剩下一点便是草木灰了。百亩之田粪当先，草木灰是上好的肥料，乡下人是从来舍不得扔的。

后来，30里开外的万安山开挖了煤矿，乡下人大都垒起新式灶台，先用散煤，后改用煤球，那携裹着饭香的袅袅炊烟，那满是烟火色的黢黑土墙，被岁月之风吹得没了踪影。

只有野烟依旧潇洒在山林旷野上空，抒写着乡村特有的田园诗意。

秋高气爽云淡风轻的秋天，山野、河畔、田间地头，常有野烟如衣袂飘飘的飞天仙女，变幻着曼妙的舞姿随风斜升袅娜入云，也许是贪玩的牧童点燃了一片荒草，也许是劳作的乡亲燃起了从将要深翻的土地里清理出的庄稼根茎和杂草。缥缈的云烟，把远山近树、旷野阡陌、长空雁鸣，中国画般浸染出“隐隐飞桥隔野烟”的悠远诗意。

炊烟，是温馨的，袅娜着清苦岁月里的乡韵亲情，父亲的辛劳在里面，母亲的慈爱在里面，童年的记忆在里面。

野烟，是诗意的，旷野长天，几处云烟缭绕，随风而飘，随风而逝，点缀了秋野的空旷，涂抹出季节的自然之美、悠然之趣。

炊烟，是一曲田园诗般深情的老歌。

野烟，是一幅悠远淡雅的山水画卷。

烟，从化学成分说，不是什么好东西，但它曾经承载着人类的文明。最初的一缕炊烟，让人类开始走出茹毛饮血的蛮荒时代。现在，工业烟囱里的滚滚浓烟让我们困惑无奈，战火硝烟尤让人纠结心悸。

只有炊烟，能带给我“暧暧远人村，依依墟里烟”的深深怀念和温馨感动，只有野烟，能带给我自然的亲切质朴和浪漫诗意的遐想。

炊烟生处有人家。炊烟相招，鸽哨相邀，那是一幅多么温馨醉人的游子归乡图啊。

人间烟火，其原意是否就指袅袅炊烟和万家灯火呢？居家过日，一日三餐，炊烟应是最具人间烟火味的。

遗憾的是，随着时代的发展，许多古典的诗意的饱含多少代人记忆和感情的东西，正悄然从我们的生活中消失，如炊烟、渔火、野渡、扁舟、山歌、民谣、习俗……

哪片烟云下，才是我记忆中的故乡？

故乡的沟壑里，多了一座父亲的坟茔，再也见不到父亲烟斗里那小溪般的袅袅香烟，只有清明时节儿女哀思绵绵的如烟细雨。

炊烟，那是过往岁月一缕悠远的记忆吧，那是逝去的亲人那缕放不下的牵挂吧，但故乡的天空，已然没有了炊烟的缠绵……

泥　泞

泥泞，是乡村特有的一块胎记。

乡村喜欢雨。靠天吃饭的年代，雨是上苍的恩赐，当山地、丘陵、平原、河川，那满眼的庄稼被一片如烟的雨幕笼罩时，村村寨寨的乡亲也被欣幸与惬意笼罩了。

雨下在田里是甘霖，下在路上便成了泥泞。

乡下是土的世界，街道院落、田间小径、出村大路，全是黄土铺垫的，经不起雨的浸淫。一场雨就能把平日硬实的路面泡得黏黏糊糊，如果连下几天，乡下人就会被困在村子里，没有关紧事，一般是不出门的。但迫于生计，乡亲们闲不住，也闲不起，一年四季总是风里来雨里去。这下路就遭灾了，来来去去的人走过，总是踩出一溜歪歪扭扭深深浅浅的脚窝，鞋被泥巴糊涂得看不出模样，裤腿也溅满了泥点。要是不小心摔一跤，弄半身水淋淋脏兮兮的泥水，那就狼狈到家了。最糟糕的是马车或拖拉机碾过，路会被轧出几道深深的车辙，水积在那里几天都不干，像是没有愈合的伤口。拖拉机还能凭着一身蛮力，不管不顾地冒着黑烟声嘶力竭地挣扎着过去，小汽车呢，底盘太低，容易搁浅，就只能“望路兴叹”，矜持着它斯文优雅的贵族气质了。

雨后的土路，被车轮、马蹄、脚印践踏得满目疮痍，仿佛那是路的溃疡或痉挛。土路，古来如此吧，这从庄子“涸辙之鲋”的寓言里就能得到验证。其实，人类的历史不就是漫长的泥泞的历史吗(好在工业文明让人类从经济和体力上摆脱了贫穷劳苦的泥泞)？茹毛饮血的祖先怎样在蛮荒的泥泞里艰难跋涉姑且不说，至少，在柏油路、水泥路出现之前，黑土地黄土地红土地那挣不脱甩不掉跟人类死缠烂打了几千年的泥泞，的确给人类带来了不少麻烦。

秦朝末年，陈胜、吴广那九百戍卒就是因为大雨、泥泞以致误期才揭竿而起掀起惊天波澜的。那个让赵师秀“闲敲棋子落灯花”的朋友之所以“有约不来过夜半”，我猜，肯定也是因为泥泞——“黄梅时节家家雨”嘛。望泥泞而却步，因泥泞而爽约，可见泥泞的狰狞了。没有泥泞会怎样呢？萧萧暮雨里，子规啼鸣中，苏东坡欣喜没有泥巴粘鞋的烦恼，于是悠然吟出“松间沙路净无泥”的闲适与惬意。

泥泞的土路被晒干风干后还保持着当初惨遭蹂躏的模样，这就叫坎坷。

坎坷，是泥泞的固化，它以另一种形式延续着行路的艰难。多年前，一个窑匠的一车瓦罐瓦盆翻倒在路上，多日抠土挖泥两鬓苍苍十指黑的辛苦，化作坑坑洼洼中的一堆瓦砾，我至今仍记得他气恼懊丧无助悲戚的眼神。

古代，乘车是一种身份和地位的显示，风光是肯定的，但舒服与否，那要看路况了。笨拙的木轮或铁轮在波峰浪谷的路上颠来簸去也未必好受吧，所以，陶渊明才“安步以当车”呢。

小时候，村南二里外用鹅卵石、料礓、沙砾铺成的石子马路，已是当时的我所见到的最为高级的路了，虽也不甚平整，但毕竟不怕雨了。下着雨，上面还不耽搁跑车呢。遇着水坑，人来疯的汽车也不减速，还会表演似的骄傲地溅起一片水花呢。

后来，石子路加宽垫高裁弯取直修成了柏油路。哪见过这么好的路啊！又宽又平鱼脊背似的柏油路让乡下人惊喜不已。再后来，乡下好多村道也铺上了水泥，乡亲再不用因泥泞而扛着自行车回家了。泥泞、坎坷，像松鼠、黄鼠狼、獾、野鸡、斑鸠等那些年我们常见的野生动物一样，领地只在野外了。

当年，踩着坎坷的土路，我逃离了乡村，庆幸自己总算远离了泥泞。但仔细想想，这么多年的跌跌撞撞，和儿时在泥泞的乡路上一步一滑一趔趄有什么不同呢？科技越来越发达了，生活水平明显提高了，但生存的压力咋就有增无减呢？和同学、朋友、家人聚在一块拉些家常，真应了那句老话：家家有本难念的经。不管有钱还是没钱，几乎没有不喊累的。

儿时的乡间土路，泥泞坎坷里，满是生存的艰辛。我现在明白，泥泞坎坷是无处不在的，只不过，它以另一种形式出现或潜伏而已。

只是，这人世的泥泞该如何消弭呢？

（原载于《躬耕》2017 年第 8 期）

阅读故乡

马国兴

消逝的事物

自给自足的时代，田里是丰富的。小麦和玉米自然不必说，除此之外，每家每户似乎都种着西瓜、花生、红薯、棉花、烟叶之类，也不是太多，没有拿来换钱的意思，只为自家享用。如今想来，各家田里弄得跟农作物博览园似的，这也是没有办法的事，你就是有钱，有心去买这些东西，也没有人有多余的东西肯卖给你。只好自己种了。我清晰地记得，我家原本是不种西瓜的，夏天到了，只有靠街坊邻居送的两个解解馋。看着我们馋而未解的眼神，爷爷一拍桌子："明年，咱们也种西瓜！"

比田里作物更丰富的，是我的童年。单说红薯。秋熟时节，翻挖出来的红薯一下子是吃不完的，还需窖藏起来慢慢消受。我家门外有条河，河内有土堤，家人在堤上深挖一口窖，藏些冬天的食物，窖口用废弃的石磨盘压住。每次要取用什么东西了，总是年龄最小的我下去。移开石磨盘，先点火探下去，火不灭，说明里面还不缺氧，人在其中并无大碍。随后，我被用绳子系住腰，和篮子一起下到窖里，装了红薯什么的，再上得地面。这活儿说轻松也不轻松，我有时会撞见冬眠的蛇，或者偷吃的鼠，先尿了裤子，匆匆上来，得半天心神不定。是隆冬时节吧，地气渐暖，窖里的红薯开始腐烂或发芽，我们将其全部清出，削皮、粉碎、打浆，少部分熬成红薯粉，可以冲茶喝，更多的做成粉条，晾干，留着过年炖菜吃……

不断读书的我，渐渐远离了故乡，作别了童年。而童年时故乡的田地里的作物，也渐渐消逝和单一，仿佛它们专为我的童年而生而灭。故乡的人都选择了经济作物，目的倒也明确，就是为了卖钱。于是，农药、化肥轮番上阵，连应运而生的"催熟剂"都派上了用场。而有了收入后，也可以在市场上买来自己早已不种的瓜果，我曾经尝过，怎么也抵不上原来的味道，感觉全变了。

当然，田里的作物再减少，小麦和玉米总还是有的，但是，收种的方式已有了很大的改变。起初，秋收的玉米运回家院，我们是先撕了大半的玉米壳，再用余下的壳将玉米棒一一辫结，悬挂于屋檐下，或者树杈上。闲时望望白的黄的玉米粒，在太阳的映照下，闪烁着丰收和幸福的光泽。入冬以后，几经晾晒的玉米完全干透了，我们把它们先后解下，不分白天黑夜剥玉米。一个人捉住一个玉米棒，先用锥子穿出几道"沟沟"，另外的人再用手剥——一冬下来，每个人的手都生疼。玉米入仓后，玉米芯还不能扔，有人收的，不远处就有糠醛加工厂。如今，这一切都简单了，将玉米棒完全脱了壳，倒入脱粒机即可，一冬的活儿，一日可就。

还有小麦。收割机的出现，让镰刀和草帽歇着了，麦场也淡出了人们的生活。那时，村里划定一块麦场地，作为脱粒的场所。脱粒的工具，原先是牲口甚至人拉着石碾来碾，其后是脱粒机。小麦入仓后，闲下来的麦场可不能闲着，犁耙之后，还得种上蒜。来年五月，麦要熟了，蒜也差不多了，忙挖出蒜来，将地碾平碾实，迎接小麦的到来——如此，周而复始。我曾在一首《五月》的诗中写道：

麦场也是磁场

无论我在哪里，心
总是朝着这个方向

如今，麦场早已不见了，石磙、木杈、木锨等农具仿佛一夜之间逃出了农人的视野。将来如果没有一个农具博物馆，任凭老人们如何解释，农民的后代对此也是毫无概念的，更别提什么感情了。

消逝的事物在前，背景是时代的悄然转换和农民生存方式的改变；消逝的事物在前，其后是一批批农民在土地上“消逝”。从繁杂的农事中解脱出来，他们又在不同的城镇上劳作，同样付之以汗水甚至血泪，收获宽裕的生活，或者一无所获。这是一方新的田地，依然纵横交错，像极了这个社会，和每一个人的一生。

训　禽　记

若是院子里只有大人小孩来往，未免寂寞，总得喂点鸡呀什么的。这当然只是一种浪漫的说法，村人养禽喂畜，更多的是取其实用。鸡鸭鹅的肉和蛋，可做待客时拿得出手的菜，而狗分明是院落的另一道门户，猫则是一个流动的捕鼠夹子，牛呢，简直就是一个不会说话的劳力……

小时候的我，有一个流传颇广的外号，叫“鸭司令”。每次上学，我总是捡拾一根木棍，打开圈门，赶着鸭子一路前行。学校外面有条河，我把鸭子安顿好，转身奔向教室。放学后，我卷了裤腿，脱掉鞋子跳下河，在泥水中摸索，恐怕有鸭子把蛋下到河里。摸到鸭蛋，冲洗干净，放进书包，我再次扬鞭，将鸭子赶回家。很多次，回到家翻检书包，却发现里面成了一锅粥——鸭蛋破了。

我最不喜欢下雨了。鸭子似乎在雨雾中迷失了方向，任凭我怎么指挥,都不肯游动一步。更糟的是,有时候鸭子四散乱窜,我总是顾了这头乱了那头,气得不行。从学校到家只有百十米,却成了我这一生最漫长而艰难的一段行走。哎,“司令”难当啊。

太阳落山,炊烟升起。一只叫春的猫,或是一只下蛋的鸡没有回来,家里便少了一个成员,叫人寝食难安。女主人走出家门,挨家串户去找,或者扯开嗓子广而告之:“谁见俺家的鸡哩——”村子不大,村人那时还没有电视可看,大都能清晰或隐约地听见她的喊声。刚开始的语气是舒缓的,饱含期待和感恩。喊了半天没有结果,女主人便多心了,脑子迅速转了起来,搜寻平日里有过节的人家,站在他家门外再喊:“谁要是藏了俺家的鸡,叫他家的鸡都不会下蛋,都得鸡瘟死喽!”语气紧张,满是愤怒。晚餐是对劳累一天圆满的挽结,可这喊叫不亚于在汤碗里丢了一摊鸡屎,自认清白的这家人气不过,难免出来辩白,一来二往,口角翻出来旧账,那只鸡倒成次要的了。这时总会有人围观,劝架,或者看热闹。无聊的村人终于有了一次很好的娱乐。

我家养鹅,这是别家没有的。鹅其实是狗,有生人来,鹅“嘎嘎”地叫,追着来人的脚,直到他跳进屋里,还叫个不停,向主人请功。家人总是向来人赔不是,对鹅佯装训斥,往远处撒把玉米,封住鹅的嘴巴。鹅一公一母,每次被训得最重的,是公鹅。我喜爱公鹅的忠诚,但有时又十分讨厌它——这家伙不时蹿上瘦弱母鹅的背,展开双翅保持平衡,然后……我要是撞上了,总会随手操起个东西,强行将它赶下去。大人们见到我的举动,笑着对我说:“你不想吃鹅蛋了?”这和我吃不吃鹅蛋有什么关系,可他们又不说。他们的微笑神秘极了。

后来,公鹅死了。母鹅太柔弱,好几次对生人的到来都没有反应。我便怀念警觉的公鹅。家人取了一个鹅蛋,拿到孵化场,不久又给我抱回一只小公鹅。小公鹅一天天长大，和老公鹅一样，司职看家护院，尽职尽责。然而，问题又出来了，有一天，这个小家伙也爬上母鹅的身子——我怒火中烧，上去握紧它的脖子，狠狠地甩了出去！小公鹅的叫声引出了疑惑的家人。我哭喊着："母鹅可是小公鹅的妈妈呀！"

若说孤单，莫过于故乡的家人。要说爷爷也是儿孙满堂的，不过也只是过年过节，大家聚在一起，凑些热闹。平时我们或工作或上学，老家的院落便成了空巢。鸡鸭鹅是不养了，要吃肉蛋，尽可以花钱来买。前不久，大猪变卖后，家人并没如常买来猪崽。妈妈说："我们都老了，喂不动了。"于是，剩饭菜和刷锅水便无处可去，于是，一个小小的食物链便断了一环。

故乡的这个院子，不再有我的童年。如此清静，又如此落寞。

食　春　记

春天也是可以吃的。

说起来，春天倒是个青黄不接的时节，是乡下人最难熬的一段日子。"人上十口，一天一斗"，粮仓在迅速地减空，而新粮仍是田里青青的麦苗，是过于遥远的希望。如果前一个年景不好，粮食非得精打细算不可，由不得你海吃山喝的。

菜，就更不用说了。黄瓜、西红柿、茄子之类，刚刚生长出慵懒的绿叶，还照顾不到人的胃口。小时候的餐桌上，可吃的，也不过是上一年的萝卜腌制而成的咸菜，一日三餐，单调无味。似乎也只能这么着了。

好在，大自然是慷慨的，或者说，办法总比困难多，只要动脑筋，还真有不少东西能入口爽心的。春天，首先来到人们身边的，是榆钱。榆钱便是榆树的花,可以吃的花。我们这些小屁孩,领得大人的命令,猴子似的蹿上榆树,攀枝,将榆钱撸了,装到围在腰间的布口袋里。太多的时候,我们迫不及待地将榆钱装进嘴巴,顾不得树下大人要我们小心的提醒。没有小孩的人家,将镰刀柄捆绑在长竹竿上,站在地上钩枝采榆钱。

采下来的榆钱,经过淘洗,拌了面,上笼蒸熟,便是一道不错的美食。于是,初春的每一个傍晚,故乡便被这一种幸福的香气所笼罩,让人痴醉其中。

榆钱也只是花,没过多久,便枯黄欲落了。一阵风起,吹散了人们的一种口福。还好,这时候香椿树冒出了嫩叶,叫人垂涎欲滴。香椿叶的吃法诸多,拌豆腐、炒鸡蛋,香椿叶绝对不是可有可无的角色,它会让家常小菜的色香味提升不止一个档次。为了更长久地留住一道菜,家人还要把香椿叶腌一下。陶罐里,铺一层香椿叶,撒上一层盐,然后再铺一层香椿叶,如是三番,再将陶罐封严——不日即可享用了。

是四月末五月初的时间吧,贪玩的我们在某时某刻会被一阵阵清香打醒,一起抬头:槐花开了!春风摇荡着槐花,槐花恰似一串串风铃,风铃在我们心间响起清脆的声音。又有好吃的了。槐花也是生吃熟吃两相宜。和榆树不同的是,槐树枝上有刺,采摘时难免扎了手,这时嚼上一口槐花,是慰劳也是复仇,与生吃榆钱有了不同的意义。

在小孩子的眼里,就这么玩玩闹闹中,并不贫乏的春天渐行渐远。眼瞅着麦子拔节扬花抽穗,蔬菜也纷纷挂果结实,家人紧锁的眉头渐渐舒展——不必等到秋天,餐桌上又将是丰富多元的了!

如今的故乡,已经很少有人再吃榆钱。蒸熟的槐花端上桌来,小孩子大都懒得动手。也只有香椿炒鸡蛋下得快,不过我看还是意在鸡蛋多一些。还有谁家会腌咸菜和香椿叶子呢？

物资是太丰富了。去年的粮食可着劲吃，也是能和夏收的新粮接上的。地里有大棚，一年四季蔬菜不断，没有种菜的，尽可以花钱购用。物资匮乏的阴影似乎远去。不过，依我的观察，那个时代的影响早已渗透进我们的生活，我们不易察觉罢了。我的家人十之七八都有高血压，老爸便疑心是老妈炒菜时放盐过多而致——我想到的是，在不远之前的那个时代，大家炒菜皆是如此，菜咸了，人们便少吃了菜，多下了饭。很多人批评《现代汉语词典》，言及许多词条爱拿"可食用"说事，不符合环保、和谐的现代理念，云云——照我理解，这便是两个时代的隔膜……

（均原载于《郑州日报》2017年）

从前的从前叫从前

古保祥

祖母疼人的方式很特别，除了给你制作各类奇形怪状的小玩具外，便是整日在你的面前唠叨她的陈年往事。

她的这种分享模式，一度让我崩溃。

小时候的武陟县，冬天奇冷，滴水成冰不无道理，刚刚撒出去的尿，瞬间成冰成凌。

祖母孤身一人活了好几十年，因此，她的脑袋里，全是老皇历。加上父亲整日里与庄稼打交道，而我又不好好上学，因此，一段时间里，我成了她全部的依靠，那种关爱就好像地球紧紧跟随着太阳，一刻也不敢分离。

祖母的从前叫凄惨，她十几岁嫁了大她三十多岁的祖父，祖父吸了大烟，每每将祖母折磨得半死，一年后，他死了，祖母守了寡。

生下父亲后，祖母硬生生没有再嫁，挺了几十年时光，直到有了我，她的病才停止生长，她常说，我是她命中的福。

我是祖母一手带大的，每逢冬天，便到了她最幸福的时刻，因为，冬天夜长，而我则依在她的怀里，听她讲从前。

真的听腻了，不想听了，有时候我抬起头问她："奶，有没有新鲜的东西？"

"新鲜的，有呀，你爷小时候被狗咬的故事。"

“我爷一直被狗咬呀,不是咬过一次了吗?”

祖母早就讲过了,我开始反抗,拒绝,祖母脸上无光,在乡邻面前数落我的是与非,当着父亲的面,说了自己的埋怨,父亲自然而然地雪上加霜,抬手就想打。

祖母知道儿子的脾气承袭了那死去的老头子,因此,她不讲了,只是埋在肚子里苦苦地消化。

我心疼祖母,因此,每逢她讲时,便仔细听,手中准备好了棉花,悄悄地塞在耳朵里,不大会儿工夫,便在“嘤嘤成韵”的声响中,安然而睡,一觉到天明。

现在说说我的父亲大人,他很少管我,只是在祖母有病后,他才对我变本加厉起来。

我很少与他和母亲睡觉,不习惯,祖母有病的那个冬日里,我不得不蜇缩在他们的床尾。

夜静得出奇,外面的风吹走了时光,就好像小偷偷东西一样,没有准备好呢,一夜便过去了。

一夜无眠,忽然好想祖母的故事,从前的故事,不是故事的故事,但听在人心里头,暖意如春。

父亲最喜欢在他人面前显摆自己的才能,这一点,我有些接替了他的衣钵。

小时候的乡下,没有抽水马桶,全是垒起来的茅厕,奇臭无比,如果没有野花的点缀,根本无法安然解决新陈代谢问题。

父亲的手艺便是垒厕所。

我通常给他打下手,和泥、加麦秸、倒水,父亲害怕这门手艺失传,给我讲从前他是如何学得这门技术的。

父亲心灵手巧,从前的前牛村,有一个外乡来的老艺人,不仅会吹箫,而且会垒厕所。

父亲有幸拜会他，便盗走了人家的技艺。

父亲第一次垒厕所，是在八岁那年，家里没有厕所，他便自告奋勇，修了半个月时间，修好了，样式非常差，可是，却成了全村第一所名正言顺的厕所。

至此，父亲承包了村里所有的厕所生意，只收取低额的费用。

我和泥的本事，就是小时候学来的，父亲说我可以偷他的本事，我是正大光明学的。

只是有些淘，我在和好的泥中，偷偷塞进一两块小砖头，砖头调皮呀，硌了父亲的手，鲜血淋漓。我好想承认错误，父亲却心疼地看我的手。在父亲看来，这是一个意外事故，根本没有人为的因素存在。

祖母作了古，父亲也步入老年，老来多病，我时常周转于工作与家庭之间。他晚年爱讲故事，我知道，他从祖母的手中，接过了爱唠叨的基因。

三三两两地听，听烦了，有时候便数落他几句，没有数落几年，风烛残年的他，驾了鹤，远了游，从此后，让我每每想起他，便泪流满面。

年近不惑的我，也喜欢上了唠叨，讲从前，讲小时候的乡下往事，讲一头猪撞在树上，讲岁月蹉跎、时光荏苒。

小儿子睁大了眼睛，听我的故事，听够了，便说："爸，从前有多远，从前的从前还是从前，还有更远的从前。"

我好想告诉他："等你老了，你也许会喜欢与自己的孩子讲过往的事情，不是纠缠，不是唠叨，只是怀念，怀念远去的亲人，怀念那些过眼云烟。这是一种一脉相承的基因，更是一种一如既往、勇往直前的爱。"

（原载于《思维与智慧》2017 年第 13 期）

永兰姑姑

周　红

一幅手绣的画儿靠墙立放着，我在思谋如何安放才不至于慢怠她的美。

永兰姑姑为姑娘时是个不打折扣的美人。现在六十多岁了，头发没有染过却不见白，仍有迟暮美人的范儿。妙曼高挑的身材，大大的眼睛，双眼折皮的，从内到外透着智慧和喜悦，仿若肠子都舒展着从没打过结的通泰，走路挺胸收腹步态轻稳而无声响，不像我个子矮，穿着高跟鞋，人没到，鞋跟声音“嘎嘎”的提前到。她穿软底平跟鞋，说话声音也柔软。朱唇未启脸上就是盈盈笑意，表情绝对是笑不露齿却又落落大方的那种。别人是一白遮百丑，她呢，肤色偏黑。但她有模有样，肌肤饱满发亮。不知她是如何保养的。据我所知她没有闲钱，也没有闲工夫，更不可能去拉皮做面膜换肤什么的。退休前，她是县医院外科病房一位没有职称级别的护士，天天忙得像旋转的陀螺，工资又低，要是搁在别人，不纠结郁闷得发神经才怪呢。她没。她吃苦能干，胜任各种护理操作技术，能力一点儿也不比高级职称的护士差。别的护士一过四十岁就找各种借口离开一线岗位，逃避上夜班，可兰姑姑退休前一直坚持上夜班。一是她不愿矮下身段求人，二是她的身体素质好。其实，在我看来，这更应归功于她良好的心态素质。兰姑姑是从农村出来的，文化程度不高。肯定的，你能猜得到，她没有浪费上天赐予的美丽资源，她嫁给了一位医生才得以进了医院当护士。所以，那种体力劳动者与脑力劳动者兼而有之的独特气质，在她身上得以完完全全地呈现——知性、阳光、健康，那美，让走路没有四两劲儿肤色白到贫血的女人们羡慕，或妒忌。

那靠墙立放的绣“画”儿就来自于我的兰姑姑，就出在眼睛花了还坚持做绣活儿的兰姑姑之手。这一幅画儿在我眼中就比隔朝隔代的名画儿还要宝贵。你想啊，那些被收藏被宝贝的画儿过了几代人的手，已被时光淘掉了温度，淘掉了画家的初始情感，冷成一件件价值不菲的“商品”。这一幅绣“画”就不同了，无假冒，非批量，唯一性原创。千针万线借兰姑姑手指，把精神情感非物质的温度以物质的形式传递于我，二者真的不能同日而语，真的不能以金钱价值的多寡来衡量了。

几个月前，兰姑姑说：“妞，现在人家都时兴挂刺绣画，哪天你有空了到防疫站对面门店挑一幅中意的(图案)，我帮你绣。”一声“妞”如电流电过全身。兰姑姑她喊我妞？我突然间很不适应，又兀地有了小时候除父母之外别人喊我乳名的那一份亲切亲热。原来在兰姑姑面前，多大，我都是一个孩子。我满满激动了一把。这一声“妞”让人到中年的我有了在她面前撒撒娇的柔软，我平时为人刚硬的冰山一角，一点点分崩离析，崩溃成水。

她说，反正闲在家没有啥事干。兰姑姑说她闲在家没有事做是假，她天天挎着菜篮子上菜市场，买的菜青是青，红是红，白是白，荤素搭配着打理一家人的生活。她说的闲是相对于从前她上班的忙。现在，她终于慢下来，终于重新拿起为姑娘时的绣花针。兰姑姑的儿子儿媳妇都到北京打工去了，她责无旁贷地监管起孙儿孙女的衣食住行和学习。孙女正上高三，是最关键的一年，因此，兰姑姑生活的慢节奏还附加一个前提条件，那就是开饭时间得准时准点，耽误不得。

绣女都有绣女的品质。兰姑姑美丽温情而善良。七八年前，我舅舅赶集卖西瓜，脚踩西瓜皮磕破了髌骨盖到医院做手术。那时还没有农村合作医疗，舅舅家里很穷，交手术费的钱不够（舅舅三十多岁时我的舅娘就病故了，他一手带大七个孩子，又盖房子又娶儿媳妇的，很苦），兰姑姑就抱了一只大西瓜到手术室说情，这一说就说掉了一百八十元。一百八十元相当于现在的多少元？我换算不清。但兰姑姑的体恤悲悯着实帮了我舅舅的大忙。为此，我至今健在的舅舅时常念起她的好。批发来的一箱糖盐水和一些药品，因为触犯了科室的利益，当班的护士不给用，兰姑姑就天天当班不当班的赶过来，亲自给他用。兰姑姑对待其他病人，同样，能帮的帮，帮不了的，就用暖心窝子的话去宽解人。

这一幅画是兰姑姑用火红、桃红、粉紫、麦绿、湖蓝、橘黄、鹅黄、羽白、褐色九色线绣出来的朝向大海的公园。图案疏密有致，颜色深浅搭配恰好。缤纷的花枝藤蔓缠绕着一个又一个柱拱形的门，一下子就把海子"面朝大海，春暖花开"的理想拉到近前。想象着靠在那花藤缠绕的石柱上，眺望远处的高山岛屿，还有翻天的白浪，海风洇洇湿润着干涩的眼睛……我眼前就浮现出另一幅画面：小时候的某一早晨，我的一位叫永珍的姑姑喊我起床，见我迷迷糊糊没睡醒的样子，就搬出一张矮椅放到门前让我坐在那儿好好"醒醒"。醒醒是方言，就是有过渡地醒过来精神起来的意思。她家门前有一口塘，晨风带着水汽吹着，呼呼的，像绸缎长出一只光滑的手，抚摸着我的脸。池塘镜子一样的水面，风一过，就不平静了，就荡漾开一波一波的涟漪，就像满面含笑的永珍姑姑勾头绣下的花蕊。

那个早晨，我在一口塘上延伸出河、湖、江堰和海的概念。赋水于形的河、湖、江堰、塘，规模形式虽然不一样，但它们固守的内质却一样，都是一样灵性灵慧的水，都无一例外地有唱着歌儿奔腾归海的理想。而我没有跳出农门的永珍姑姑，也有着和永兰姑姑同样的精神向往，她的向往就寄托在她手上那美丽精致的绣活上。

站在这一幅画前，时间停留住我童年的慢，慢得像我慢慢醒开的眼睛看见柳树上那一只翘着长长的类似20世纪90年代14英寸黑白电视机背上两根天线优哉游哉爬着的牤牛，慢得像一只背着壳一步一步爬向八月的葡萄架寻找伊甸园的蜗牛。我嫌时间过得太慢。看低下翅膀掠过水面的蜻蜓，我好想快点长大，奔赴姑姑们的人生之旅。终于长大了，终于像别人一样奔赴在物质丰盈自以为是的幸福道儿上，而精神却日益焦灼和虚妄，我才感觉到生活与小时候过的两翻板，真是过得太快了，快到我还没有品尝到它是柠檬味呢还是苹果味儿，它就“哗”的一声流过去，就人到中年了。

当初，我没答应兰姑姑去选绣样，我不让她绣，我怕她会得颈椎病，哪知道今天她把绣了两个月的“画”装裱好了直接送到我的办公室。刹那，我和同事的眼睛都亮了。美，真是个美。图案不是我选的，却比我亲自去选还合我的意。画就是画，没有题字的繁杂，素雅唯美。我在心中一连给她添加了好几个标题，比如“慢下来的美丽”，比如“绣女的品质”，比如“面朝大海”，我的心思沉浸画中，海上的岛屿仿若仙境，任安恬快乐的永兰姑姑、永珍姑姑等绣女们的飞针走线自由出入。

一份多么可贵的闲情逸致，一份多么朴素的生命品质，一份多么优雅浪漫的情怀。我终于决定把这一幅绣画挂在我的卧室，让她时刻警醒我放柔软一些，慢下脚步优雅地生活着，而不是焦头烂额为活而活瞎忙乎。

我在欣赏这幅画，我在设想某一天我也会如兰姑姑一样，眼睛花了，也绣，绣一幅女人入诗入画的风情，绣一幅爱与时间对抗到永恒的画卷！

（原载于《昆嵛》2017年第1期）

第四辑　识见

真实而梦幻的月亮

赵克红

每年中秋，我都会抬头仰望夜空，那一轮圆圆的明月牵动着我无限的情思。

在大自然的景物中，月亮是最富有梦幻色彩的。从古至今，无数文人墨客都曾有过“举头望明月，低头思故乡”的乡愁，也曾有过“月如钩，寂寞梧桐深院锁清秋”的不尽幽思。他们仰望月亮，总有诉不完的相思情，解不开的故乡意，抒发不完的感慨。月亮的确很容易引发人们的联想，一轮满月，让人联想到美好圆满的生活；一钩残月，让人联想到还在成长或不尽完美的新事物……总之，面对月亮，人们总有抒发不尽的憧憬和愿望。

九月的风，为人们送来了中秋佳节。时值三秋之半，月亮最圆最明，古人以圆月作为亲人团圆的象征，故又名“团圆节”。祈盼亲人团圆，期待故人相聚，这是人人都怀有的一种美好愿望，人们期盼着日子都像圆圆的月亮、圆圆的月饼一样，没有残缺、没有遗憾。然而，理想很丰满，现实很骨感，古人当然也明白这些，因此，常常望月兴叹：“人有悲欢离合，月有阴晴圆缺，此事古难全。”是啊，别说人间，就连天上也尚且如此，牛郎织女一年也只能在七夕时相聚一次，而孤苦伶仃的嫦娥似乎更悲惨，她一年又一年遥望着后羿，几千年来守候在冷冷的月宫里，只能苦苦地相思，苦苦地等待。唐代诗人李商隐的《嫦娥》，深刻表现了嫦娥的寂寞和悔恨："云母屏风烛影深，长河渐落晓星沉。嫦娥应悔偷灵药，碧海青天夜夜心。"相传，嫦娥是神射手后羿的妻子，后羿从王母娘娘那里请到长生不老之药，他不曾想到，嫦娥偷食仙丹后飞往月宫成仙了，在月宫里过着无边的寂寞生活。

还有另一个版本，说嫦娥是一个美丽善良的村姑，为了拯救爱人后羿与苍生，勇敢吞药而升月。当然，这些都是传说，而我却宁愿相信后者，美好的爱情往往能温暖孤独的心灵。

嫦娥奔月的远古神话，在我国几乎家喻户晓，千百年来，国人依然延续着中秋节做月饼供嫦娥的风俗。一幅嫦娥奔月图，足以说明世人渴望团圆的迫切愿望。自古以来，在无数文人雅士的心中，月亮、嫦娥都是情感的寄托与写照，总能给人无限的想象空间。

相对于文学作品的虚构、夸张和想象来说，科学是严谨而又神奇的，它能把无数的不可能变成可能，把一个个美好的梦想变成现实。月亮，这个千百年来被人们想象成为有仙子、有玉兔、有整日不停地伐桂的吴刚的星体，经过科学探测后得出的真实结论是，其实月亮只不过是某年某月因两个天体相撞而诞生的一个星体。当月亮被人们揭开神秘的面纱后，对月亮寄予了幻想的人们似乎再也没有了遐想的空间。科学是无情的，它粉碎了人们想象中的那份美好。数千年来，诗人与月亮，像是一对难舍难分的情侣，月亮成就了无数诗人，无数的诗人也同样成就了月亮。著名作家鲁枢元说："月亮的存在恐怕不仅在于给人照明，在中华民族的文化心理中，月亮，早已成为一种诗性的东西，一种审美的意象，一种心理原型。"诚哉斯言！

儿时，受吴刚伐树、嫦娥奔月、玉兔捣药的诱惑，在中秋月圆的时候，我总会和一群小伙伴们聚在一起玩耍，许多的夜晚是在月光的诱惑下度过的。“月亮地，明晃晃”，那时的月亮，把夜晚照得如同白昼，我们曾做过一个实验，在月光下拿起课本，能看清书本上的字，这可能与那时我们的视力以及空气质量有关吧！有时大家玩累了，会一起抬头仰望月亮。有时，我们会望着月亮产生无边的遐想，其实，月亮给我们更多的是变幻莫测的梦幻、传说和故事。记得有一次，一个同伴对大家说：“大家快来看啊，那不是吴刚在伐树吗？”许多同伴抬起了头都“是啊，是啊”地应和着。我暗暗怀疑我的视力了，因为我的眼睛都望酸了，也没看清楚吴刚和玉兔在哪里。当我提出质疑时，遭到了伙伴们的猛烈抨击。打那以后，每当伙伴们再仰望天空，说看到了月亮上面的嫦娥或是什么时，我都会保持缄默，以免再遭到讨伐。然而，毋庸置疑的是，当我独自望着浩瀚的星空的时候，我常常是迷茫和困惑的，除了感到人类的渺小外，有时甚至还会有些恐惧，我的大脑里常常生发出许多疑问：人类从何而来，又将向何处去？茫茫宇宙，无边无际，究竟有没有主宰者？我百思不得其解。

阿波罗登月不仅是两个美学概念的碰撞发光，同时也是科学技术的催化剂与推进器，这同中国的嫦娥奔月是文学创作的催化剂、推进器一样。中国古典文学为嫦娥费过多少心思，花费了多少笔墨？人类飞天的梦想，可以肯定地说是人类注视天空的结果。1957年，苏联的第一颗人造卫星上天，开启了人类探索宇宙的新征程。阿波罗载人登月工程是美国国家航空航天局在20世纪六七十年代组织实施的载人登月工程，或称阿波罗计划，工程开始于1961年5月，至1972年12月6次登月成功，共有12名航天员登上月球，实现了人类的登月梦想。

岁月在流逝，火箭在升腾，科技在发展。如今，许多神话都被科学揭秘，被人类的探月之旅打破。我国以嫦娥命名的探月工程，通过科学的手段去奔月，到月亮上去，已不再是梦想和传说。

的确，登上月球是人类探索太空迈出的可喜一步。

毫无疑问，诗歌是文学桂冠上的明珠，是文学长廊上最炫目、最独特、最具魅力的瑰宝。月亮在中华文化中被赋予了丰富的内涵和想象，千百年来，许多诗人都与月亮结下了不解之缘，月亮成为诗人抒发情感的寄托。在我国第一部诗歌总集《诗经》里面就有“月离于毕，俾滂沱矣”，后来又有“三五明月满，四五蟾兔缺”，有“澄江涵皓月，水影若浮天”，有“上弦如半璧，初魄似蛾眉”等。只要翻开古今诗篇，我们就可以看到月亮下面一幕幕生动的场景。

不难想象，古往今来，有多少骚人墨客因思乡怀友而对月高歌，有多少才子佳人为思情而望月长叹？单在唐诗宋词里我们就发现，唐宋诗人几乎无人笔下不写月，月亮成了诗人表达喜怒哀乐的载体。在诗人眼中，月亮是明镜，是玉盘，是金钩，是会哭会笑会走动的。唐代大诗人李白，几乎三分之一的诗写的是月亮，他表达思乡的“床前明月光，疑是地上霜，举头望明月，低头思故乡”，他饮酒自乐的“举杯邀明月，对影成三人”等，都与月亮相关，月亮使李白的才华得到了淋漓尽致的释放。“我欲因之梦吴越，一夜飞度镜湖月。湖月照我影，送我至剡溪……青冥浩荡不见底，日月照耀金银台。”李白用明月与其他景物，描绘出了一幅幅瑰丽的奇景，使人仿佛进入了梦幻世界。在李白眼中，月亮是纯洁高雅的象征，他对月亮始终有着诚挚的向往与追求，甚至还“欲上青天览明月”。而在思乡诗中，诗人们望月怀远、望月生情的佳作多如繁星，张九龄的“海上生明月，天涯共此时”，杜牧的“烟笼寒水月笼沙，夜泊秦淮近酒家”。白居易《琵琶行》中的“醉不成欢惨将别，别时茫茫江浸月……东船西舫悄无言，唯见江心秋月白”，进一步烘托了秋夜送客的萧瑟落寞之感。杜牧的《旅宿》构思奇妙，后四句“远梦归侵晓，家书到隔年。沧江好烟月，门系钓鱼船”，读之使人动容。白居易《暮江吟》中的“可怜九月初三夜，露似真珠月似弓”，表现了诗人面对新月初升的景色流连忘返。在新月的清辉下，冰凉的露珠闪着晶莹的光，而此时悬挂在天幕上的新月又恰似一张精巧的弓，这“露”与“弓”是多么和谐与宁静啊。李商隐的“沧海月明珠有泪，蓝田日暖玉生烟”，诗人以深蓝色的大海和天上的一轮明月为背景，塑造了鲛人泣泪成珠的形象，这是从民间传说演化而来的但同时又有作者的创造。“珠有泪”者，珠光、泪光融成一片，使人怅惘而又联想无穷。

从古到今，有多少墨客骚人为思乡怀友而对月高歌，月光涤荡了世间万物的五光十色，将大千世界浸染成梦幻一样的银灰色，景物本无情，情自心中生。不同的人仰望月亮会产生不同的联想，似乎月光是随着人的情绪变化而变化的。天空苍茫，万古不语。从古至今人类一直被它所吸引、所困惑，也为它所倾倒、所迷醉。那无边无际的天幕上挂满了大大小小的“天问”。当人类的眼睛与天上的星星互相注视时，人类智慧的火花由此诞生。不可否认，科学技术的飞速发展，让一些神奇美妙的神话失去了神秘。人类探索未知的领域，让一个个千古之谜昭然若揭。而在这一点上，我惊叹美国人的诗性与幽默。据说，1967 年 7 月 20 日，在休斯敦地面指挥中心对太空中准备登月的宇航员说：“有人要你们在月球上注意一个带着大兔子的可爱姑娘。在古老的传说中，有一个叫嫦娥的中国美女已经在那里住了四千年……你们也可以找找她的伙伴——一只中国大兔子。这只兔子很容易找，因为它总是站在月桂树下。”阿波罗 11 号宇航员迈克尔·科林斯立即回答说：“好的，我们会密切关注这位兔女郎。”这段对话非常打动人，人类美好的诗性情怀，并没有因为科学的探索而失去魅力.文学艺术是没有国界的。

千百年来，月亮成就了一代代的诗人，诗人也使月亮更富有传奇色彩。究竟是什么原因，让一轮明月被无数诗人眷恋、神往？是不是千里与共的月光能映照彼此相望的双眼，是不是万里同耀的月光能唤起彼此震撼的心灵？是不是明月的纯洁寄托着诗人的壮志？是不是月空的浩瀚寄托着诗人的胸怀？也许在诗人的眼里，月就是诗，诗就是月。

人类的生存与发展，离不开科学和智慧，但更离不开精神与情感。无论社会如何前进和发展，我们的那颗诗性的心灵应永不泯灭，灵魂里都应常驻着那份美好。

（原载于《雨花》2017年第11期）

战神狄青

王　剑

正是秋高气爽的季节。

舞阳县辛安镇青冢集村村南的一处黄土丘，一如往日一样的宁静。周围的秋庄稼已经成熟，挺拔的玉米如同列阵的卫兵，高擎着剑戟。一派“沙场秋点兵”的肃穆和庄严。

刚看过贾湖，我们便马不停蹄地赶到了这里。

沿着黄土小路慢慢走近。土丘前竖立着的一块石碑，向我们昭示着墓冢主人不凡的身份——狄青冢。

冢上蒿草离离，仿佛在诉说着墓主人传奇而悲情的一生。

一

说起两宋时期的战神，大家一准儿会想到两个人：狄青和岳飞。

两人的经历相似，都是从士兵到将帅，从布衣到宰相，结局都同样悲惨。我们先说狄青。

狄青长得很帅，身材颀长，浓眉大眼，姿态雄伟，是一位充满阳刚之气的美男子。狄青每次外出，老百姓都聚而围观，常常把道路都堵住了。

狄青不仅中看，而且中用。他的最大特点是“能打仗”。

在边患频仍的北宋，狄青有着施展自己才华的广阔舞台。尤其是在西北边境，狄青简直就是一位天神。西夏兵士进犯宋境，从来就没有碰到过对手，而狄青的出现，无疑成了他们的噩梦。在4年的时间里，狄青参加了大小战役25次。每逢出征，狄青都佩戴青铜面具，“出入贼中，皆披靡莫敢当”。西夏兵士看到狄青的这副打扮，或听到狄青的名字，就吓得魂飞魄散，认为是天神下凡，不敢跟他交锋。

这个时候的狄青，刚猛得像一块生铁，亟须高人的点化。

这个高人不是别人，正是“先天下之忧而忧”的范仲淹。范仲淹特意召见狄青，将一部《左氏春秋》送给他，鼓励他多读史书兵法。得遇范仲淹，狄青的人生有了质的飞跃，逐步成为宋朝西北防线的主帅，并显示出了战略家的风范。

狄青作战勇敢，人们都称狄青是“面涅将军”“武曲星”，把他与“文曲星”包拯并称，认为他们是救宋室于危难的双子星。

宋仁宗对狄青非常赏识，称他为“朕之关张”，破格提拔他为枢密副使、枢密使。召见狄青时，看到他脸上依然留着当兵时候的刺字，就劝他用药除掉刺字。不料，狄青却说：“陛下以功擢臣，不问门第，臣所以有今日，是因为有这印记，臣愿意留着印记，用以激励军心。”

从一个小兵，到掌管全国军政的枢密使，狄青的前半生就是一部典型的“励志大片”。

不仅如此，对宋朝虚弱的边防而言，狄青的横刀立马，更是为中原礼仪之邦注入了一股阳刚之气。当我们回顾大宋历史的时候，便可以透过重重雾霭，看到那座峭然屹立的巍峨之峰。

二

木秀于林，风必摧之。

狄青的快速升迁，让朝廷上的一些人很不爽。于是，他们开始前仆后继地告黑状。

狄青刚升为枢密副使时，恰巧宋仁宗得了一场大病。虽然后来慢慢康复了，但有大臣上书说，皇上之所以生病，就是因为狄青当了枢密使，这是老天爷发出的警告，如果不赶紧把狄青拿掉，大难将至。

以“伯乐”美名著称于世的欧阳修，也向宋仁宗上书。他洋洋洒洒几千字，先是把狄青夸赞了一通，最后实在找不出错儿了，就干脆把发大水的责任推到他身上：“水者阴也，兵亦阴也，武将亦阴也。”意思是，今年某地发大水，就是老天爷不满狄青出任枢密使。罢免狄青，可以“为国家消未萌之患”。

就连一人之下万人之上的宰相文彦博，也赤膊上阵，理由是，此人手握兵权，说不定啥时就会造反。狄青找到文彦博询问原因，文彦博冷冷地说：“没有什么原因，就是朝廷怀疑你罢了。”文彦博的这招儿“莫须有”，后来被秦桧借去，害死了南宋战神岳飞。

反正，所有人的目光都盯着狄青，天天都有人在他家门口蹲着，一有风吹草动，就大做文章。

有一次，狄青家晚上焚烧纸钱祭奠祖先，有人看见火光就连夜报告给了开封府。府吏一听，立即以迅雷不及掩耳之势赶到狄家。结果，等他们赶到时，那点明火早不见踪影了。但是，第二天城中就传得沸沸扬扬，说狄青家晚上有怪光冲天，这是不祥之兆啊。

京城发大水，狄青家的房子被淹。没办法，只得暂时住到地势比较高的相国寺。夜里，狄青睡不着，就在殿里走了几个来回。有人看见了，就又大肆造谣，说他晚上不睡觉，思谋着要夺取皇位。

黑状听多了，宋仁宗也开始半信半疑。但他还是对狄青不能割舍，他对文彦博说："狄青是忠臣，国不可缺啊！"文彦博反问道："太祖皇帝难道不是周世宗的忠臣吗？"宋仁宗无言以对，只好罢免了狄青的枢密使一职，让他离开京城，到陈州养老去了。

狄青以为，交了兵权，远离了京城，就可以安宁了。谁知，这事还没完。每过半个月，朝廷就会派人上门，看狄青到底在干什么。

狄青被弄得惶惶不可终日，一看朝廷使者上门，就"迟疑数日"。

面对朝廷的怀疑、众人的猜忌，狄青心里郁闷，但又无可奈何。被敌人包围，还可以挥刀突围，但被流言包围，纵然浑身是劲儿也使不上。最终，狄青着急上火，嘴疽发作而亡。

可怜一代名将，没有战死在沙场，却活活被猜忌给凌迟处死。

三

小时候，听评书《杨家将》，总有一个问题想不明白：杨家将八个人战死七个，最后连佘太君都亲率十二寡妇征西，但杨家愣是落不下个好。只要文臣一进谗言，天波杨府就一次次地遭受灭顶之灾。

后来才慢慢明白，杨家的倒霉，就倒在赵宋王朝的国策上。

宋太祖赵匡胤本是后周大将，突然被黄袍加身当了皇帝，不免有点心虚：要是别人都来复制，那多可怕呀。于是，酒杯一端，客客气气地就把兵权全收走了。从此，重文抑武成了赵宋的家训和国策。

号令一出，文人们扬眉吐气，武将们战战兢兢。

大宋臣民的价值观也开始发生倾斜。有一个大帅哥叫陈尧咨，箭射得很好。他打算应皇上之命，改授武职，和契丹的使者比射。陈尧咨的母亲知道了，大为生气，一边用棍子打儿子，一边说："你的文章最出名，你和你的父亲以文章立朝为名臣。如今改授武职，想让家族蒙羞吗？"改授武职，就算是有辱门第。可见，重文轻武的观念，在宋代是很普遍的。

枢密院是掌控军政的最高权力机构，自北宋立国以后，武臣出掌枢密院渐成忌讳。这就不难理解，狄青被拜为枢密使，何以会引起朝野震动了。

宋仁宗的任命，犹如把狄青架在了大火之上。

据说，狄青赴陈州前，曾对旁人说："我此去必死无疑，陈州有一种梨，叫青沙烂，今去此州，狄青必烂死。"这表明，狄青心里已有了不祥之兆。

狄青死后，大宋的武将们已经到了人人自危、以武为耻的地步。中华民族绵延了几千年的尚武精神，越来越萧条了。

文武本两途，犹如鸟之双翼、车之两轮。可能宋太祖不会想到，他在定下重文轻武国策的时候，大宋帝国的悲剧命运就已经被注定了。

狄青死后六十年，金人攻入汴梁。上千皇族背负靖康之耻，踏上了离乡背井的漫漫长路……

再若干年后，又一位战神岳飞被杀，仍然是倒在了"国策"上，罪名仍然是"莫须有"。

"白首为功名，旧山松竹老，阻归程。欲将心事付瑶琴，知音少，弦断有谁听？"这是岳飞的长叹，也是狄青的长叹。两个战神，在政治的困境中，完成了一个悲情的历史轮回。

四

朝廷不喜欢狄青,可老百姓喜欢。

一代将星陨落,其中的一缕星光,就落在了舞阳县辛安镇青冢集村。

这里的村民,对狄青有着深厚的感情。见到我来,他们带我去看狄青养军马的地方“马村”、狄青遛马的“走马岭”,以及狄青饮马的“狄青湖”。

狄青湖湖水清澈,碧波荡漾,透着千年的苍茫。

在狄青湖边,一位老人向我讲述了狄青大战南蛮王的故事。

一阵微风吹过,不远处的玉米林飒飒作响。

我想,这该是狄青最喜欢的环境了。

朝廷剥夺了他驰骋沙场的权力,他或许可以在这些故事里,实现自己征战四方的梦想。

（原载于《河南日报》2017年11月10日）

序言两则

墨 白

才子冯杰

冯杰是位高人。他的高明之处是不动声色地以诗、书、画示人。

最初，冯杰以诗鸣世。1994年我在《颍水》杂志供职的时候，曾举办过一次全国性的诗歌大赛，冯杰的组诗《乡土年代》获得一等奖，我至今还记着其中的诗句："在每一颗熟透的桑葚内部/一夜间，都让谁悄悄地/燃上一盏袖珍型的红烛。"炽热的情感从平缓的诗句里流淌出来，以隐含着象征的文字把我们带回乡间那些曾经的情感生活。

欣赏冯杰的书法，常常让我想到西湖岸边随风舞动的垂柳。因为冯杰，有一阵我把苏轼的《归安丘园帖》展放在案头，久久地揣摩，然后叹服说，得了真传！

冯杰的画是老少皆宜，尤其是被已经拥有了一些阅世经验的女性所钟爱。有一次我和诗人江媛谈起冯杰的画，她说："他从不直接表现尖锐，采取的是婉转迂回，你只有细细品味，才越来越深地感觉到神经隐隐的刺疼，他有洞悉人性的力量。"一语点到穴位上。的确。观他让一群红鱼游在纸上，观他《向妖怪致敬》里钟馗的一系列造像，观他那只永远睁一只眼闭一只眼弯曲着利爪的猫头鹰，这些充满隐喻的能洞悉人性的绘画，的确不是那些庸俗的画匠所能为的。观他《北中原冯氏标准食游图》，观他在《野狐禅》里把人们废弃的贴着邮票盖了日戳的旧信封、旧明信片、旧发票、景点参观券，甚至是飞机上的垃圾袋都变成了艺术品，我会从内心里感到自愧不如。

现在，我要说的是冯杰的文章，而且不是让众人喝彩的散文，是小说。

2016年1月12日中午，一群作家离开某个似乎与文学有关的会场来到户外，因了突然出现的阳光使我们长久被雾霾压迫的心情得到了舒展，于是便鱼贯着前往某个饭店的自助餐厅。八月天、安庆、陈宏伟、郭昕，当然还有冯杰，我们一干人围坐在铺了白色餐布的圆桌前，在四周无数如同蜜蜂颤动翅膀的噪音里，八月天聊起了一套丛书的话题。冯杰说这里面有他的一本小说集。那一刻我怀疑自己听错了，再问，确实是一部小说集。这就是我说冯杰高人的证据之一。过去，我从来没听他说起过自己的小说，而且集子里所收的篇目大多发表在《世界日报》《联合报》这类报纸的副刊上。

像长垣出烹饪大师一样，长垣也出冯杰这样的散文大家。如果上台打擂，那些所谓的散文大师们都会因冯杰的出场而纷纷落马。读冯杰的散文一是享受，二是长见识，他饱含浓重泥土气息的文字里充满了智慧和想象，干净的语言却锦里藏刀布满对世事的隐喻。他以生动的细节表达自己的哲思，读来有着只可意会不可言传的妙趣。

那天中午，在布满蜜蜂颤动翅膀声的自助餐厅里，我之所以答应冯杰为他的小说集写一篇序言，那是因为我很早就想给冯杰写篇文字，却一直未能如愿。随后，我把冯杰通过电子邮箱发来的小说打印成册，踏踏实实地在家坐了两天，从头到尾一字不落地读完了。应该说,冯杰的小说和散文有着共通的品性:幽默、智慧,诗性的叙事语言里充满了象征与隐喻,有关乡村,不,有关北中原的乡村记忆仿佛夏季悠长的黄河水一样漫过来,心怀野心却不动声色。读他的《一张驴皮》,让我想起了鲁迅;读他的《事件叙述》《多梦的时代》和《屠手少年》,让我想起了哈金;读他的《暗幽的灯草花》,让我想起了孙方友;读他的《听狐狸在天上唱歌》,让我想起了蒲松龄。这足以说明冯杰小说的丰富性。我从冯杰的小说里感受到他一方面深受中国传统文学的滋养,另一方面又已触摸到了文学最本质的那一部分。而冯杰的小说最让人感动的是文中所蕴藏的大爱,在《剪纸的月亮》里的哑女身上,在《风把荞麦吹响》里的傻女身上,在《那天早晨,路上穿过一束迟到的蔷薇》里的盲女小慈身上,冯杰都释放了他深沉的人道主义情怀。

接下来要说的是北中原,这个只在冯杰的散文和小说里出现的地名,是冯杰在文学的疆域里跑马圈下的一片土地。在这片土地上,冯杰精心种满了属于自己的庄稼。而在这片广阔的文学的土地上,就像我们在说到北京时会想到长城或者天安门一样,在北中原,似乎还缺少一座具有地标意义的建筑,让前来观光的人们登高望远,让冯杰自己来看护那些长势很好的庄稼。

总之,冯杰才高八斗。一次,偶尔和朋友谈起这个话题,朋友说,冯杰的确是个才子,但不风流。我疑问,何以见得?朋友说,他完全可以不出席一些与他无关的平庸会议,也可以拒绝一些庸俗的人占用他的时间。我只淡淡地一笑。朋友是只知其表,不知其里。作为才子的冯杰,在这个物欲横流的实用主义时代,他的不拘常规、恃才傲物是深藏在骨子里的。

充满迷茫的风景

《宋潜的问题》是一部关于成长的小说。

中学生宋潜在生活中感受到了苦闷。这苦闷来自一个他无法厘清的问题,那个貌似情感的问题像终日不散的雾霾把他围困在里面,无边的迷茫使他感到了压抑。于是,他鼓起勇气向班主任发问,希望能从这个他暗恋的女性身上找到答案。然而生活的路径总是南辕北辙,要么对方不明白问题的核心所在,要么是粗暴的中断。中学生宋潜的心灵因此受到了挫伤,终日为这道无法分解的人生课题而烦恼。

宋潜不想置身于冷漠的世界,但生活的现实使他无法理解,身边的许多事情并不是按照他的愿望来展开,现实与他的理想是相反的、决裂的。宋潜的天真受到了伤害,无法排解的孤独与所处的环境是截然对立的,拒绝因不被理解而产生。

为克服因隔离感而产生的痛苦,宋潜和同龄的问题同学艾小溪成了朋友,当这种自然而生的情感也受到伤害的时候,宋潜的情感与生活又延伸到成人的世界。在宋潜的眼中,成人的世界充满了"假模假式"的虚伪,于是,他希望能做一个"生活的纠正者",他在自己的潜意识中顽强地守护他理想中的世界不受世俗的污染。宋潜在爸爸的老友会上做梦,梦见自己和爸爸的同学努力使爸爸"改邪归正"考上大学,娶了妈妈。少年的宋潜开始了对成人世界的好奇与探视,并在探视里获得了具体的经验,奇怪的梦境坚定了他对未来的信心,也让他逐渐成长和成熟起来。当宋潜约艾小溪来到一座建筑的顶层俯瞰城市眺望明月的时候,他的内心得到了安慰,他在渐渐地认识自己,并希望自己与这个世界和解,希望今后能在世俗的世界中找到一个落脚之处，成为自己曾经鄙视过的那个世界的一部分。

阅读《宋潜的问题》，使我想到了歌德的《威廉·迈斯特的学习时代》。从少年向青年过渡的群体往往是成长小说的主人公。在少年前往青年的人生路途上，主人公在处理生活中所遇到的事件时往往是非常情绪化的，既充满激情又焦躁不安，在渴望生活的同时内心又充满了迷茫。少年的怯懦与善良、单纯与稚拙在他们的言行里无不呈现得淋漓尽致。

认识赵渝是在位于郑州市宋寨南街的“书是生活”书店的一次诗歌朗诵会上，时间是2015年的1月24日。两位名叫张树铭和朱赫的年仅20岁的青年诗人一边朗诵自己创作的诗歌，一边和与会者分享他们的人生经验。年轻的诗人以自己的亲身经历谈论目前中国教育所存在的问题，他们说目前的教育总是要告诉我们什么是对的什么是错的。他们发问，为什么不是思辨型思维？为什么不告诉我们事情的本源？年轻的诗人谈论他们被融入城市的痛苦过程，现在的乡村为什么显得这样凄凉？而我们自己就是制造这凄凉的参与者，是我们把自己的故乡抛弃了。我们抛弃了故乡，而故乡也抛弃了我们。年轻的诗人用诗歌来表达自己对生活的不可知，表达对未来人生的不可知。当这两位和《宋潜的问题》里的宋潜们有着不同的社会背景和生活背景的年轻诗人在谈论收割是一种仪式的时候，有一个面容消瘦的先生，正静静地坐在一张土黄色的书桌前侧身聆听，他就是我后来认识的赵渝。

赵渝曾经是当代小说家李洱在郑州师范学院任教时的学生。据说，他的阅读量很大，而且时常对一些经典的文本进行分析研究。凭借我有限的视野，在郑州某中学任教的赵渝在2016年的下半年就分别在郑州的中原图书大厦和郑州大摩·纸的时代做过有关马尔克斯的《霍乱时期的爱情》、莎士比亚的《麦克白》、川端康成的《雪国》与《湖》、布尔加科夫的《大师与玛格丽特》、劳伦斯的短篇小说《菊花的幽香》五场品读会。这使我对赵渝的叙事能力产生了信任感。《宋潜的问题》虽然采用了第三人称的叙事手段，但叙事视角是现代的。赵渝懂得尊重自己的小说人物，所以多处表现宋潜心理活动或感觉的文字就显得十分出彩。当我们合上这部小说时，一个对周围世界缺少判断能力、价值观念尚未完全形成的少年形象正从一片混乱的理性世界里向我们走来。

在《宋潜的问题》里，熟悉中国教育现状的赵渝力图通过宋潜的成长来对发生在现实社会的种种事情做一次深入的研究。一个人的成长历程无法从他周围的环境剥离出来，而我们人类最美好的品德往往在这个过程中被世俗所匡正，生活的复杂性与多面性因此得以表现并给我们以警示，使我们对人生获得更深切的体验。

（分别原载于《中华读书报》2017年3月15日，及长篇小说《宋潜的问题》，赵渝著，河南文艺出版社，2017年5月版）

一座城的时尚与古典

孙　勇

一

那年，我站在苏州河边赏水，那温润、饱满的清甘气息，使我忘乎所以。畅想着有一天，郑州市区唯一的金水河清澈见底，闲暇时光滨河观水就心满意足。这个当年有着寓言故事情节的随想，在今天梦想成真了。

出老城区向东走，方圆百余平方千米的开阔新城，人们都习惯称她郑东新区。这个新区是从 2002 年起步的，她刚落地的第一声啼哭，似乎就预示着吉祥福兆，今天看来，她着实令人喜爱，甚或赏心悦目。

我从这条河岸走向那条河岸，与水亲近，苏州的情怀顿生湿润，看那河河牵手，感那水水连襟，不同的是那一座座如彩虹似穹庐的桥梁，与苏州的古典拱桥相比，显得既时尚又风流。虽然新区的土地主贵得屙金尿银，政府还是拿出大片大片的土地栽种树木和花草。绿化工作人员随处可见，他们手中的镰刀和推车，如同我们手中的钢笔和键盘，谁说那一块块绿化带不是一篇篇一首首诗词歌赋。

我沉醉在绿水和植物的怀抱中，尽情地享受著名国际设计专家黑川给予郑州的新的生命活体。看啊，那一幢幢造型别致的高楼大厦，如火炬似飞蝶；那一条条或半圆或圆圈形状的宽阔大道，以及那如韵律似交响的高架快速路，怎不叫人激情满怀，光芒四射。就连央视著名节目主持人海霞、张择群也情不自禁地张大嘴巴，说郑州这么时尚这么漂亮，建筑也体现出厚重的中国文化元素和内涵。是啊是啊！现在我就站在千玺广场，周围的楼房紧紧地拥抱着我，这一圈又一圈四通八达的道路和耸入云端的楼房，就是以成都三星堆出土的太阳神鸟金箔造型为基础，塑造出了这环环相扣独具特色的建筑风景。令人震撼的是河南省艺术中心的建筑群，夸张地再现出古老乐器的外观原形。那五个椭圆体的“金蛋”，是由从河南出土的6500年前的乐器陶埙的造型演变而来；两片翻卷上升的艺术墙像黄河波涛翻卷的浪花，仿如中国母亲河黄河穿越并见证了中华上下五千年文明史，又如从河南出土的2500年前的管乐石排箫；中间晶莹剔透的装饰柱，灵感来自于从河南出土的8700年前中华第一笛——贾湖骨笛。河南艺术中心整个建筑群体均取之于古代乐器的抽象造型，使中原文化与现代建筑艺术有机地结合在一起。这组艺术建筑群，是国际著名设计大师卡洛斯·奥特设计，他让历史走动起来，而且让我们感受到古代文化和现代节奏交融的气息，卡洛斯·奥特告诉我们，历史不能在一个地方停止，应该让历史鲜活起来走动起来，见证现代和未来。

二

身为土生土长的郑州人，我时常感佩郑州的接纳和容量，在各种风潮起伏的新时代，如同欢迎各方来郑闯天下的有志之士一样，迅速创造或吸收时尚的新生事物。郑州在以经济建设为前锋的同时，催生出有形的文化产业。古玩交流与字画推广风行起来，甚至走进人们的日常生活。与此同时，私企个体书店和茶艺馆应运而生。这些书店大都建在繁华的大型超市或人流如潮的娱乐休闲地带。与省市新华书店不同的是，这些书店更加重视店面的布局和多功能使用性，融咖啡、饮茶于一体，让读者在读书的过程当中，享受到舒适的休闲环境、温馨的人性化服务。许多个体书店包括教材书店举步维艰纷纷解体倒闭，正当我辈俗人担心这些书店在经济建设大潮中也就昙花一现时，它们却似排山倒海般呼啸着奔腾起来。松社书店、大树空间、纸的时代、尚书房分别与报社媒体人、作家协会以及文学院联手，推出一场场精致的文化盛宴，一场场独具特色的读书活动，让郑州的写书人和看书人风流起来。《河南日报》"中原风"副刊主编冻凤秋率先抢滩登陆，占领阵地，分别在这些书店成功举办"中原风"读书会，并把读书会的场景及话题交流情况在报纸上以整版篇幅醒目地刊登出来，分别宣传、推出了一批专业和业余作家的作品，使这批作家从幕后走向前台，让读者在感受其作品的同时，认知和接触作家。"人人读书，读好书"在郑州成为时尚的选择，只要有书的地方就有读书人，读书的气氛达到了空前的活跃状态。

茅盾文学奖获得者、原河南省作家协会主席李佩甫在读书会上说，作家是生长出来的，不是培训出来的。一语激起雷鸣掌声，喜欢文字的郑州人情绪亢奋起来。

这些书店凭借"读书会"等文化活动，不仅推广了企业品牌，同时也丰富了企业的文化内涵。

与这些书店不同的是茶艺馆，最具代表性的是瓦库茶艺馆。茶馆甚至有意避开热闹，偏居一处安静之地，融文化交流与商务洽谈于一体，建立起散文学会、诗歌学会创作基地和商务洽谈会所，把微暗的灯光洒进树林、倒进夜空，阳光因茶艺馆安静有序地流淌，月光因茶艺馆清静幽远……与此同时，以考古和国学为主题的河南博物院“中原文化讲堂”也涉猎其中，邀请著名作家二月河、史学专家王立群、国学学者文怀沙来郑州讲学……郑州这座城，因文化而时尚，因接纳而舒展，因容量而光耀……

说起文化首先想到的是文化路，生活在文化路附近的老郑州人，曾经家常地说，从走进小学到大学毕业不用离开这条路。我曾经在文化路上长时间地行走，河南工业大学、河南农业大学、河南财经政法大学……文化路小学、河南省实验中学……三联书店、学品书店、报刊零售店等等站立在道路两旁。我从部队转业被安置在文化路这家单位工作，爱读书的我，因而心情一度舒畅，浪漫成绿树浓阴。

三

人们习惯地把中州大道称作新老城区的分界线。

由东经过金水立交桥向西，就是所谓的老城区了。和新区相比，老城区的路面显然狭窄拥堵了点，生活小区的楼房破旧低矮了点。就在这“狭窄了点”“低矮了点”中，一座3400年前的国际大都市，影响、奠定了今天郑州在中国的古城地位、基础。

古城的城墙已经很破旧了。

这座绵延七公里长的“L”型城墙，就是商代仲丁王朝大都市的内城护城墙。

风吹。草动。

漫步城墙之上，脚步被蒿草牵扯着。有尘土击打裤管儿，似马蹄疾风由远而近。这匹马应该是仲丁的坐骑。仲丁狩猎或者巡城归来，马鞍上搭着猎物或者民众赠送的谷穗，享受着先辈给予他的大树下的阴凉。

我站在齐腰深的蒿草里，蓝天白云下，都市村庄——白庄，在秋色中安逸地依傍古老的城墙。白庄村向四周蔓延二十五公里的地下，有仲丁的大都市以及繁华的市井生活，令人产生丰富的联想。离仲丁的大都市东北五公里外仰韶时期的文化遗址大河村，以洞穴遮蔽风雨的大河村先民，如果看到大面积建筑结构坚固的仲丁的朝堂屋舍，不知道是个什么样的心情。羡慕？嫉妒？兴奋？不得而知。但我能够猜想，大河村遗址那堵一米高低的房基，是仲丁时代大都市的基础和承载。

就这样，仲丁从太戊手中接过传承棒，在现在的郑州市中心偏东南的一块丰水土地上，经营起了一个朝代的沿途风光。仲丁为什么看好郑州这块土地呢？难道说这里离黄河更近，大片大片的黄河湿地沼泽地凸显天然屏障？难道说站在这个位置更能看清嵩山的悬崖峭壁以及风景名胜？或者是黄淮大平原物产丰富、天下粮仓？就这样，郑州这块土地在今天——21世纪初叶，挤进了中国八大古都的行列，成为名副其实的历史文化名城。郑州人因仲丁而古典起来，郑州市政府干脆把横穿古都城墙东大街贯通东西大道的郑汴路更名为商都路，以示商城给予郑州的恩泽和荣光。

作为当时国际大都市的仲丁傲都——商城，没有产生像宋朝张择端这样的一个人物，否则，商代《清明上河图》的研究地位及艺术价值，无论在坊间或者是官道上，都会比宋代的《清明上河图》要厚重得多。

四

城墙，的确是破旧了。被秋风高高吹起的抓地草下面，黄色的泥土已经被岁月风化成了灰黑色。

在这座破旧的仲丁时代的城墙上行走，我对当年城墙内外的繁华街市不仅产生肃然起敬之感，还对一个王朝的沿途风光赞不绝口，最多的感叹是对仲丁的赞许，虽然仲丁在位仅仅十三年，但有商一族仲丁一段的沿途风光，一定是美好的。仅从傲都内城城墙墙基最宽32米、地面上残留最高约5米左右的商都城墙来看，仲丁的国力不用怀疑，一定是雄厚的，尤其是手工业铜器的大量生产和使用，给商代仲丁一段沿途风光增添了鲜艳夺目的迷人风采，甚至于春秋战国时期的楚国更是拿铜器唬人，浇铸九鼎，王权天命，诱惑秦武王问鼎丧命，把铜器的使用推崇到一个不可企及的权力高度，引无数风流人物竞折腰。

城墙虽然破旧了，但它的坚固与使用性却并没有削弱，护城的功能虽然失去了，这个“老古董”的观赏性却增加了。郑州市被补充进中国八大古都后，我们对商代所能直观感受到的、不用花分文随时就能触摸到的，就是这段仲丁时期商都的城墙。郑州市政府把这段城墙当作宝贝，拿这段古典城墙出彩，把商朝仲丁时代的表情，用来丰富、厚重中国八大古都，使郑州在中国的版图上更加耀眼、更加辉煌。

走出齐腰深的蒿草，站在白庄村城墙的豁口向西眺望，城墙上长方形的木制栈道向铁路枢纽的郑州火车站方向伸展，极目远眺，栈道在远方呈45°角上扬，有游人顺坡而下，如仲丁的勇士骑马扬鞭破城出战，仿佛听见马蹄由远及近，兵器风声过耳，头颅飞出，血溅战袍……这个45°角上扬的纯木质游览步行栈道，增加了游人对仲丁时代的无限遐想。正是应合了那句“众里寻她千百度，蓦然回首，那人却在灯火阑珊处”，不是我矫情，喜欢游览名山大川的我，却很少用心留意身边郑州仲丁的傲都。郑州市政府就地取材，把郑州商城仲丁傲都内城的城墙进行科学合理的开发，除在南城墙东西两段的城墙上分别修筑观光木制栈道外，还在商都遗址的地面上修建了主题公园。公园以“玄鸟生商”为主题，通过玄鸟广场、商文化浮雕墙和考古名家雕塑，展示商都文化。同时，通过具有商文化元素的标识牌、垃圾箱以及抽象的商代青铜器纹饰符号石凳等来体现厚重的商代历史文化，供游人休闲观光。

正是深秋时节，商都遗址主题公园在彩色的秋风中更显风流倜傥。大片大片的银杏树叶金黄在玄鸟广场周围，渲染着绿地和冬青，绿地和冬青体现出春天般的气息和夏日般的热情；大片大片的霸王草傲然挺立在绿地上，守护着五彩缤纷的月季花木，月季花木更加妩媚妖娆了。穿梭在秋天里的商都遗址公园，一种复古的情节涌向心头，自己仿佛在历史的深处古典起来、厚重起来、文化起来……

（原载于《黄河报》2017 年 6 月 8 日）

第五辑　行旅

寂　静

青　青

进入中年之后，我总是在深夜里突然醒来。静静躺在黑暗里，这是深夜，屋子里黑沉沉的，窗外是更广大的黑，我以为世界此刻是静的。但并不是，房间里嗡嗡的声音，应该是冰箱在不停地运转。黑暗里还能听到公路上偶尔驰过的汽车，轮胎擦着马路沙沙的声音，还听到叭的一声，应该是车子驰过凸起的路面。更远的地方，好像有人在呼喊，压抑而缥缈，声音好像不是从嗓子里吐出来的，是从心脏深处徐徐吐出来的。

我没有住在深山，我只是住在深山褶皱的小城市里。这里距离南山只有不到十公里，距离王屋山四十公里，距离孔山（其实也是太行山的余脉）也就十公里，距离沉沉东去的黄河只有二十公里，距离喧嚣的郑州一百二十公里，机缘巧合，我被放逐到这里。我曾经一个人蜗居在单人房间里默默流泪，孤独袭击着我。有一天，雨过天晴，我看到了北边的太行山，钢蓝色的，蜿蜒逶迤，从西边像画家的水墨一样拖到东边，南边也有山，像翠玉一般，满山是槐树。这个小城被山轻轻合抱进来。不知道为什么，看到自己住在山的合抱里，莫名地开心起来，因为打小自己就住在盆地里，南阳盆地。

在槐花开的五月，我进了南山。南山到处都是游客，他们骑摩托车，骑自行车，还有成团的人在捋槐花，南山槐花节的标语在路口上飘扬着。所有的山都被旅游了，宁静也随之被打破，随着人流与旅游开发，噪音开始侵入。西雅图酋长在写给富兰克林·皮尔斯总统的信中说："如果在夜晚听不到三声夜鹰优美的叫声或青蛙在池畔的争吵，人生还有什么意义?"但这句话对现代的有些人来说，简直是笑话，他们不愿意听鸟叫，更不愿意听青蛙叫，他们的耳朵已经结上了厚厚的痂，只听到股市那让人心跳的潮水呼啸声，堵车时汽车不耐烦的喇叭声。大自然不过是他们沮丧或者失意时的借口，所谓的终南捷径是也。

寂静是什么，它不是没有声音，而是充满了自然的声音，但不是人类的噪音。所有出生在乡村的人都有这个经验，黄昏来临，月光如水，虫子们开始了一天最快乐的鸣唱，这时候的大地是那样温暖寂静，好像一个慵懒的母亲，自由而放松。蟋蟀与油铃子进行着多声部的合唱，蟋蟀的叫声也有着区别，有吱吱，有嘻嘻，也有叽叽——有的明亮高亢，也有的低沉浑厚，油铃子却是一味地铃铃地响着。如果人突然走过，它们几乎同时停下叫声。这时候的黄昏是那样寂静。前面蟋蟀叫声的尾音还飘散在空气里，后面蟋蟀振动翅膀的声音即将开始，空气像有波纹的水面，在动荡里渐渐平静下来。

王屋山深处有座华盖峰，山峰对面就是紫微宫，紫微宫已经颓败，只剩下唐代的一段土墙，但山门上住着道姑盛理兴。我是秋天和同事陈辉采访时顺路去了紫微宫，看完要离开时，手刚刚抚上大门，楼上下来一青衣道姑，她头发乌黑，眼窝深陷，眼睛异常明亮。她冲着要离开的我们说："且等等。我做了一个梦，梦里师父说有人过来。好不容易醒过来，没有早一步，也没有晚一步，就碰上你们了。上去喝杯茶哟。"一行人互相看了一眼，跟她上楼了。那天刚刚下过雨，她的住处云雾缭绕，对着木门的条桌上供奉着玉皇大帝，一炷香还在袅袅地燃着，布门帘后面是她的住处兼茶房，一床，一桌，一凳，旁边还有一竹箩筐，里边放着她正在做的针线活什。我们坐下，听到山风刮过窗棂，发出扑啦扑啦的声音，她说："晚上才静呢，附近山里猴子争吃东西都听得清楚，还有那股小溪流一路流下来，一会儿咕咕，一会儿嘻嘻，山鸡半夜里都会被黄鼠狼惊得嘎嘎叫起来。"我出神地听着，想她一个人住在深山，不知道寂寞不。她指了指玉皇大帝："有神护着我，我一点儿也不害怕。"她说，冬天的时候山里的鸟和猴子缺吃的，有时候会来找她，她会在门口放一把小米，或者放皱了的苹果。有一个猴子特别调皮，吃完了，站在门口不走，小手轻轻叩门，嘴里还发出呜呜的叫声，她只得出门，再给它一个苹果。嘿，这小家伙抱上苹果就跑了，头也不回。

那天晚上我们住在王屋山下的一家招待所，天黑下来，山谷里是真正的黑暗，感觉到黑暗凝结成一团，有了重量。我们走出门来，但见门口的照明灯上，千万只蛾子向着灯光撞击，在光柱里团成了一团，那个灯泡已经不再明亮，被蛾子身上的荧光粉涂了厚厚一层，半明半暗地在大风里摇晃着。离开招待所几步，人就沉入黑暗里了，山谷很深，两岸的山峰黑沉沉地耸立着。突然一个闪电，嘶啦，像是丝绸被巨手撕破，这是我第一次听到闪电的声音，接着是雷声，哐冷——隆隆——雷声停下来了，山谷里蕴满了寂静，那是太古初开、洪荒生成、宇宙新生的寂静，这寂静里又有万千的动荡在生成，人不由得缩了一下身子，把自己缩在一角，这静是有压迫感的，起码是有千万吨的，我们必须缩小下来，才不至于被压着。风从山谷另一边吹过来了，我们脸上没有感受到风，只听到树林里哗哗呼呼的声响，风翻动了树叶，吹弯了小树，撼动了大树的枝条，风推动着一切向着我们扑来。风的舌头是凉的，先在我们脸上狠狠舔了一口，然后推动我们的身子，人在这样如同太古的寂静里，是容易生出恐惧与渺小感的，我们缩得更小了。有人小声嘀咕：“回去吧，回去吧。”但还有人坚持着说：“再感受一下黑暗与寂静吧。”雨在另一番闪电与雷声里下来了，啪地打在脸上，又凉又痛，还有点麻，难道雨水里有电流？更多的雨点追击过来，脸上、头上都开始被人拍着，我们抱头鼠窜，跑进招待所里。

童年生活留给我的后遗症之一就是喜欢寂静。这是我在中年之后才慢慢悟到的，但我在城市里已经无法寻到寂静。无尽的人流，拥堵的车流，即使是在深夜，大街上仍然是拥挤的。在城市里，我永远都感觉自己像是个过客，找不到安定的存在感，好在我选择的小区非常大。小区是21世纪初开发的，那时北环之外的地很是便宜，地产商在小区中心挖了一个大湖，遍植柳树与荷花，中间还堆以假山，植以樱花、桃树、紫藤等等。另外环小区还有条小河，因为有水，小区里的植物格外繁茂，有水有树，鸟儿自然也很多，虽然近几年比鸟还多的人涌进小区，小区快成了一个杂乱的小镇，但我仍然舍不得搬走。因为在这个小区里，我还能偶尔找到残存的宁静。那必须是在春冬夜里十点之后，小区里的大部分人都开始淋浴就寝，湖边开始宁静下来。湖水里有影影绰绰的柳树的影子，如果是春分之后，还能听到青蛙的叫声。湖边的竹林、丁香、桃树和杨树都睡过去了，青砖铺的小路在夜色里飘忽不定，好像也入了梦。青蛙不叫的时候，你是可以听到丁香打开自己骨朵的声音，树上灰喜鹊睡梦里咕哝的声音，湖里的鱼突然跃出水面啪啪的打水声，这些都使夜晚那样寂静，凝神聆听，可以听到夜晚深长的呼吸，还有缓慢的心跳。有雪的冬夜也是格外寂静，湖边寂无人迹，雪打在竹叶或者小灌木上，沙沙唰唰，好像有无数个小兽一起奔跑着，应该是银狐狸吧，轻巧的脚步像猫一样寂静无声，白色的毛发银白雪亮，扫过的大地都开始发光。雪慢慢厚起来，脚下发出奇怪的咯吱声，好像踩在青蛙滑而凉的脊背上，这白色的青蛙吱的一声，从脚下滑走，更多的青蛙等在前面。雪夜里的万物都像存在着，又像是要随时消失。雪修改了它们的形状与曲线，使所有事物都圆润丰满，柔软纯洁。这些深沉的寂静可以让人突然想到生命的终极问题，比如自己到底是怎样来到这个世界上，又是家族里哪一个人遗传给了自己头发与皮肤，在自己之前的那个自己到底是只梅花鹿还是一朵花？寂静使我更深刻地感到了自己。通过寂静，我们战胜了时间，这好像是一句诗。当完全的静默包裹着一个人，这个人是可以与宇宙万物沟通的，我们不仅可以听到大自然的声音，还可以听到更广阔的宇宙的声音，我们再度看到星辰，愉悦而狂喜。

恋人间的寂静比满嘴的甜言蜜语更加有意味。顾城说："我们站着，不说话，就十分美好。"那是相爱的最高境界，心意相通，不用言语。言语在最美好的事物面前都是无力的。比如春天时，桃花、杏花、玉兰、海棠，像波浪一样涌过来，你站在她们面前，说不出一句话来，任何话都是愚蠢而不恰当的。她们的美，语言描摹不出其十分之一。两个有情人，只要相遇，他们身上的电波与磁场都在噼里啪啦地互通，更不用说眼神，顾盼之间，已经说尽了千言万语，那一回眸的风情，那眼波流转，那嘴角的微微笑意，那低下头的脸红与发窘，比一万句"我爱你"都要动人。两个沉默的情人，比一对叽叽喳喳的恋人更得人心，智利诗人聂鲁达在这个问题上与顾城所见略同，他说："我喜欢你是寂静的，仿佛你消失了一样。你从远处聆听我，我的声音却无法触及你。好像你的双眼已经飞离远去，如同一个吻，封缄了你的嘴。"这种内心相通、精神默契的境界其实是情人间最高的境界，他们已经不需要用语言来表达自己，他们对对方的爱有着高度的自信，也无比信任着自己的爱情。"你的沉默明亮如灯，简单如指环。你就像黑夜，拥有寂静与群星。”所有的美都需要想象加入，想象的空间越大，美感就更发酵。只有寂静才能激发起无尽的想象，这样的寂静里包含有高度的精神默契、心灵相通、智慧的无上领会。禅宗里不立文字，起于世尊在灵山会上拈花示众，是时众皆默然，唯迦叶尊者破颜微笑。此为佛教禅宗以心传心的第一公案。

在济源期间，我断断续续在看美国人戈登·汉普顿的《一平方英寸的寂静》，声音生态学家汉普顿，背着录音器材从城市出走，横越美国，一直到达华盛顿，为拯救奥林匹克国家公园霍河雨林里一平方英寸的寂静寻求立法。我们其实正在失去最可贵的资源，那就是内心的寂静和大自然里不受现代化噪音污染的寂静，在城市化摧枯拉朽的运动中，寂静正快速退缩。就在不久前，我和老师去了西双版纳曼迈古茶山，已经是深夜十点钟，并肩站在庭院看星星的我们，仍然听到远处机器的轰鸣，还有茶商们在歌厅里发出的歇斯底里的歌唱。资本带着隆隆的巨大响声正在从东部碾压向西部，从内陆碾压向边陲，所到之处，宁静消失，尘土飞扬，古老的村庄在财富的刺激下，疯狂地采摘与贩卖，无规划地建设着新的闪亮的吊脚楼。那些被茶商们一再光顾的古茶树，花容失色，蒙满了灰尘，我想，要不了多久，她们可能就会在喧闹与噪音里失去生机与活力。“人类终有一天必须极力对抗噪音，如同对抗霍乱与瘟疫一样。”这是诺贝尔奖得主、细菌学家罗伯特·柯赫在1905年提出的警告，历经一个世纪之后，这一天必将提前到来。

此刻是春天的早晨，昨夜几乎无眠，头晕乎乎的，心情糟糕，我站在小区的河边，听到青蛙欢乐的啊啊声，公鸡清亮的打鸣声，还有密林深处斑鸠低沉悠扬的咕咕声，一只灰喜鹊站在即将凋落的梨花枝上，发出轻俏的呀呀声，春天让她的嗓音变得温柔起来，她那粗嘎的声音因为爱情而柔软娇俏，这是我第一次注意到。我不禁微笑起来。这时，飞来了另一只鸟，小巧的身子，嘴里发出婉转的啼鸣，她发出叫声时，全身的羽毛都在抖动，好像她的声音是从羽毛上散发出来的，我笑得更开心了，早晨那郁闷的感觉在寂静美好的事物里消散一尽。那些能够感受寂静之美的人，能从中获取生命的力量。感恩生活着的大地，感恩大自然提供的明亮而寂静的春天。

（原载于《在场》2017 年冬之卷）

无名山沟的早春

唐兴顺

立春过后，雨水还没有到来，可是就在这几天中有个大事件——过年。过年是人的社会生活，人们在无比地忙碌着，全然没有关注自然中正在发生的变化。我是个例外，某一日突然从尘世中抽出，踏进了隆虑山中一条不被人重视的山沟。说不被重视，主要是指还没有被商家圈占，还没有开发成旅游区，甚至还没有固定成形的像样的路径，荒芜着，杂乱着，真实地袒露着。双脚踏在一块大石头旁边，马上感到地面的弹力，冬季冻结的土地已经酥软，像踩着一片细密的弹簧，它均匀地、温和地对身体发力。向里边走，地面更软，应该是刚刚融化过雪或冰，明明是黄褐色的土地，却脚不沾泥，轻松走过，只是感觉到软，真是舒服极了。随意一望，干草林梢之间，竟有一泓明水，像不规则的镜子，闪烁光亮，仓促之间使人如远眺一位美女。斜冲着往她的跟前走，进入一片乱石之间，石头应是洪水暴发时从别处冲过来的，都保留着奔走流动的姿态，这个压那个，那个垫这个，形状、大小各不相同的石头在时间的作用下，十分合理地搭在一起。手按在石头上，冰冷是冰冷，可已经不是冬天时的感觉，在手心上有一些清凉，如鼻孔呼吸到的某一缕沁人心脾的空气，凉丝丝的，让人愿意拿手反复在石头上拍。在感觉里这石头竟像是暄的一样，不顶手，无碰撞，越拍越舒服。每一块石头上的纹路、图案仿佛都变活了一样，光洁清晰，如图如画，每一块都仿佛是第一次出现，每一块都是新的，可它们确实又都是旧的。岂止是旧呀，哪一块，哪怕是一粒鹅卵石，它们谁不是千年、万年、百万年的陈旧之物呢？也不能说死，时间长也不一定绝对是旧的，在宇宙间的事物里，我们人懂得多少呢?！石头或许也有生命，在它们的逻辑里自己或许才刚刚诞生，它们会说话，有表情，只是说一次话要用万年为单位来完成。人毕其一生都无法看到它讲一句话、开合一次嘴唇的完整情形。

玄想着在石头间走，渐渐听到滴滴答答的流水声，水从石头底部与沙石接壤的地方生出，往往先看到一片潮湿的沙土，而后是一捧清水，而后漫流、聚集、扩大，形成流动的形势，趋向更低处，在拥挤的石头间形成水线、水滴、水柱，在地势的更下一级聚成较大的水潭，在水潭的边沿涌流向下，形成跌落，造成一道、数道白花花的水帘。整个冬季是枯寂的，山里万事万物的表情都被裹在冰雪的棉被底下。现在解冻了，虽然是刚刚解冻，但已经是本质的不同，冰雪被从更深的地下而来的阳气、暖气所逼迫，不容分说，无须讨论地统统离开现场，山中从根本上换了主宰者。水只是一个序曲，但就像人间的演唱会，有时序曲和压轴一样重要。水，看似还小，但它们自己知道自己的底气，更知道自己的未来，知道在接下来的季节里它们会风光、重要到何种程度。所以，一上来它们就都从容自信，在石头间吹乱弹奏，那石头呢？就像鼓掌时的另一只手掌，与水作着欢喜的呼应。水之过处，或起银线，或溅玉珠，水从石上漫过，石上往年的苔藓类植物一律复活，如漂染的秀发，细细腻腻地在透明的水镜里舞蹈。水潭里已经有鱼，如指般的，更细小的，成群结队地倏忽窜游，停止时几近于无，窜动时仿佛有大事催促，惊魂不定的样子。让人纳闷，水出现才有几日，这像模像样的鱼从何而来呢？漫长冬季它们容身何处？难道它们只是存放在石头或沙滩里的某种菌吗？水一来它们就能复活变身为鱼吗？那也不能这么快速呀。真是一个谜！

似乎是为了追问这个谜，我拿起一根木棒，在水面上划动，水面顿时翻起一道水棱，划一下，起一下，再划一下，再起一下，这厢一下，那厢一下，整个水潭便被搅乱了，水面波纹凌乱，摇摆不定。此时我产生了一种怪异心理，想这水潭是喜欢乱的，反正非乱不可，倒不如早乱，倒不如由人类来发起其乱。在往年，或许要再等一段时间，等下一个节气雨水，或之后的好多个节气过后，上游水流大了的时候，才会打破平静，才会欢乱起来。今年，人来了，我来了，它的乱便提前了。掬一捧水到手里，让它从指缝间滴落，观看映照在水里的身段和面影，人和自然间许多想不清楚的问题涌上心头。

初春里山间神秘的事情很多。就在这个远望中像美女一样的水潭边，北岸向阳处，有一片干细沙，炕席大小的面积，粗看像一笸箩刚碾下来的小米，只是色彩不是黄的。上面均匀地分布着若干个小坑，每个小坑有酒盅那么大，且呈现着细沙螺旋形向下滑漏的痕迹，所构成的图案，精细得极像人手指肚上的纹路。小坑与小坑之间，有某种小爬虫来回爬行的痕迹，说小爬虫只是一个笼统的猜测，也可能是蛹从地下爬出变成了飞蛾，也可能是其他。但肯定是当下季节里有关生命的复杂行为。它的新鲜程度足以证明此种行动当前仍在进行中，看不到任何活物，可能正是人的突然造访打乱了它们的行动。我想如果用摄像机原封不动照下来，和人类某个古老文明遗迹的录像放到一起，不知道会是怎样一个惊心动魄的效果。

离开水潭往回走，路过一片芦苇，看环境应该是人为的，可是又没人收割，从去年长到现在，干黄着纷乱成一片。我说："这没家儿了吧？"同行的朋友笑了一声道："没家儿？那是没用，有用就有家儿了！"话音未落，芦苇丛中传出鸟叫，两只鸟一声接一声对鸣，声声优美婉转。我说："有家儿了，有家儿了，被鸟占下了！"走不多步，有十多只鸟从远方飞来，黄腹白尾，长颈，在天空划过一道彩影。回头望，见它们一只一只都落进了芦苇中，那里顿时鸟鸣一片，如美文朗诵。

（选自作者散文集《山中人语声》，中国青年出版社，2017 年 9 月版）

绿韵山魂

王散木

水有水的韵致，山有山的魂魄。

那漫山遍野浓淡交织、牵绊多情、千姿百态的绿色，不仅遮隐了天目山的肌肤，更铸就了它永恒不灭的魂魄。浓绿的林木，墨绿的石头，碧绿的潭水，淡绿的嫩草杂蔓，共同汇聚成一部气势恢宏、雄浑通透、多声部完美和谐的交响曲。在溢绿叠翠的天目山这里，就是朱自清笔下的《绿》也是不能比拟的。朱先生说梅雨潭闪闪的绿招引着他，但我总感觉，朱自清先生笔下梅雨潭的绿，是娇柔乏力的，而天目山的绿，才是浓墨重彩、大气磅礴，令人深深陶醉、久久震撼的。

天目山因东、西峰顶各有一池，宛若双眸仰望苍穹，由此得名。因为在滴翠的绿峰上，清澈透亮明若仙镜的天池，在太阳直射的时候，还能看到闪动的光影，蓝天白云尽收，意蕴妙处难言。从战国时期《老子》"欲度南极避水灾，天目海陵最为第一"之句，便可得知天目山很早就被我们的先祖发现了，并赋予其这么个充满诗情画意的名字。足见我们的先祖是多么富有想象力，多么热爱名山大川，多么善于发现美景。

有人说，黄山看山，九寨看水，天目看树；还有人说，黄山"奇松怪石传四海"，庐山"匡庐奇秀甲天下"，天目山则是"大树华盖闻九州”……游山归来，信然！天目山的树高大唯美，多姿多彩，它们构成了天目山绿的主体。它们的绿不仅体现在枝叶，而且存于树干，绿茸茸的苔藓爬上树干，成为树干的绿衣裳，增添了绿的妆容。一株株高大的金钱松直逼碧空，像蓄势待发的绿色巨箭，直射苍穹，其中有一株高达56米，其高度是中国之最。在天目苍莽丛林中，高度达40米以上的树木，不计其数。威武高大的柳杉，树冠气势磅礴，遮天盖地。这里是世界罕见的大柳杉群落聚居地，需三四人以上合抱的大树达数千株，最大的柳杉树被清代乾隆皇帝御封为“大树王”，树龄长达两千年，树径达2米以上，在宋代就被发现并成为“千秋树”，可惜它死于20世纪30年代。在老大树王的右上方，人们又发现了新的大树王，其胸径超过2米，树高44米，单株材积80余立方米。这也许是冥冥中的代际传递吧。山中还有一棵中生代孑遗植物野生银杏，树龄达一万两千余年，是全球银杏的鼻祖，与恐龙同一时期存在，被誉为“活化石”。经过一代一代的萌发、生长，现在已经衍生出了20多代。它所形成的自然景观叫“五世同堂”。目前，全球只有在天目山有这样天然的野生状态林。一棵古树，经历了错综复杂的演化过程，在此时此刻与我们相见，怎不令人激动万分？它旺盛的生命力更是让人叹为观止！还有很多古老珍稀植物如天目铁木、木姜子、紫茎等，更多的是我们过去根本不曾知道的树种，诸如接骨木、地枫、短尼柯、毛果南烛、短柄枹、树三加、大柄冬青、褐叶青冈、天目紫茎、光叶毛果枳莒、野桐……实在难以一一细数，它们共同汇集成了天目山的绿海碧波。因此，这里也就成了名副其实的昆虫的世界、鸟的天堂、树的王国。

万物皆有灵性，大自然是神秘而奇妙的。在开山老殿山门路口的千年古道左右两边，原各有一株千年古柳杉，为开山老殿的护寺树，长得高大茂密。1998年，邵逸夫和安子介两位名人游览至此，顺眼望见左边这株柳杉，“哇！真大呀。”安子介急忙邀邵逸夫联手上前拥抱此树，并拍照留影。不久，右边这株与左边一样高大的柳杉竟莫名其妙地轰然倒塌。事后传闻，左边这株柳杉因受名人青睐而“得宠”，右边这株柳杉因“失宠”嫉妒而活活气死。翌年，著名作家金庸至此听说此事，专门在右边这株“失宠树”的树桩上拍照留念，以示对它的“安抚”，并在树桩中间栽下了一棵小柳杉。如今，这里成了景区里一处名人佳话的景点——“得宠树”与“失宠树”。

天目山的石头也都个个沁透着绿意，都有了生命，有了色彩。顽强的苔藓悄悄地从地下爬上去，依靠着雨露和云雾的滋润，风餐露宿，把生动的文字写满石头，使这些灰褐发白的石头，有了勃勃生机。尤其是天目大峡谷火山岩巨石因其多、大、奇、美还被编入世界吉尼斯之最，整个峡谷的石头从山上一直倾泻到谷底，恍若凝结的瀑布，营造出一幅千姿百态的石谷奇观，再加上谷底的流溪和碧潭，与时不时长在石头缝隙的草木，以及隐约在石头上的绿苔，构成一幅幅美丽无比的画卷。它们自然天成，毫无斧凿之痕。这里的石头会唱歌，会雕塑，会作画，更会赋诗。踏着栈道和石阶而行，高大的迎客石在向你招手致意，宽大的官帽石叫你上来，栩栩如生的青蛙石扯开嗓子大喊大叫，飞来石让你提心吊胆，仿佛在告诫世人：做人为官不可贪，要不然，飞来石就会突然砸到你！

天目山的水清澈透亮，噙着绿裹着翠，从高高的山顶滚下来，跌成了细碎的碧玉，翻成雪白的莲花，落成了不大也不小的瀑布，就像幼儿园里玩耍的孩子，漫山遍野都是嬉闹的水的笑声。水从石板上流过，光照着水底的石板，留下小虾米的影子，好像画里的境界。石头把水摔碎了，水也把石头凿开了，翻过大石头的水就在石头脚下,开凿了自己的新天地——一汪汪的潭。大大小小或圆或扁的潭好像玉坠一样,挂满了天目山的衣裙,似乎风一来就能发出环佩叮当的清音。一条条流溪,就像一条条碧绿的玉带,系在天目山的腰间,给天目山的绿带来灵韵。一汪汪潭水,就像一面面澄澈的镜子,嵌在一条条玉带的结环处,映照出万物精魂,透射着天地良心。

在天目山,我更真切地感受到了登千年古道、赏千年古树、访千年古庙、忆千年古人的况味。我们边走边看边拍照边聊天,渐渐迷醉在这仙境般的世界里。在半山腰的千年古道上,居然遇到茶马古道上才有的驮货的驴骡;返回的古道上,遇上相依搀扶着的一对老夫妇,这温馨幸福的一幕,感染着所有上下的游人,人们不约而同地为老人让道,目光中都闪现出肃然崇敬之情。抵达开山老殿,细细打量,此殿始建于元代,从它垒石为室、以茅结庐的沧桑外观,你能感受到它当年的草创之艰,后渐繁盛,而后数毁于兵燹,但佛心终得久传。进殿内,居然又有新发现——自己曾特别喜欢的一副胡适拟撰的对联"有几分证据说几分话,当一天和尚撞一天钟",并由胡适博士手书在这里。"开山老殿"四个大字亦为大画家叶浅予所书……

拜山的脚步渐行渐远,感悟思绪绵绵之际,突然想起天目山禅源寺前古林中深藏的一座古桥亭"雨华亭"亭柱上的对联:"蝉唱泉声成妙曲,树涛山籁谱清音。"您看,一曲山溪从雨华亭旁流过,清流洌洌,水湍音清。已是仲秋水渐浅,溪石浮现,青苔满布,别具风情。那许多溪石,不知经过多少时间的磨砺,透着一股穿越时空的苍凉,东晋的和尚、唐朝的诗仙、宋时的苏轼、明代的刘基……他们在秋风里路过这条道、经过这座桥或是坐在这座亭子的时候,一定也被这条溪涧吸引,不知,他们看到的溪石是否正是如今的这些……流水清灵涤心尘，溪石重岚去烦忧。从天目山溪石的苍古，了悟古往今来的相通，比如，为人当修心修身，最根本的德行，立身处世的根本，便是历经拍岸惊涛，也当坚守，坚若磐石……

（原载于《信阳日报》2017年11月16日）

古城乌托邦

张艳庭

抵达平遥古城之后，我脑海中出现的，竟然是家乡那个逐渐湮没在记忆中的我少年时代居住的古镇。

这座古城是易于辨识的，因为它那将整个古城包围的城墙。不管从古城的哪个角落，都可以被城墙指引到正确的地点。从城门侧面进入古城之后，便仿佛进入了另一个世界。一道墙分割出了两个完全不同的世界，或者说切割出了两个不同的时代。这个时代并不像我所想象的那样完全古色古香，而像是时光只倒流回去了三四十年。只是三四十年对于当代中国来说，便塑造了完全不同的两个世界。这里见不到高楼，想象中古老的房屋也并没有鳞次栉比。在古城主干道东西大街之外，经几处普通的房屋才能见到一座古老的门墙。有人在不宽的小街上骑着自行车，小贩把食物摆在熙攘的街上叫卖，这让我一下想起了我少年时代居住的那座古镇。那同样是一个商业古镇，只是与平遥不可同日而语。平遥在衰落之后修造的建筑与格局，倒与它有些相似。后来我专门租了自行车在平遥古城里骑行，一下子仿佛骑到了许多年前，那时我正是这样骑着自行车，在家乡的那座古镇里寻找古迹和仿佛可以穿过时光的静谧。许多年后，我又在平遥古城找到了这种感觉，就像是平遥上空的云朵一下撞进了我的心里。

在平遥的那几日，天总是分外地晴朗。天空格外蓝，云朵格外白。在家乡古镇骑行穿梭寻觅，我往往会选择雨天，雨水仿佛可以洗去小镇世俗的一面，把它透彻的一面倒映出来。这样的晴天白云，正好是雨天的反面，是它的另一种极端。但它们同样能够去除那些古老建筑的世俗感，它们的陈旧因为这种晴朗而产生了油画般的质感。蓝天白云之下，这座城的陈旧显得耀眼夺目。

我在平遥古城背街小巷里的骑行，就是不断遭遇新事物的过程。那些古老的青砖片片风化的城墙，那些隐藏在小巷里的高门大户，那些镶嵌在朴素建筑里精致的砖雕石雕，都给我的寻找以惊喜。当我的脚步在车轮上飞起来的时刻，我知道我又用这个亲切的交通工具找到了以往“寻找”的感觉。它们帮我找到了这个古城的宁静，找到了这座古城曾经的生活。事实上，建立在这宁静和真实生活之上的古迹才真正动人。我在一个小巷里停下来，被几个门楼的典雅所震慑，久久地驻足。这样的小巷，基本可以算作古城的阑尾，一般的游客不会轻易抵达这样的地方，所以它们安静得仿佛被世界所遗忘。一个晚上，我在城墙旁的一个老房子外停下来，驻足了很长时间。老房子不仅用适当的遮蔽让人无法看见内部，同时，又以它典雅的外在让人对它的庭院房舍浮想联翩。尤其是昏黄的灯光打在大门上，让我在瞬间仿佛迷惑于家园本身的含义，而觉得也许那可以算作一种归宿。

但那自行车所承载的慢生活，只是这座古城诸多生活方式中日渐萎缩的一种。旅游业的发展让这座古城在节假日期间的生活节奏比大都市还要快。虽然古城的外在建筑形态没有太大改变，但古城中的人都已经改变。很多时候，我愿意把这个古城叫作矛盾之城。

我抵达平遥的时候，正值初夏的五月。我所到的第一个收取门票的景点，就是日升昌票号。因为时间已晚，日升昌里已经没有了太多的游客。这使我得以在这个并不大的地方享受到了安静。中国古典艺术所追求的最高境界之一就是静，而只有在宁静中才能真正感受到古典建筑的美，也才能想到历史。我一人待在第二进院落里，看天空由醒目的蓝变成黯淡的蓝。许多只燕子尖叫着飞来飞去，就像是一股股潮水一样，拍打在屋檐上。这当然是好听的声音。天色的黯淡似乎还原了这里应有的颜色，淡淡的暗让历史浮现了出来，飞来飞去的燕子却言说了它的当下。与屋子里那些摆放的蜡像相比，它们才是这里真正的主人。它们的到来，也让我感觉这些老建筑仍然是有生命的。

在这样的地方，我的历史感和时间感陡然地强烈起来。从日升昌出来，我也就没有再去其他票号。为了寄托我的这份思古之情，我在吃过饭后，有很长时间都坐在大街上几个票号镖局的门前。这里的现代商店相对少了些，也就没有那么嘈杂。我坐在门前的台阶上，仿佛就能与历史靠得近一些。坐在这里看街上的行人，也仿佛才会产生距离感。我通过抚摸那油漆斑驳的大门，抚摸那被磨得油亮的青石台阶，想让自己与历史靠得更近，仿佛拥有一番温存。但在熙攘繁华的大街上，这种想法多少有些失重。

夜晚的古城，拥有着另一番情景与生态，仿佛与白天的古城完全不在一个时空中。灯光刷新了那些古老的事物，或者说灯光的粒子像一层漆一样将那些古老的事物粉刷一新，古城因此而变得年轻时尚。而在夜晚的古城中熙攘的也大多是年轻人。我坐在台阶上，看到了数不清的年轻人从身边走过。在古城游逛的时候，我看到的也大多是年轻人。这就是这座古城另一个矛盾之处。它以它的古老，召唤来了无数的年轻人，以古老承载了青春。古城的夜晚，几乎成了一场青春的嘉年华。

我坐在台阶上，看着数不清的年轻人，没过多久，就被拽进了人群。也许是我想知道他们在这座古城里寻找着什么。晚上，那些票号和古宅等景点都已关闭，但却是各种咖啡馆、酒吧最为热闹的时候。它们构成了一个古城的夜晚的乌托邦。这时的古城，为年轻人提供了一种生活方式。这种生活方式，以自由为核心，以慢为节奏，以流浪等意象作为花边来装饰。古城的建筑当然更是一种装饰。就像历史往往都是当下的装饰一样，古城几百年的历史，也是为了这场青春的乌托邦提供装饰。这种装饰构成的语义，是"青春是无所不能的"。青春可以反叛城市生活，反叛现代生活，可以抵达历史，可以永恒。这使这里成为一种青春的乌托邦，而我也为这样的乌托邦迷醉过。

那些卖非洲手鼓的店前，往往聚集着许多人，看店主在门口打手鼓。虽然这并不是平遥真正的特产，但却是这种青春乌托邦的有效构成形式。鼓声似乎成了自由奔放的象征，与青春拥有同样的含义。怀旧主题的咖啡馆和酒吧里，也聚集了大量的人，有相当多是年轻人。怀旧这一件事对于青春来说，有着游戏的性质。因为青春拥有最多的大概就是时间，时间的流逝并没有在他们心上留下太深刻的痛感，因此怀旧就不会产生痛楚、悔恨、人生易逝等负面情绪。对于他们来说，这种怀旧更像一种时髦的游戏，甚至整个平遥古城的旅行，也像一种怀旧的游戏。在怀旧的同时，他们也参与了由商业所营造的青春乌托邦，进行着一种超越时间的狂欢，仿佛青春在这些古老的事物面前，本身就是一种胜利一样。

我走在平遥夜晚的街道上，被人群带到一个又一个地点。让我印象最为深刻的是一个名为"一朵一果"的店。这样的店名应该是深得文艺青年喜爱的，因为一个喜欢写文章的朋友在向我讲述平遥时就专门提到了这个店。我在平遥的街道上逛时见到，就走了进去。它所经营的业务叫“悠悠漫递”，也同样是购买明信片，或者写信，然后让店家帮忙邮寄。这仍然是一种怀旧的形式。我本无太大兴趣，但因为朋友的提及而多待了些时间。然后我就看到店里墙上密密麻麻的留言便签，它们让我的目光和脚步都停驻了。

在那一张张的纸条便签上，写满了各种各样对爱的表达，很多都是对幸福的赞美或者憧憬。它们美好得让我自惭形秽，因为我是一个人来这里的。果然，我在满墙的便签上找到了和自己有同感的人，他在纸条上表达了一个人来平遥旅游的孤独和伤感。一个人可以去很多地方，但也许不会有这种孤独感，但在平遥，这种孤独感变得强烈起来。因为有太多的年轻人、太多的情侣在这里，构成了一种强大的气场，把孤独者给剔除出古城乌托邦的行列。我坐在平遥的街道上，一下变得异常伤感。我想我无法融入这古城的青春乌托邦中，同时，我也无法融进这古城的历史，即使我坐在那些票号的门口，我也融入不进，我甚至不知道在这里发生的故事，曾经在这里生活过的人。

在这种状态里，我似乎被双重抛弃了。既被古城的历史抛弃，也被古城的现在抛弃。我不属于它的古老，也不再属于这里的年轻。

（原载于《时代报告·奔流》2017 年第 6 期）

开在天上的花

周苏荣

车子外面的世界，一半是水，一半是雾，山头上堆着黑云。

真正的川藏线，从这里开始了，这一开头，看着就不凡，天空黑沉着，怪吓人的，想着后面的行程，不知埋了多少伏笔呢。大家都闭着眼，不知真睡还是假睡，我望着窗外忽闪而过的树木和车辆，究竟也无多大的变化，索性也闭上眼。可是这眼一闭嘛，车轮碾压的声音忽然也大起来，在我耳朵里，其他什么声音也听不见了……

我醒来时，已到泸定。呈现在我面前的，完全是又一个气候带了——植被稀疏，大老虎一样的云朵蹲在大渡河边的山头上，一动不动。

金子般的阳光，在大渡河浑浊的浪尖上，拍打来，拍打去……

山上冷不丁就会跑下一股溪水，或者一条河，那水翻腾着，顺着裸露的山体往下奔腾。那山几乎没有坡度，刀削一般陡，山上没有什么植物，光秃秃的，老远就能看见白花花一条线，及至近了，才看见那浪花的跳跃和奔赴。这在别处是看不到的。眼见着它们往下滚动时，好像是在做梦。山上又没雪。它们都是从云端里流出来的？

我们的 318 国道一点也不寂寞，大货车吭哧吭哧，一辆接一辆，小车夹在中间，左右突突不出去。还有骑行的、徒步的，一群一群，一会儿跑到车前面，一会儿夹在车缝中，一会儿在路边停着喘气……

神秘的西藏，多少人为它着魔？公路在两山夹持中，雅拉河浪卷堆雪般在身边咆哮着。路边的小店紧挨着车身，我坐在车里，从那敞开的小店门，看见店主的一双脚在门后的椅子上悬着……

“看！山上有花呢！”

老朱指给我看时，我一眼就认出来是杜鹃——这杜鹃，开得真气派！花朵又大，又水灵。可是，不一会儿，山上的青色就消失了。满山都是铁锈色的灌木丛。齐呼呼的，从山脚长到山顶。我正纳闷不知是什么植物时，看见从前方的垭口高处，流下来一条河。我正想叫着停车，车却停下了。坡上堵车呢！白花花的河水，两边开着许多紫红色的花朵。又一看，还是杜鹃。我一欢喜，就从车上跑下来了，往河边去。秃鹰队长跟过来，问我说：

“你怎样？”

我愣愣地望着他，疑惑地说：“啥怎样？河边这花，多美！你咋不拍？”

“这儿是折多山，海拔四千多米，快五千米了，你没感觉？”他又说。

我这才明白过来，对他说：“没有感觉呀！”我在河里洗了手，又捞出水里的石头抓弄一会子，才站起来。顺河遥望，弯弯一谷水，在六月的阳光下，明晃晃的，顺坡往下流淌。

我啥也不顾，也不管我这笨拙的手能照出来啥好照片，对着满谷的杜鹃花，坐那照照，躺那照照，跪那照照，照了叶子还要照花朵，照了一群花，还要照一枝独立的、一朵独立的、三五朵叽叽喳喳的、动人的、可怜兮兮的、一触即哭的、看着我笑嘻嘻的……

哪个可能不照？所以，我双手颤抖，心脏急急跳动着，咔嚓了一会子，突然发现，我怎么都照不出它们在我心中的样子，照不出这河谷里的样子。于是，便弯下腰来，伸出手指轻轻碰触她们，嗅她们……原来这满山铁锈色，都是杜鹃花。本来青枝绿叶的，到这高海拔地区，咋成这了？

我凝视着这些花，忽然有些伤感，它们身子矮小，枝叶细碎，浑身冰凉，透着寒气，在冷风中瑟瑟发抖。已经是下午一点多了啊！天还是这么冷。垭口风大，如果她们是一群孩子，我就抱在怀里。四五千米高的折多山，覆盖着厚厚的雪，不远处的贡嘎山雪山，正朝着这儿闪着冷冷的荧光……

“打火机打不着了，两个都打不着……”他们叫喊着。

从这里往后，我们车里的“烟枪”们都改用高原打火机了。翻过折多山，从十八拐往理塘方向，过来海子山，已经不见树木。高山草甸和北疆的一样，毛茸茸的草芽夹杂着碎小的野花，像个花毯子从山顶铺展到山脚和河谷，更有调皮的小黄花儿，跳到牛马的蹄子边……

我想，就是从上面滚下来，也不疼的。

牧民顺着河谷和公路居住，他们把牛粪甩到墙上晒干。年轻的母亲穿着红色的藏袍裙，带着她两三岁的小孩子，正在自己的家门前，弯腰往玛尼堆上捡拾石头……

紫色杜鹃更加矮小了，一片片，一坡坡，紧紧匍匐在土地上，完全失去了灌木的样子，如一丛丛草，小得仅仅以一株寸草的样子挺立在海拔四千多米高的高山上，对着蓝天白云举着指甲盖那么小的花朵，它们就这样一层层一波波地开满了雪域。牦牛就躺在这花丛中，睡觉、咀嚼、做梦……

我是一朵花就好了。或者是一头牛，或者一只羊，就好了。看那大牦牛，跑到路上来了，汽车打喇叭它还赖着不想走，真是欺人太甚！看那山上，那些黑点点、黑块块、黑疙瘩，牛屎一样，陨石一样，看着看着，全动起来了，都是牦牛……

看过祁连山、天山、乌鞘岭、喀纳斯的连天雪峰，那气魄，横断中国东西，那才叫南麓和北麓呢！理塘的雪山实在算不了什么，实在无法让我对着它们一而再再而三地仰望。我只喜这雪域的小花。

越往西，翻过四千七百多米高的冈巴拉山，到羊卓雍湖和浪卡子县一带，就进入喜马拉雅山腹地了，山上连草皮地衣也没有。遥望远山，没有一点青色，一团团黑色苔藓一般的，不知是啥植物，稀稀落落地盖在光秃秃的山体上，近了才看清，那是杜鹃。

此时的杜鹃，仅仅一指那么高，细梗独立或挤挨在一起，灰紫一片，都没有旁枝，也未见开花。我不能用簇或者丛来述说它们，只能说一捧捧、一枝枝，细细碎碎的连枝和叶都分不清楚了。或许也是有花开着的，只是我的肉眼看不见吧。雅鲁藏布江在山间流淌着，中午的太阳底下，那紫色被炙烤着，越发接近太阳的颜色。这时候，除了杜鹃以外，还有一种花。不仔细看，根本不会发现它们，一旦看见了，就觉得满地都是，星星一样。它们开在什么也没有甚至连杜鹃也没有的石硕之中。

在车上看着它们，稀稀拉拉，在石头笼里，到处都是红喇叭花，直接从地上长出来，拱出来就是花呢！无茎无叶的，真是奇怪！老朱还说："看这儿的花，多可怜！为了开个花，叶子都不舍得长。"

从拉孜南下，翻越五千二百米高的嘉错拉山时，天已经快黑了，而且还阴沉着，随时都可能会下起雨，或者冰雹，或者雪。眼看就要到山顶了，我们的车由于长时间爬坡，水温增高，停在山道上，不敢往上开了。五千二百米呀！这是啥概念？真要走不了，不高反死，也得冻死，远离人烟，谁来救啊？他们把车上所有的矿泉水都拿下车，往车里面灌……没走多远，又不行了。这时候看见坡下有条河，他们又提着桶，抱着水瓶、水杯，呼哧呼哧喘着气……

在高原上，五十米，有时候就是挑战极限。

我跟着下来，风大得几乎站不住脚，黑雾笼罩着山脊，在身边乱窜，一缕缕缠打到脸上，小蛇一样冰凉，路沿上面的坡上，就长着杜鹃。我感觉有点眩晕，稍微站了一会儿，犟着往那爬。我想看看，这什么植物也不长的地方，为何会有杜鹃？况且杜鹃有红、白、粉、紫，偏只有这紫色的杜鹃花，能开在天涯？头不是我的了似的，晕晕乎乎，爬两三步就得停下来歇歇。终于触摸到它们了，小叶子厚厚的，上面布满白色的斑点，花骨朵如野雀子的小嘴，小得可怜。夜气上来了，小水珠如鸟的小眼睛，骨碌骨碌乱转。

小家伙，可真逗！我喘着气，碰碰它们，又碰碰它们……

真是天上的花哦！人咋就不如一棵植物呢？

我们到珠峰一百零八拐上头，往那里一站，七八座雪山远远近近铺排着，他们呼呼啦啦，一下子拿出许多“长枪短炮”，对着就咔嗒。

这时候，我才有机会去看我惦记了很久的喇叭花儿。如果不蹲下来的话，我还不知道它有叶子呢！叶子太小了，蜷缩在石头底下，扒开一看，指甲盖那么一丁点，也不过三两片，怪不得在车上看不见呢！连茎也不舍得长，直接就把花从叶子中间举出来了，一棵上两三朵花，直接搁到地上一样，每朵都比叶子大七八倍，真是太伟大，太不可思议了。

我不知道这花的名字，纳木错湖边也很多这种花，我问放牧的藏民，他说：

“那是呜花呀！你对着它吹，它会响……”

是呜还是乌，我说不清楚，只看见他吐出这个字时，嘴噘了一下。

及至珠峰脚下，五千多米高呀！雪水河浑浊地奔腾着，我又看见杜鹃了。它已经无力长出枝来了，只见一片褐色的根块，嵌盘在完全赤裸的地上，上面蒙着小水珠，叶子都成米粒一样小的圆粒粒，如是摘一粒搁在手心，不小心从指缝漏下去，就再也找不到了。

在这世界上最高的山峰下，植物如太阳月亮一样稀少，点点几粒叶子，就是摘下天上的星星，也不换了去。

我一个人坐在山根，看着它们，我流泪了，如不是一路相随，谁能认出它们呢？

真的，我听见它们和我一样，在这里喘息。

刚想去碰它们时，仿佛又听见我的老师说："开在天上不容易，别动它！"

我相信，能开到这儿的花，都是有灵性的。一路走来，它们一缩再缩的身体里，藏着江河、湖泊、群山和星辰，冰冷的石头可枕梦，每一粒叶子都美得惊心动魄。它们不会说话，但此刻，它能听见我心中飘荡的芦苇花。

在拉萨街头，在小昭寺门口，在扎什伦布寺，我看到许多背着大包袱的藏民，他们背的就是煨桑的香草，那里面就有杜鹃花的枝叶。

捏一枝闻闻，真的很香！

就是在珠峰脚下的白巴小镇，我住的那家小旅馆的煨桑炉里，也有煨剩下的杜鹃花残梗。

桑烟袅袅升上天空，雪域这些花可真开在天上了。

（原载于《草地》2017年第2期）

从柬埔寨带回的云朵

尚新娇

没想到会在春节前来到这个国家。

三个小时的飞行后，我们到达柬埔寨暹粒的机场上已是傍晚，温热潮湿的空气立时围拢而来，地面上有一些雨后的积水。暮色下，低低的天空上布满阴暗的云层。“这就是柬埔寨了。”好像呼吸也跟着发生了变化。

来到酒店房间，一下被异国情调所淹没，织有大象图案的暗绿色床旗，床尾摆放着刚采摘下来的新鲜花枝。这些富有诗意、情趣横生的小细节，着实让人怦然心动。后来得知，这种暗香袭人的姜黄色小花是柬埔寨的国花，名曰“隆都花”。这个国家虽说有些贫穷落后，但掩饰不住它原始与惊艳的美质。

富有诗意的异国情调撞击着心弦，在内心哗然作响。

而墙上的油画则有一种神秘的力量，攫住我的双眼。

与我之前看到的画作全然不同。它的背景是葳蕤茂密的绿植，主题是静谧透亮的湖水。湖面上点缀的莲花如玫红色的灯盏，纤细的笔触突出了花朵的柔弱，完全区别于那些张扬狂放的国画大写意。明与暗的对比暗示烘托了某种气息，宁静之光渗透在画面的每个角落，传递而来的只有幽玄、清凉，抑或缥缈的梵音。外界的一切都与它无关。

油画右下角的署名告诉我，这是一位柬埔寨画家画的。

同伴 L 和我一样喜欢它。目光恋恋游弋的同时，两人不自觉地互相端起了酒杯。温热的酒水暖着五脏，庆祝异国之旅的开始。

导游阿兴，华裔二代，祖籍广东，熟悉中国文化，天生适合当中国人的导游。出游的中巴车上，他的嘴巴不停地讲，我则不时打量窗外。路上，到处可见丢弃的垃圾，但奇怪见不到穿制服的环卫工人，也见不到城管的影子。路旁的人们，肤色都是和阿兴一样的“热带黑”。他们简单随意的穿着也很“热带”。

阿兴的出现是一个引子，也是这里的缩影，我好奇他解说的一切。

柬埔寨在生活中的落后程度，超乎我们的想象，大多数地方不能自主发电，暹粒的电来自泰国，金边的电来自越南。对于普通人家来说，用电还是比较高的消费。

阿兴的解说好像在说单口相声，带着自嘲的快感。他讪讪地说：“你们的国家到处是高速公路，我们这里则只有‘高树公路’。”望着“高树公路”两旁一闪而过的高脚屋，觅食的鸡和鸭，悠闲的灰白色的牛，一株株挺拔茂盛的棕糖树，让人好羡慕。一切都是原生态，起码食品和空气没被污染，为什么一个地球村都要一样呢？但双方的想法总是背离。他们看中国游客的神情是一脸的向往与艳羡。

这里处处可见的高脚屋，为的是防止洪水和蛇。每家几乎都有三五个孩子，孩子们五官精致可爱，笑容是略带羞赧的灿烂，天然可爱，瞬间就撩动了我的母爱。如果允许抱一个回来，倒是不会犹豫的。

阿兴从未到过中国，但通过互联网知道中国的许多事情。阿兴家在金边，今年 32 岁，已有两个孩子，出来到暹粒当导游也是为了生计。柬埔寨人15岁便结婚,孩子可以随便生。因为生育多,国力差,生活中委屈的事就多了。路上行驶的柬埔寨小面包车里常常会塞上一二十个人。如果是孩子,会塞得更多。条件所限,谈不上对生命的安全保障,阿兴叹着气,倒着苦水。说着说着,空气中就会凝结一层无奈和悲凉的薄雾。

“微笑”的背面,可能是巨大的苦痛之渊。历史上,柬埔寨也曾是一个被法国、日本侵占殖民的多灾多难的国家。血腥的战争曾经损伤着这个国家的元气,影响着国人心灵深处的记忆。而今,这个国家正在追求幸福的生活,他们欢迎外企前来投资,盼望中国给他们带来高铁。

第二天到吴哥窟,经过一片水域,忽然望见熟悉的画面,田田的莲叶,玫红的花瓣,方知那幅油画的出处。“花开见佛性”,莲是佛的化身,有佛教的地方就会有莲花。吴哥的微笑让人联想到莲花。

及至小吴哥建筑群,前面也有一片广阔的莲花湖。在悠久的古典建筑面前,突见这自然的生气,让人顿感轻松,陷入一种宗教的冥想。它们以色彩与生命,与石壁上雕刻的微笑相伴相映,生生世世,洞穿生死,幻化在一起,将微笑的秘密在大地上传递。

出发前,阿兴提醒我们不要穿黑色衣服去景区,不利于拍照。到了才知道,这里全是一千多年的暗黑色的石头,斑驳风化,长了厚厚的青苔,穿了黑色衣服只会消失其中。这里藏着许多佛教故事,印度教与大乘佛教,七头蛇、乳海、善神与恶神,与宗教有关的动物图案随处可见的。就连我们住的酒店,两旁也是七头蛇与力士,院子与大厅都有“吴哥微笑”的雕像。而在雕像前,毫无例外地都会供奉上一坛含苞待放的莲花。

吴哥窟在考古学界享有“雕刻出来的天堂”的美誉。台湾学者蒋勋十四次游历吴哥，并写下《吴哥之美》这本书。我们此行只有短短的四五天时间，只能浮光掠影地去感受，但留给我的震撼却是如此强烈。世上许多民族都有自己著名的微笑，而吴哥窟的微笑是光芒独具的。

其实，游历的过程就是一个打开眼界、消除偏见的过程。如果没有这趟旅行，在固有的记忆中只会陈列着长城、故宫、圆明园……而去了之后，我再也不敢无视小瞧别国的文明。哪怕这个国家是弹丸之地，哪怕这个国家是贫瘠之乡，在他们的日常生活中，有隆都花、玫红的莲花和“吴哥的微笑”。在他们的精神层面，他们有信仰有宗教，有守护他们的神灵，佛无处不在，这就够了。

只因多看了它一眼，便悄悄种下了因缘。临近归期，我试图到艺术市场购买那幅墙上的油画，想带走那绿，那莲，那无边而深邃的静。

坐上三轮摩托车兜风，望着街市与行人，有一种融入的亲近，与坐中巴的感受完全不同。市场临路有两家油画店，遗憾的是，两家都说没有这幅画，只好挑选了另外几幅描绘吴哥风光的油画，聊作慰藉。

包装油画的套子是用棕糖树叶子编织而成。当地人包装食品及其他物品用的几乎都是它，手工细致精美，拿在手里有暖暖的情谊。

腼腆的年轻卖主微笑着用中文祝我们春节快乐。

出来一看，三轮车夫按照约定时间，在路对面一株太阳花树下静候。他并没有要我们的押金，或许没有跑别的生意，而情愿这么信任地等上一个小时。看到我们，他宽阔的脸庞刹那笑意如莲，澄明似水。

坐上去，心心意意都是富足，带着柬埔寨的云朵，满载而归。

（原载于《河南日报》2017 年 2 月 22 日）

鸿　沟

张向前

这匹马站立在这里已经很久了。

它应该是项羽胯下的那匹乌骓马，主人临终前把它送给了乌江亭长。耻于渡江的项羽，自刎而死。王翳取其头，数十骑践踏蹂躁，相互争夺残杀，郎中骑杨喜，骑司马吕马童，郎中吕胜、杨武各得其一体，五人共会其体，后被同日封侯。如此血腥残酷的场面，项羽应该会有所预料。而这，对于充满豪情的西楚霸王来说，不算啥。自刎之前，他看见了故旧——汉骑司马吕马童。“吾闻汉购我头千金，邑万户，吾为若德。”项上人头，只是他送给故人一个封万户侯的人情罢了。

已是四月初，本该热起来的天气还是像刘邦面对项羽一样，总有些畏缩。尽管如此，田间的油菜花，路边的桃花、梨花、杏花还是次第开放，吸引着游客的眼光。我是从东边来，顺着大道来的，或许与当年项羽追击刘邦的路线有些许的重合。汉二年（公元前205年）的这个时候，刘邦与项羽正展开彭城之战，有五十六万兵马的汉王惨败于霸王的三万精锐。刘邦落荒而逃，一直退到荥阳鸿沟以西，才组织起有效的防御体系。荥阳会战，一打就是两年。

战场成了风景名胜区，这是时间与文化使然。景区入口处有一三角地带，花草簇拥之间有一醒目雕塑。高大的基座上雄峙一人，身披大氅，甲胄满身。打眼一望，便知此人是项羽无疑。只见他豹眼圆睁，左手按压剑柄，右手高举大鼎，一副英武勇猛姿态，豪气干云。这形象，就是民众心目中的项羽，也与史书上“力能扛鼎”的霸王极为吻合。

顺着一条小路往北走不远，再往东走，便是昔日的霸王城。岁月峥嵘，已看不出原来的风貌。路南的土堆高低不平，像是自然的小山丘又像是人工的夯土层，或许它就是当年的城墙壁垒。路北有一些柏树、槐树，还有一些叫不出名的榛莽，挡住了视野，隐没着我们在并不高大却障视野的林木中前行，不知前面会有什么景致。

林间小道仿佛历史通道，曲折蜿蜒。下坡复上坡，至一土丘高处，眼前豁然开朗，那匹战马就立在这儿。它已经不是号称天下第一的骏马了。当年的乌骓是一匹黑马，通体黑缎子一般油光放亮，背长腰短而平直，四个马蹄子白得赛雪，名唤“踏云乌骓”，随霸王身经百战无有败绩。这仅是一座仿乌骓制作的战马铁塑，全身黄褐色，却仍然能看出其体魄强健筋骨壮实，浑身充满张力。面对滔滔大河，战马引颈长嘶。马背上的鞍座和鞍座上的战袍都滑落下来，地上是一些遗弃的刀枪、盾牌。败象已显，马的长嘶应该有些悲怆，甚而哀号。是在苦觅主人，还是不忍离去？是在怀想战场，还是心有不甘？是在回味往昔，还是在等待时机？是在自我疗伤，还是在咀嚼痛苦？似乎不甚明了，设计者的匠心是在“仿马”，也是在“喻人”。

北面平川，一条河自西而来。河上面站着一座新修不久的大桥，气势磅礴地横在那儿，气定神闲地承载南来北往高速奔驰的汽车。山脚下有一块一块的鱼塘，那是有名的黄河鲤鱼的良种养殖场。鸿沟在哪儿？我有些迷茫，除了这条大河——黄河，附近似乎没有其他河流了。想找项羽的士兵问询，可惜，他们已消散在尘埃里。我惘然若失，目光自北而西，对面也是一座山，不高，几乎与此山平齐。“那就是汉王城，当年刘邦站在对面的城墙上号令将士，组织军队阻击项羽西进。”鸿沟呢？见我迫不及待的样子，当地一老人努嘴抬手，随意地指了一下两山之间的一条沟壑：“喏，就那！”这就是历史上著名的鸿沟？我惊讶不已。眼前这条普普通通的沟壑就是刘项中分天下的界线——鸿沟?！水呢？河呢？沟底空空如也，一条不算宽大的柏油公路蜿蜒其间。鸿沟干涸了，没有了当年的波涛汹涌，水道变成了陆路通道。

项羽也不是没能跨过鸿沟。他曾经两次跨过鸿沟，攻占荥阳、成皋，打得刘邦落荒而逃，甚至退回到关中才惊魂甫定。但刘邦是谁？他屡败屡战，毫不气馁。第三次，刘邦用了心思，派人绝楚粮道，又从南北牵制楚军。后方起火的项羽哪有心思恋战，被迫接受和约，以鸿沟为界中分天下，西汉东楚。撤退时，乌骓马原地踯躅，不肯掉头离开。项羽虎目圆睁，提剑遥指西边汉军大帐，愤愤地说：“待我收拾停当，他日再来一决雌雄。”这个连父亲、老婆性命都不顾的对手刘邦，岂能放虎归山，让他重整旗鼓再来。项羽喘息未定，刘邦就毁约东进，越鸿沟，围剿楚军。《垓下歌》响起，继而一剑封喉。有时想想，生逢乱世的项羽，本身或许就是一柄利剑，刀锋所指，无数将士身首异处。没有料到的是，它有一天指向了自己。

这条最早沟通黄河和淮河的人工运河，没有了昔日的风采。沟口上宽下窄，呈覆斗形，长不过七八里。沟底干涸，还有一些尘土飞扬，是一些过往的车辆带起来的。当地的一位老人说，在他小的时候，鸿沟还有四五十里长，水波荡漾，向北流入黄河。几十年的光阴，黄河屡次改道南移，一点一点地迫近广武山脚下，王城北面不断被黄河水冲刷侵蚀，部分墙体渐渐地垮塌滑入水中，完整坚固高大的城池分崩离析不复初时。那时在黄河北面，尚有三个营寨，分别叫白马营、三铺营、姚旗营，不知还在否？老人思绪悠悠，叹了口气。偶有村民在鸿沟两侧的断壁残垣中捡到一些箭镞，有三棱平面的，有三棱凹面的。尽管锈迹斑斑，却掩饰不住曾经锐利的锋芒。有人说三棱平面的是汉王箭，三棱凹面的是霸王箭。不知这些生锈的箭镞，是否真的参与过两千多年前那场著名的楚汉战争。

我时常注视棋盘中间那道窄窄的“楚河汉界”，长不盈尺，宽不过二三寸，连兵卒都能拱过的界线，却成了楚汉战争逆转的见证。一条鸿沟，阻止了项羽的军事进程。一条乌江，阻断了项羽的生命进程。这两条河，让项羽优势转劣，从兵败走向身殒，这两条河，也让刘邦转守为攻，从胜利走向辉煌。纵观项羽一生，他的失败并非单纯军事意义上的失败，更多的是政治谋略上的失策。

据说，乌江亭长载马过河，乌骓满目蕴泪。船至江心，马投河而殁。这让我想起了关羽座下的赤兔马，也是在关羽遇难后数日不食草料而亡。马尚如此，人何以堪？

受过宫刑的司马迁还算厚道，没有用“成王败寇”的老眼光看待项羽，而是将其视为英雄——尽管是悲剧的英雄、失败的英雄。更为难得的是，他将项羽的传记归入《史记》帝王序列本纪第七，位于秦始皇本纪之后，却在汉高祖刘邦本纪之前，算是给了这个曾经傲视群雄却乌江自刎的西楚霸王些许安慰。历史的天空由是添了一抹暖色，多了一份人性的温暖。

《觅渡，觅渡，渡何处？》是作家梁衡写的一篇文章，厚重精彩。文中有一段话将项羽与瞿秋白相提并论，深刻独到：“当年项羽兵败，虽前有渡船，却拒不渡河。项羽如果为刘邦所杀，或者他失败后再渡乌江，都不如临江自刎这样留给历史永久的回味。项羽面对生的希望却举起了一把自刎的剑，秋白在将要英名留芳时却举起了一把解剖刀，他们都将行将定格的生命的价值又推上了一层。哲人者，宁肯舍其事而成其心。”诚然如此。

暗淡了刀光剑影，荒芜了烽火边城。霸王城成了一丘黄土，汉王城成了黄土一丘。没有这匹悲情的战马，广武山似乎有些荒山野岭的错觉。土丘和山峦之上，几无稼禾，生长着高低不一的杨树、槐树、柏树、桐树，还有一些叫不出名字的荆棘杂树。放眼望去，一片杂乱无章。凝神细看，却像行军打仗错落有致的兵士与阵仗。山风吹过，草木偃倒起伏，恍如两军对垒厮杀……

风烟俱净，天山共色。雄浑的歌声骤然在耳边响起，激荡着世风人心。只有这匹铁铸的战马引颈长嘶，忠诚地守望在这里。它背对着鸿沟，是不忍直视主人的伤口吗？

鸿沟的水干了，项羽的伤口还疼吗？

（原载于《郑州日报》2017年8月25日）

石头垒砌的家园

张春峰

一

在一个秋日，我走进内乡乍曲乡吴垭石头村。我的面前，是一堵堵石头砌起的石墙，青白、青灰、栗青、赭红、红灰，色彩斑斓，色彩不一的石头上，长满了青苔，斑斑驳驳，昭示着岁月的沧桑。

吴垭村，地处豫西南内乡县城西 6 公里的乍曲乡，是一个有 300 余年历史的“中国景观村落”。这里的石头房村落传统民居建筑群，在少数民族地区也是比较罕见的。石头村中的建筑，清一色的石墙青瓦，从基石到屋顶，找不到一块砖。整个村庄像一座青石城堡，掩映在茂林修竹、古藤老树之中，浑然天成。独特的民俗，新石器时代文化遗风犹存，堪称露天民俗博物馆。

走进村庄，到处都是石头的世界，蜿蜒的山路铺满石头；石头砌起的房屋，傍着青山，一层一叠，错落有致；院子的地基因地势陡峭，有的高达数米，也是石头垒起；板桥、台阶、楼门、磨房、畜圈、盆罐、食槽、桌凳等生活用品，清一色的石头，在村庄、院落里随处可见。石头，是村庄的主宰；石头，是村庄的主角。

石头砌起的石墙、石桥、台阶、门楼，从中你看不到水泥、石灰的痕迹。它们是由一片片厚度不一、形状各异的石头组成，有的似千层饼层层排列，有的用方圆不一的石块垒砌，看似不规则，看似松松垮垮，但格外结实，历经几百年的风霜雨雪，依然矗立在这里。我们的先人用精湛的技艺，构筑成亘古不变的家园。

面对石头，我心中充满敬仰。石头是凝重的，因为它是历史的见证，石头是殷实的，它留下的都是坚硬的内涵！无言的石头，是农耕文明的遗存，是三百年风雨的历史见证，是世事交替、社会更迭、生死轮回的目击者。

一直以来，我对石头充满了敬畏。这种情结，源于于谦的《石灰吟》："千锤万凿出深山，烈火焚烧若等闲。粉身碎骨浑不怕，要留清白在人间。"任凭千锤百打，任凭烈火焚烧，哪怕粉身碎骨，只为清白留人间。

我突然就笑了，看古老的石头村，却突然与于谦的《石灰吟》联系在一起。似乎有点莫名其妙，但仔细想，也不是没有道理。现在社会，随着经济的高速发展，人们的追求被物化，追求金钱，追求权力成为人们的信仰。而见证着沧桑历史的石头，几百年来，默默地站在这里，以智者的眼光注视着我们，在石头面前，我们是不是该自惭形秽？

石头村的石头，并不是我想象中的青白色。青白、青灰色的石头，只是其中的一部分，其余大部分是有点发红的石头，可能是吴垭这个地方石头的特质，所以整个石头村都是淡红色系，很是柔和。铺路的石头和建房的石头，都毫无规则，路上的石头就随意地一放，一条路就出来了，至于路通向哪里，就看当时修路人的心情吧。

建房的石头大小相间，一些大的石头撑起房屋的轮廓，剩余不平整的地方，用小石块填补。修好后的墙面，靠近了看坑坑洼洼的，在远处看，也很平整。房顶的建造是用青灰色的古式老瓦，上面拱出一个脊儿，房屋看起来还是很安全的。村口的一处房子里，还住着一位老奶奶，我看见她时，她正坐在树下打盹，这是还守着老屋不多的人家。屋里很简陋，地面是黄土夯实的土地，屋内很凌乱，年久失修的样子。

村里的房子大都没人居住，但是每座宅子的大门上都贴着火红的对联，门紧闭着，铁将军把门。所有的房子建得都很高，门口需修十几道台阶，才能进得院内。大部分都是三合院，有两进院和三进院，正房四间，坐北朝南，东西两边建有偏房。

遥想当年，石头村的村民，或三世同堂，或四世同堂，按辈分和年龄的长幼，分住在不同的房间。他们就是在这样的环境里生活，没有电，没有自来水，照明用的是油灯，吃水靠的是几口古井。我在村子里，还看到几口古井的痕迹，但早已干枯。

· 二

在石头村行走，这里的每一块石头、每一株树，都令人心潮澎湃。那些奇形怪状、形态各异的石头，让人眼花缭乱，产生无限的遐想。有圆的，有方的，有薄的，有厚的，应有尽有。圆的圆润光滑，如同涂蜡；方的方方正正，棱角分明；薄的只有寸许，光滑平整；厚的尺余，深沉厚重。大自然的造化，多么神奇啊！

石头无言，却写满了文字，记载着历史；石头无言，却诠释着一个村庄的变迁；石头无言，却倾诉曾经发生在这里的故事。面对石头，我的语言是那么苍白，苍白到令我无法表述；面对石头，我是那么渺小，渺小到我只能仰视；面对石头，我的思想如此贫瘠，一片空白。是的，在大自然面前，除了敬畏，还是敬畏。

在石头村，除了这些石头，便是满眼的绿色了。村里的古树极多，枝繁叶茂，像一个个撑开的绿色雨伞，罩着石头房子。石头砌起院落，再被绿色遮掩，从远处看，你只能看到一片树林，一片色彩斑斓的绿。

吴垭村的树，大概有数十种，黄楝树、青桐树、杨树、松树、核桃树、桃树、梨树、桂花树等。就是这么一个小小的村落，种满了古树名木，五百年的黄楝树，三百年的三叉古柏，两百年的金桂，百年的冬青树、皂树、青桐树、柿树等古老的树木比比皆是。

我记忆最深的是一棵古老的黄楝树，这棵五百多年的黄楝树，树干骨骼突出，粗大的根茎像巨大的鹰爪箍住大地，挺拔的身躯直冲云霄，仿佛一位神人立于天地之间。黄楝树虽历经五百年的风雨沧桑，至今依然枝繁叶茂，硕大的树冠郁郁葱葱.绿荫盖地。

最让我钟情的树，还有那棵两百年的金桂。郁郁葱葱的桂花树站在院子中间，树荫几乎遮着了整个院子。站在树下抬头张望，那些淡黄细若米粒般的桂花，一簇簇在绿叶丛间，若隐若现。一缕秋风拂过，只见那娇嫩的花骨朵随风摇摆，醇香四溢的花香在枝丫间弥漫着，沁入我的肺腑。我背靠在树干上，在弥漫的花香中，忍不住闭上眼睛，瞬间醉意朦胧，仿佛穿越到了远古的仙境。

此时的我，身着青色长裙，盘坐在月宫的桂花树下，旁边石桌上煮着桂花茶，馨香扑鼻，叫人闻之欲醉，所用茶具，清一色为石具。我喝着桂花茶，还有一只白兔相伴，此时，我就是月宫里的嫦娥。连宋朝诗人向子諲都说："人间尘外。一种寒香蕊。疑是月娥天上醉。戏把黄云挼碎。"当一回嫦娥，有种被桂花熏醉了的感觉。

其实做嫦娥的感觉还是很美妙的。在这里，没有都市人群的喧嚣，没有水泥混凝土的生冷，没有尔虞我诈的丑态，没有工作生活的沉重压力。有的只是云淡风轻的舒爽，风雨之后见彩虹的喜悦，不忘初心方得始终的淡然，不论魏晋喜逢桃花源般的踏实。只是，我无法穿越远古，也无法走进月宫，更不是嫦娥。

移步村后小山，说是小山，其实也就是一个大土坡，坡上树木参差不齐，高矮胖瘦都有，和村里石头房子一样，凌乱随意，毫无规则可言。但有一个特点，就是树木都极为茂盛，绿莹莹的一坡，林子里还有各种鸟类，叽叽喳喳的，人来了，它们没有惶恐，也没有惊鸣而飞。一定是这方水土养育了它们，毫无疑问，它们觉得自己是这里的主人。

三

恍然间，已是黄昏。

秋日的傍晚，夕阳洒下一抹红色的光芒，照在静谧的村庄。村庄的房屋、绿树、石墙被镀上了一层浅浅的红，也许是一层黄，色彩斑斓，古村被罩上一层神秘的色彩。凉风习习，突然感觉有点疲惫，选一户农家，坐在石椅上，看着眼前那一排排房屋，一边欣赏，一边啜饮着自带的茶水，顿觉惬意，突然就有一种想作诗的欲望。

诗尚未作，却从山坡传来一阵歌声："笛儿悠悠吹，云儿轻轻飞，骑着牛儿蹚着水，赶着夕阳把家回，把家回……"循声望去，半山坡上，一个放牛的少年，哼着歌儿，赶着几头牛回村。我向少年招招手，少年给我一个微笑，向我走来。少年看上去十五六岁的样子，脸被太阳晒得黝黑，眼窝有些凹陷，笑起来牙齿显得格外白皙。

少年很热心，听说我是来游玩的，便把牛拴到了树上，给我讲石头村的过往。我从少年的口中得知，因为居住条件差和石头房子有安全隐患，石头村的住户基本都搬离了这里。由于某些原因，少年和奶奶相依为命，不得已还在村里住着。少年已经辍学，在家放着几头牛，照顾年迈的奶奶。

我突然想起树下打盹的老奶奶，这位少年，也许就是老奶奶的孙子吧！尽管这里已不适宜人居住，但那位孤零零的老奶奶，在孙子的陪伴下，安度晚年，也算是一种幸福吧。

以后打算怎么办？少年不假思索地说："放放牛，照顾奶奶，山坡上还有地种些庄稼……"说这些话时，少年的脸上没有什么表情。我知道，如果一直这样下去，再等上几年，少年会娶上一个媳妇，再生上几个孩子，继续这样的生活。

日复一日，少年将成为石头村的一景，伴随着年迈的奶奶、他的黄牛和满村的石头，继续着现在的日子。看着少年黝黑的脸，我突然生出一种莫名的情感，心一阵的悸动，眼睛酸涩。我不再看少年，我把目光看向远处苍茫的山野。

在石头村游走的过程中，没有遇到其他的游客。村庄是那样静，偶尔少年的牛会"哞哞——"叫几声，给寂静的村庄带来一点生机。走在石头铺就的路上，脚步声清晰可听。阵阵微风徐来，一切显得那样原始、自然。

吴垭石头村，适合闭上眼睛去感受。感受它的古朴，感受它的静谧，感受它深沉的文化底蕴，还有它百年的沧桑和无言的心酸。

（原载于《躬耕》2017年第10期）